KB164042

갱부

坑夫(1908)
夏目漱石

나쓰메 소세키 소설 전집 6

갱부

초판 1쇄 발행 2014년 9월 5일
초판 6쇄 발행 2023년 2월 15일

지은이 | 나쓰메 소세키
옮긴이 | 송태욱
펴낸이 | 조미현

편집주간 | 김현림
교정교열 | 장미향
디자인 | 나윤영

펴낸곳 | (주)현암사
등록 | 1951년 12월 24일 · 제10-126호
주소 | 04029 서울시 마포구 동교로12안길 35
전화 | 365-5051 · 팩스 | 313-2729
전자우편 | editor@hyeonamsa.com
홈페이지 | www.hyeonamsa.com

ISBN 978-89-323-1703-8 04830
ISBN 978-89-323-1674-1 04830(세트)

이 도서의 국립중앙도서관 출판예정도서목록(CIP)은 서지정보유통지원시스템(http://seoji.nl.go.kr)과
국가자료종합목록시스템(http://www.nl.go.kr/kolisnet)에서 이용하실 수 있습니다.
(CIP제어번호 CIP2014023623)

나쓰메 소세키 소설 전집 ⑥

갱부

송태욱 옮김

ⓖ 현암사

소세키의 책 중에 작은 판형으로
제작된 책들이 있는데, 장식성이
뛰어나다.(1914~1918)

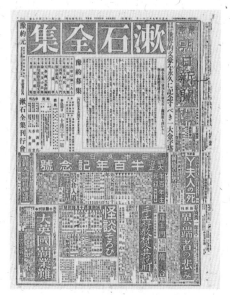

소세키 전집 발간 기사(《아사히 신문》)

소세키 사후 1주년 기념으로 출간된
최초의 소세키 전집(이와나미쇼텐, 1917)

소세키 산방 서재에서(1907). 소세키는 이곳에서 『우미인초』, 『산시로』, 『마음』 등을 집필했다.

도쿄제국대학 강사 시절. 졸업생과 함께(1906)

다섯 살 무렵의 소세키(1872)

도쿄제국대학 재학
시절의 소세키(1892)

1889년 발매된 마사오카 시키의 시문집《나나쿠사슈》에 비평과 함께
9편의 칠언절구 시를 덧붙이면서 처음으로 '소세키'라는 호를 사용한다.

소세키가 『나는 고양이로소이다』와 『도련님』을 집필한 집(1903~1906년 거주)

소세키는 슬하에 2남 5녀를
두었다.(1915)

두 아들과 소세키(1914)

소세키 산방의 서재 모습(1917)

소세키 산방에서(1912)

소세키가 애용한 문방구와 특별히
디자인한 원고용지 판목

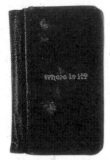

소세키의 도항일기(10월 22일). 원래는 주소록이었던 수첩을 1900년 9월 8일부터 12월 18일까지 일기장으로 썼다.

도항일기의 앞부분. 가져가야 할 물품 리스트가 쓰여 있다.

1900년 9월 19일자 일기

런던 유학 중 소세키가 구입한 책 리스트

대학예비문 시절 소세키가 기록한 신체검사 기록

소세키가 런던 유학 중에 구입한 유머 전집(Saxon's Everybody's Series)

소세키가 런던 유학 중 구입한 책들. 소세키는
현대과학총서 등 최신 과학과 심리학, 사회학에
관한 서적을 집중적으로 구입했다.

소세키가 그린
그림과 한시

차
례

1

조금 전부터 솔밭을 지나고 있는데, 솔밭은 그림에서 본 것보다 훨씬 길다. 가도 가도 소나무뿐이라 도무지 요령부득이다. 내가 아무리 걷는다고 해도 소나무 쪽에서 어떻게 해주지 않으면 소용없는 일이다. 처음부터 아예 우두커니 서서 소나무하고 눈싸움이나 하고 있는 게 나을 뻔했다.

도쿄를 떠난 것은 저녁 아홉 시 무렵으로, 밤새도록 무턱대고 북쪽으로 걸었더니 기진맥진하여 졸음이 쏟아졌다. 묵을 곳도 없고 돈도 없었으므로 어둠 속에 파묻힌 가구라도(神樂堂)[1]에 들어가 잠깐 눈을 붙였다. 잘은 모르겠으나 하치만구(八幡宮)[2]인 듯했다. 추워서 눈을 떠보니 아직 날이 새지 않았다. 그때부터 쉬지 않고 여기까지 단숨에 오기는 했으나 이렇게 무턱대고 소나무만 있어서야 걸을 힘도 나지 않는다.

1 신사 경내에 세워진 건물로 제사지낼 때 무악(舞樂)을 연주하는 곳이다.
2 하치만진(八幡神)을 모시는 신사.

다리가 상당히 묵직해졌다. 장딴지에 조그만 쇠망치를 달아놓은 것처럼 다리를 내딛기도 힘들다. 겹옷의 뒷자락은 당연히 걷어서 허리에 질렀다. 게다가 바지 안에는 속옷도 입지 않아서 평소라면 경주라도 할 수 있을 차림이었다. 하지만 이렇게 소나무뿐이어서는 도저히 당해낼 재간이 없다.

길가에 갈대발을 친 찻집이 있었다. 갈대발 사이로 보니 찰흙 부뚜막에 물을 끓이는 녹슨 솥이 걸려 있었다. 60센티미터쯤 길가로 비어져 나온 걸상 위에 한텐[3]인지 도테라[4]인지 알 수 없는 옷을 입은 사내가 등을 이쪽으로 향한 채 걸터앉아 있고, 짚신 두어 켤레가 늘어져 있었다.

쉬어 갈까, 그만둘까 하고 지나치며 곁눈질로 들여다보았더니 한텐과 도테라의 중간쯤 되는 옷을 입은 그 사내가 돌연 이쪽을 쳐다보았다. 담뱃진으로 시커메진 이를 두툼한 입술 사이로 드러내며 웃고 있었다. 이런, 하고 살짝 불길한 생각이 든 순간, 사내의 얼굴이 문득 진지해졌다. 지금까지 찻집의 노파와 재미난 이야기를 하고 있다가 아무 생각 없이 얼굴을 길로 향했을 때 문득 내 얼굴과 맞닥뜨린 것으로 보였다. 아무튼 상대가 진지해졌으므로 가까스로 안심했다. 안심했다고 생각할 틈도 없이 다시 불길한 생각이 들었다. 사내는 진지한 얼굴을 진지한 장소에 붙박고 걱정스러울 만큼의 기세로 흰자위를 움직여 내 입에서 코, 코에서 이마, 이마에서 머리 위까지 차근차근 훑어 올라갔다. 헌팅캡의 챙을 넘고 정수리에 이르렀나 싶을 무렵 다시 흰자위가 차근차근 아래로 내려왔다. 이번에는 얼굴을 그냥 지나쳐 가슴

3 직인의 작업복으로 하오리 비슷한, 짧은 겉옷이다.
4 방한복이나 실내복으로 입는 남성용 윗옷으로 소매가 넓고 솜을 넣었다.

에서 배꼽 언저리까지 오더니 잠깐 멈췄다. 배꼽 부근에는 지갑이 있었다. 32전이 들어 있었다. 허연 눈은 튼튼한 무명옷 위에서 이 지갑을 노린 채 무명 허리끈을 넘어 드디어 가랑이로 나왔다. 가랑이 밑에는 다 드러난 정강이가 있을 뿐이다. 아무리 훑어본들 볼 만한 것은 붙어 있지 않다. 그저 평소보다 조금 묵직해져 있을 뿐이다. 허연 눈은 묵직해져 있는 그곳을 일부러 찬찬히 보고는 드디어 엄지발가락 자국이 까맣게 나 있는 큼직한 게다 바닥까지 내려갔다.

이렇게 쓰면 어쩐지 오랫동안 한곳에 서서 자, 보세요, 라고 말하기라도 한 것처럼 행동한 것으로 생각하겠지만 그런 게 아니었다. 실은 허연 눈의 움직임이 시작되자마자 갑자기 찻집에서 쉬는 게 싫어져 부리나케 걷기 시작했다고 생각한다. 그런데도 그렇게 생각한 것이 다소 미덥지 못했던 모양인지, 내가 엄지발가락에 잔뜩 힘을 주어 그 큼직한 게다를 비틀어 몸을 돌리기 직전에 허연 눈의 움직임은 이미 끝나 있었다. 분하지만 상대는 빨랐다. 찬찬히 봤으니 필시 시간이 걸렸을 거라 생각한다면 큰 오산이다. 찬찬히 본 것은 틀림없지만 어디까지나 침착했다. 그런데도 굉장히 빨랐다. 찻집 앞을 지나치면서 세상에는 참 묘한 작용을 하는 눈도 있구나 하고 생각했을 정도다. 그건 그렇고 그렇게 찬찬히 보기 전에 재빨리 돌아서는 방법은 없었던 것일까? 실컷 놀림을 당하고 나서 자, 잘 가게, 이제 볼일 없으니까, 하는 국면에 이르러서야 그럼, 실례하겠습니다, 하고 자리에서 일어난 꼴이었다. 이쪽은 우습기 짝이 없었다. 저쪽은 득의양양했다.

걷기 시작해 10미터쯤 가는 동안 이상하게 화가 났다. 그러나 그 불쾌감은 10여 미터를 가고 나자 이내 사라졌다. 그렇게 생각하니 다시 다리가 묵직해졌다. ……다리가 이 모양인걸 뭐. 아무튼 두 다리에 쇠

망치를 달고 걷고 있으니 민첩하게 행동할 수는 없었을 것이고, 저 허연 눈에 찬찬히 당한 것도 꼭 얼뜨기 같은 내 천성 때문이라고만은 할 수 없을 것이다. 이렇게 마음을 고쳐먹으니 그것도 하찮아 보였다.

2

게다가 이런 일을 걱정하고 있을 처지가 아니었다. 일단 뛰쳐나온 이상, 무슨 일이 있어도 이제 집으로 돌아갈 마음은 없었다. 도쿄에도 있을 수 없는 몸이었다. 그렇다고 시골에 정착할 생각도 없었다. 쉬면 뒤에서 쫓아올 것이다. 어제까지의 갈등이 머릿속을 헤집고 다니는 날에는 어떤 시골에서도 견딜 수 없을 것이다. 그래서 그냥 걷는 것이었다. 하지만 특별히 목적도 없이 걷는 것이므로, 눈앞에 펼쳐진 사방이 잘못 인화한 사진처럼 뿌옜다. 더욱이 그 흐릿한 것이 언제 걷힌다는 가망도 없이 그저 막연하게 앞길에 한없이 펼쳐져 있었다. 적어도 내가 살아 있는 동안에는 50년이든 60년이든 아무리 걸어도 여전히 그럴 것임에 틀림없다. 아아, 지겹다. 더 이상 가만히 있을 수 없으니 걷는 것이지, 이 흐릿한 앞길을 빠져나가기 위해 걷는 게 아니었다. 빠져나가려고 해봐야 그럴 수 없다는 것은 잘 알고 있었다.

도쿄를 떠난 어젯밤 아홉 시부터 이렇게 체념하고는 있었지만, 막상 걷다 보니 걸으면서도 걱정 때문에 불안했다. 다리도 묵직하고 소나무는 신물이 날 정도로 늘어서 있었다. 그러나 다리보다, 소나무보다 마음이 가장 괴로웠다. 무엇 때문에 걷고 있는 것인지 알 수 없어졌고, 게다가 걷지 않으면 한시도 살아 있을 수 없을 만큼의 고통은 그리 흔한 게 아니었다.

뿐만 아니라 걸으면 걸을수록 도저히 빠져나갈 수 없는 흐릿한 세계 속으로 점점 깊이 빠져드는 것 같았다. 돌아보니 해가 비치고 있는 도쿄는 이미 딴 세상이었다. 손을 내밀어도 발을 뻗어도 닿지 않을 곳에 있었다. 전적으로 이 세계가 아니었다. 그런데도 따뜻하고 쾌청한 도쿄는 여전히 눈앞에 생생하게 비치고 있었다. 이봐, 라고 그늘에서 부르고 싶을 만큼 환해 보였다. 그와 동시에 발이 향하는 곳은 막막했다. 그 막막함 속으로, 목숨이 붙어 있는 한 펼쳐져 있을 그 막막함 속으로 나는 휘청휘청 흘러드는 것이라 불안했던 것이다.

그 흐릿한 세계가 흐릿한 채 널리 퍼져 정해진 운명이 다할 때까지 앞길을 막는다면 견딜 수 없을 것이다. 불안감에 사로잡힌 채 멈춘 한쪽 발을 한 발짝 앞으로 내디디면 그 불안 속에 한 발짝 발을 들여놓는 셈이다. 불안에 쫓겨, 불안에 이끌려 어쩔 수 없이 움직여서는 아무리 걸어도, 아무리 걸어도 해결될 리 없다. 평생 해결되지 않는 불안 속을 걸어가는 것이다. 차라리 흐릿한 것이 점점 더 어두워지면 된다. 어두워진 곳에서 다시 어두운 곳으로 발을 내디디면 머지않아 세계가 어둠이 되어 내 눈에 내 몸이 보이지 않게 될 것이다. 그렇게 되면 마음만은 편할 것이다.

얄궂게도 내가 가는 길은 환해지지도, 그렇다고 어두워지지도 않았다. 어디까지고 흐리지도 맑지도 않은 모습이었고, 어디까지고 해결되지 않은 불안이 자욱했다. 이래서는 사는 보람도 없고, 그렇다고 죽을 수도 없는 노릇이었다. 하여튼 사람이 없는 곳으로 가서 혼자 살고 싶었다. 그게 불가능하다면 차라리……

차라리, 하고 단념해봤지만 이상하게도 특별히 가슴이 덜컥 내려앉지는 않았다. 지금까지 도쿄에 있던 시절, 때로는 차라리 하며 무분별한 일을 저지르려고 한 적도 있었지만, 그때마다 가슴이 덜컥 내려앉지 않은 적은 없었다. 나중에야 오싹해서 아, 그래도 다행이다, 하는 생각을 하곤 했다. 그런데 이번에는 처음부터 아예 가슴이 덜컥 내려앉지도 오싹하지도 않았다. 가슴이 덜컥 내려앉아도, 오싹해도 멋대로 하라고 할 만큼 불안감이 가슴 가득 퍼져 있었을 것이다. 게다가 차라리, 하며 일을 단행하는 것이 지금 바로가 아니라는 안도감이 어딘가 있었던 것 같다. 내일이 될지 모레가 될지, 경우에 따라서는 일주일이 될지, 잘못되어 무기한 연기해도 별 지장이 없다며 하찮게 여기고 있었던 탓인지도 모른다. 게곤(華嚴) 폭포[1]나 아사마(淺間) 분화구[2]로 가는 길이 아직 꽤 남아 있다는 것 정도는 무의식중에 느끼고 있었을 것이다. 도착해서 막상 일이 닥치지 않는 한 누가 가슴이 덜컥 내려앉겠는가. 따라서 차라리, 하며 생각한 일을 단행해보자는 생각도 들었다. 온통 흐릿한 이 세계가 고통이고, 그 고통을 가슴이 덜컥 내려앉지 않을 정도로 벗어날 가망이 있다면, 묵직한 발을 앞으로 내디디는 보람도 있을 것이다.

1 닛코(日光)의 산속에 있는 100미터나 되는 높이의 폭포로, 웅대한 장관으로 유명하다. 1903년 5월 22일 제일고등학교 학생 후지무라 미사오(藤村操)가 바위 위의 나무에 〈암두지감(巖頭之感)〉이라는 글을 남기고 투신자살했다. 그 이후 게곤 폭포에서 자살하는 사람들이 뒤를 이었고 종종 신문에도 실려 자살의 명소가 되었다. 후지무라 미사오는 소세키의 제자였고, 소세키도 여러 차례 게곤 폭포와 젊은 자살자에 대해 언급했다.
2 나가노 현과 군마 현의 경계에 있는 높이 2,542미터의 활화산으로, 분화구로 투신자살하는 사람이 많았다.

일단 이 정도의 결심이었던 것 같다. 하지만 이는 나중에 그때의 심리 상태를 해부해본 것일 뿐이다. 당시에는 그저 어두운 곳으로 가면 된다, 어떻게든 어두운 곳으로 가지 않으면 안 된다며 오로지 어두운 곳을 목표로 걸었을 뿐이다. 지금 생각하면 빙충이 같은 짓이었지만, 어떤 경우가 되면 우리는 죽음을 목표로 나아가는 것이 최소한의 위로가 된다는 것을 납득하게 된다. 다만 목표로 하는 죽음은 반드시 멀리 있어야만 한다는 것도 사실이다. 적어도 나는 그렇게 생각한다. 너무 가까우면 위로가 되지 못하는 것은 죽음의 운명이다.

3

그저 어두운 곳으로 가고 싶다, 가지 않으면 안 된다고 생각하면서 뜬구름을 잡는 심정으로 걸어가고 있자니 뒤에서 이보게, 이보게, 하고 부르는 사람이 있었다. 아무리 영혼이 방황하고 있을 때라도 불리고 보니, 사람에게 본성이 있다는 것은 신기한 일인 것 같다. 나는 아무 생각 없이 돌아보았다. 부름에 응하기 위해서라는 의식조차 없었다는 것이 사실일 것이다. 하지만 돌아보고서야 비로소 깨달았다. 나는 조금 전의 찻집에서 아직 3, 40미터밖에 벗어나지 않았던 것이다. 조금 전의 그 한텐과 도테라의 혼혈아가 찻집 앞의 길로 나와 담뱃진 투성이의 이를 노골적으로 드러내며 자꾸만 나를 부르고 있었다.

어젯밤 도쿄를 떠나고 나서 아직 사람과 말을 나눠본 일이 없다. 남이 말을 걸어올 거라고는 꿈에도 생각하지 못했다. 누군가 말을 걸어올 자격 같은 게 전혀 없는 사람이라고 확신하고 있었던 것이다. 그런데 갑작스레 누군가 불렀으므로, 변변치 못한 치열이었지만 이를 다드러내고 웃는 얼굴로 자꾸만 손짓을 하고 있으니 멍하니 돌아보았을 때의 생각이 자연스럽게 또렷해지면서 내 발은 어느새 그 사내 쪽으로 움직이고 있었다.

사실 사내의 얼굴도 복장도 동작도 그다지 마음에 들지는 않았다. 특히 조금 전에 허연 눈으로 찬찬히 쳐다볼 때는 왠지 모르게 가슴속에 혐오감이 싹텄을 정도다. 그러던 것이 3, 40미터도 가기 전에 이전의 감정은 어디론가 사라져버리고, 일종의 훈훈함을 띤 마음으로 일변한 것은 어찌 된 일인지 나로서도 알 수가 없었다. 나는 어두운 곳으로 가야 한다고 생각하고 있었다. 그러므로 찻집 쪽으로 되돌아간다면 내 목적지와는 반대 방향으로 가는 셈이었다. 어두운 데서 한 발짝 물러났다는 의미인 것이다. 그런데 이렇게 물러나는 것이 왠지 모르게 기뻤다. 그 후 여러 가지 일을 겪어봤는데, 이런 모순은 도처에 널려 있다. 결코 나만 그런 것은 아닐 것이다. 최근에는 아예 성격 같은 건 없다고 생각하고 있다.

흔히 소설가가 이런 성격을 그린다느니 저런 성격을 창조한다느니 하며 득의양양해하고, 독자도 그 성격이 이렇다는 둥 저렇다는 둥 아는 척을 한다. 하지만 그건 다 거짓말을 쓰며 즐거워하거나 거짓말을 읽고 기뻐하는 일일 것이다. 사실상 성격 같은 것은 정리된 게 없다. 소설가 따위가 사실을 쓸 수 있는 게 아니고, 설령 썼다고 해도 소설이 될 일은 없을 것이다. 묘하게도 진짜 인간은 정리하기 어려운 법이다. 신까지도 애먹을 정도로 정리되지 않는 물건인 것이다. 그러나 자신이 어떻게 해도 정리되지 않게 생겨먹었기에 남도 자신과 마찬가지로 야무진 데가 없는 인간임에 틀림없다고 지레짐작하고 있는 것인지도 모른다. 그렇다면 실례되는 일이다.

여하튼 돌아서서 감색 무명옷 옆까지 가자 도테라가 자못 친근한 목소리로 불렀다.

"젊은이."

큼직한 턱을 약간 옷깃 속으로 끌어당기면서 내 이마께를 응시하고 있었다.

"무슨 일입니까?"

나는 적당한 데서 갈색 다리를 세운 채 공손하게 물었다. 평소라면 도테라 같은 사람에게 젊은이라는 말을 듣고 흔쾌히 대답할 내가 아니다. 대답을 한다고 해도 응, 이라거나 뭐야, 하는 말로 끝냈을 것이다. 그런데 이때만은 인상이 좋지 못한 도테라와 내가 완전히 동등한 인간이라는 생각이 들었다. 특별히 이해관계를 따져 일부러 자세를 낮춘 것은 결코 아니었다. 그러자 도테라도 나를 자신과 같은 정도의 인간이라고 간주한 듯한 어조로 말했다.

"임자, 일할 생각 없나?"

나는 지금껏 어두운 곳으로 가는 것 외에 쓸데가 없는 몸이라고 각오하고 있었으므로 아닌 밤중에 홍두깨 격으로 일할 생각이 없느냐고 물었을 때는 뭐라 대답해야 좋을지 몰라 다 드러난 정강이로 버티고 선 채 어이없는 꼴을 당했다는 듯이 입을 벌리고 멍하니 상대를 쳐다보았다.

4

"임자, 일할 생각 없나? 어차피 일은 해야 할 거 아닌가?"

도테라가 다시 물었다. 다시 물었을 때는 나도 그럭저럭 대답할 수 있을 정도로 눈앞의 상황을 이해하게 되었다.

"일해도 됩니다만."

이게 내 대답이었다. 하지만 아무리 임시방편이라 하더라도 적어도 그런 대답이 입 밖으로 나올 만큼 내 머리가 가까스로 정리되었다는 것은, 단순하지만 과거를 한번 쭉 돌이켜보는 과정을 거쳤다는 걸 의미한다.

나는 어디로 가는지 알 수 없지만, 아무튼 사람이 없는 곳으로 갈 생각이었다. 그런데도 돌아보고 도테라 쪽으로 걷기 시작했으므로, 걸으면서도 어쩐지 스스로가 가엾다는 느낌이 들었다. 아무리 도테라라고 해도 그는 사람이다. 사람이 없는 곳으로 가야 하는데, 사람 쪽으로 되돌아가는 것이니 사람의 인력(引力)이 그만큼 강하다는 사실을 입증하는 것과 동시에 벌써 자신의 뜻을 배반하지 않으면 안 될 정도로 자신이 박약한 존재라는 사실도 입증해주는 것이다.

간단히 말하자면 나는 어두운 곳으로 갈 생각이지만, 사실은 어쩔 수 없이 가는 것이고 뭔가 붙잡는 것이라도 나타나는 날엔 얼씨구나, 하고 보통의 사바세계에 머물 생각인 것으로 보였다. 다행히 도테라가 붙잡아주어 아무렇지 않게 다리가 뒤쪽으로 걷기 시작한 것이었다. 이를테면 자신의 큰 목적에 송구스러운 배반을 좀 해본 셈이다. 그러므로 도테라가 일할 생각이 없느냐고 나오지 않고 '임자, 들로 갈 건가 산으로 갈 건가?'라고 물었다면, 잠시 안심하고 잊어버릴 뻔한 목적이 철렁하고 떠올라 불현듯 어두운 곳이나 사람이 없는 곳이 무서워져 오싹했을 것임에 틀림없다. 그만큼 돌아선 순간에 이미 속세에 집착하는 마음이 싹튼 것이었다. 그리하여 도테라가 부르면 부를수록, 도테라 쪽으로 다가가면 갈수록, 걸음을 옮길 때마다 속세에 집착하는 마음이 커진 것으로 보였다.

마지막으로 정강이 두 개가 막대기처럼 도테라 정면에 버티고 섰을 때는 속세에 집착하는 마음이 최고조에 달했다. 그 순간 일할 생각 없나, 하고 물어왔다. 변변치 않은 도테라지만 아주 능숙하게 내 심리 상태를 이용해 권유한 것이었다. 느닷없는 질문에 잠시 멍하니 있었지만, 멍한 상태에서 깨어나보니 나는 어느새 사바세계의 사람이 되어 있었다. 사바세계의 사람인 이상 먹지 않으면 안 된다. 먹기 위해서는 일하지 않으면 안 된다.

"일해도 됩니다만."

대답은 아무 어려움 없이 입에서 미끄러져 나왔다. 그러자 도테라는 그렇겠지, 그럴 거야, 하는 표정을 지었다. 이상하게도 나는 그 표정을 당연한 거라고 수긍했다.

"일해도 됩니다만, 대체 무슨 일을 하는 겁니까?"

나는 여기서 되물었다.

"돈을 아주 많이 버는 일인데, 해볼 마음 있나? 돈벌이가 된다는 건 틀림없네."

도테라는 기분이 무척 좋은 듯 싱글벙글 웃으면서 내 대답을 기다리고 있었다. 어차피 도테라가 웃은 것이니 애교도 뭐도 아니었다. 원래부터가 웃을수록 손해를 보게 생겨먹은 얼굴이었다. 그런데 그렇게 웃는 모습이 묘하게 정겹게 다가와, 그만 받아들이고 말았다.

"예, 해보죠 뭐."

"해보겠다고? 그거 잘됐군. 자네, 돈 좀 벌게 될 거네."

"그렇게까지 안 벌어도 됩니다만……"

"엥?"

이때 도테라는 묘한 소리를 냈다.

5

"대체 무슨 일을 하는 겁니까?"

"하겠다면 말해줄 텐데, 하는 거지? 얘기해준 다음에 싫다고 하면 곤란해서 말인데, 틀림없이 하는 거지?"

도테라는 무턱대고 거듭 확인했다.

"할 생각입니다."

그래서 나는 이렇게 대답했다. 하지만 이 대답은 전처럼 자연스럽게 나오지는 않았다. 이를테면 배에 힘을 준 대답이었다. 웬만한 일이라면 하겠지만, 만일의 경우 발뺌을 할 심산이었던 것 같다. 그러므로 하겠습니다, 라고 말하지 않고 할 생각이라고 말했을 것이다. ······이렇게 자신의 일을 남의 일처럼 쓰는 것은 어쩐지 이상한 것 같지만, 원래 인간은 야무지지 못한 존재라 아무리 자신의 신상에 관한 일이라고 해도, 그렇다고 단언할 수 없다는 것은 분명하다. 더욱이 과거의 일이라도 되면, 나와 남이 구별되지 않는다. 모든 것이 '일 것이다'로 변해버린다. 무책임하다는 소리를 들을지도 모르지만, 사실이니 어쩔

수 없는 노릇이다. 앞으로도 의심스러운 부분은 늘 이런 식으로 써나
갈 생각이다.

그러자 도테라는 이야기가 거의 매듭지어졌다고 생각하고 말했다.

"그럼 들어오게. 천천히 차라도 들면서 이야기하는 게 어떻겠나."

특별히 다른 생각이 없었으므로 찻집으로 들어가 도테라 옆에 앉았
다. 입이 비뚤어진 마흔 살가량의 여주인이 묘한 냄새가 나는 차를 따
라주었다. 차를 마시고 나니, 갑자기 생각난 것처럼 배가 고팠다. 갑자
기 배가 고픈 건지, 고픈 것을 그제야 깨달은 건지는 알 수 없었다. 지
갑에 32전이 들어 있으니 뭐라도 먹을까, 하는 생각을 하던 참이었다.

"자네, 담배는 피우나?"

도테라가 옆에서 '아사히'[1] 담뱃갑을 내밀었다. 겉발림으로 하는 말
이 꽤 능숙했다. 담뱃갑의 모서리가 찢어진 것이야 어쩔 수 없는 일이
지만, 어쩐지 좀 더럽게 때가 묻어 있는 데다 찌부러져 있어 그 안에
들어 있는 담배가 한 덩어리로 뭉쳐 보였다. 소매가 없는 도테라라 넣
을 곳이 마땅치 않아 그 안에 입은 작업복 주머니에라도 쑤셔 넣어둔
것 같았다.

"고맙지만 됐습니다."

이렇게 거절하자 도테라는 특별히 실망한 기색도 없이 뭉쳐진 것에
서 한 개비를, 손톱에 때가 낀 손가락 끝으로 꺼냈다. 아니나 다를까
담배는 주름투성이가 되어, 허리에 차는 칼처럼 휘어져 있다. 그래도
찢어진 데가 없는 모양인지 뻐끔뻐끔 피우자 코에서 연기가 나왔다.
아슬아슬한 고비에서도 담배의 기능을 다하고 있으니 신기할 따름이
었다.

1 속이 빈 필터가 달려 있는 궐련. 1904년에 나온 담배로, 스무 개비들이 한 갑에 6전이다.

"임자, 몇 살이나 되었나?"

도테라는 나를 '임자'라고 부르기도 하고 '자네'라고 부르기도 하는 것 같은데, 뭐로 구분하는지는 요령부득이었다. 지금까지의 상황으로 헤아려보면 돈벌이 이야기를 할 때는 '자네'라고 하고 평소 때는 '임자'로 돌아가는 것 같다. 어쩌면 돈벌이 이야기가 상당히 마음이 쓰이는 모양이었다.

"열아홉입니다."

실제로 그때는 틀림없이 열아홉 살이었다.

"아직 젊구먼."

입이 비뚤어진 여주인이 뒤로 돌아선 채 쟁반을 닦으면서 말했다. 뒤쪽을 향하고 있어 어떤 표정인지는 보이지 않았다. 혼잣말인지 도테라에게 말한 것인지 아니면 나를 상대로 말한 것인지는 알 수 없었다. 그러자 도테라는 자못 기세등등한 모습으로 말했다.

"그렇지, 열아홉이면 젊은 거지. 한창 일할 때야."

무슨 일이 있어도 일하지 않으면 안 된다는 듯한 어투였다. 나는 잠자코 걸상에서 일어났다.

6

　정면에 막과자를 올려놓은 받침대가 있고 테두리가 떨어져 나간 과자 상자 옆에는 큼직한 접시가 있었다. 위에 파란 행주가 씌워져 있고 그 밑으로 동그란 아게만주[1]가 비어져 나와 있었다. 나는 그 만주가 먹고 싶어 엉거주춤 일어나 과자 받침대 앞으로 갔는데, 옆으로 가서 만주 접시를 유심히 들여다보니 파리가 새까맣게 앉아 있었다. 게다가 내가 접시 앞에서 멈추자마자 발소리에 놀라 사방으로 휙 하고 흩어졌으므로 이런, 하고 생각하면서도 마음을 진정시키고 잠깐 살펴보고 있으니 흩어졌던 파리들이 이제 강풍이 지나갔으니 괜찮다며 약속이나 한 듯이 다시 만주 위에 일시에 날아와 앉았다. 기름기가 번들번들한 누런 만주 피 위에 까만 점들이 아무렇게나 깔려 있었다. 손을 내밀어볼까 하는 참에 갑자기 까만 반점들이 맑은 밤의 별자리처럼 종횡으로 행렬을 이루었으므로 다소 질린 나머지 멍하니 접시를 내려

---

　1 밀가루를 반죽하여 만든 피로 팥소를 감싸 찐 만주(饅頭)를 그대로 또는 튀김처럼 옷을 입혀 튀긴 것.

다보고 있었다.

"만주 드시게? 아직 신선해요. 그제 막 튀긴 거니까요."

여주인은 어느새 쟁반을 다 닦고 과자 받침대 건너편에 서 있었다. 나는 문득 눈을 들어 여주인을 보았다. 그러자 여주인은 무슨 생각을 했는지 마디가 굵은 손을 불쑥 접시 위로 치켜들었다.

"아이고, 이 파리 좀 보소."

이렇게 말하며 치켜든 손을 모로 세워 두세 번 좌우로 휘둘렀다.

"드실 거면 집어드릴까?"

여주인은 순식간에 선반 위에서 나무접시 하나를 내려 길쭉한 대나무 젓가락으로 만주를 일곱 개쯤 척척 집어냈다.

"여기가 좋겠지요?"

나무접시를 내가 앉아 있던 걸상 위로 가져갔다. 나는 하는 수 없이 원래 자리로 돌아가 나무접시 옆에 앉았다. 아니나 다를까 이미 파리가 날아와 있었다. 나는 파리, 만주, 접시를 차례로 바라보며 도테라에게 말했다.

"하나 드셔보시지요."

이는 꼭 '아사히' 담배를 권해준 일에 대한 답례만은 아니었다. 그제 튀긴, 파리가 득실거리는 만주를 도테라가 먹을까 안 먹을까 하는 것을 시험해보겠다는 속셈도 얼마간 있었던 것 같다.

"미안해서, 이거 원."

이렇게 말하며 도테라는 아무런 어려움 없이 제일 위에 놓인 만주를 집어 볼이 미어터지도록 입에 쑤셔 넣었다. 우물거리는 두툼한 입술을 관찰해보니 아주 나쁜 것만도 아닌 것 같았다. 그래서 나도 과감하게 가까운 쪽 밑에서 비교적 깨끗한 것을 집어 입을 떡 벌리고 밀어 넣었다. 기름 맛이 혓바닥 위로 흘러나왔나 싶을 새도 없이 그 안에서 쓴 팥소가 돌연 미각을 침범해왔다. 그러나 때가 때이므로 특별히 낭패라고는 생각하지 않았다. 어렵지 않게 팥소도 피도 기름도 꿀꺽 목구멍 안으로 삼키고 나자 자연스럽게 손이 다시 나무접시 쪽으로 나갔으니 참으로 이상한 일이다. 도테라는 그때 이미 두 개째를 먹어치우고 세 개째 만주로 손이 가고 있었다. 나에 비하면 속도가 무척 빨랐다. 그렇게 먹는 동안에는 아무 말도 하지 않았다. 일 이야기도, 돈벌이 이야기도 몽땅 잊어버린 듯했다. 따라서 만주 일곱 개가 숨을 두세 번 쉬는 사이에 없어지고 말았다. 그런데 나는 단 두 개밖에 먹지 못했다. 나머지 다섯 개는 눈 깜짝할 사이에 도테라에게 당하고 만 것이다.

아무리 꽁무니를 뺄 만큼 더러운 것이라도 일단 시작하고 나면 그다음에는 그다지 신경 쓰지 않고 먹을 수 있는 법이다. 이는 나중에 산에 가서 절절하게 경험한 것이라 지금은 아무것도 아닌 진부한 진리가 되고 말았지만, 그때는 만주를 먹으면서 다소 어이가 없을 정도로 더 먹고 싶었다. 더군다나 배가 고팠다. 그리고 상대가 도테라였다. 이 도테라가 아무렇지도 않다는 듯이 모래 묻은 만주를 태연하게 덥석 무는 것을 보니 약간 경쟁 심리가 발동하기도 해서 신경 같은 건 써봐야 아무 도움도 안 된다, 신경을 쓸수록 손해라는 마음이 들었다. 그래서 나는 결국 아주머니에게 만주를 더 달라고 했다.

7

이번에는 '하나 드시겠습니까?' 같은 말은 아예 하지도 않고 나무접시가 걸상 위에 놓이자마자 내가 먼저 하나를 집어 입에 쑥 쑤셔 넣었다. 그러자 도테라도 '이거 미안해서 원' 같은 말도 하지 않고 잠자코 하나를 집어 입에 넣었다. 다음에 내가 다시 하나를 넣었다. 그러자 도테라가 다시 하나를 넣었다. 번갈아 입에 넣으며 여섯 개째를 넣었을 때 딱 하나가 남았다. 다행스럽게도 내 차례라 도테라가 손을 뻗기 전에 집어서 내 입에 쑥 넣고 말았다. 그러고 나서 한 접시 더 달라고 했다.

"자네, 잘도 먹는군그래."

도테라가 말했다. 나는 많이 먹을 생각 같은 건 없었지만, 그 말마따나 어지간히 먹은 건 틀림없는 사실이었다. 하지만 처음부터 도테라 쪽에서 내가 먹고 싶지 않은 것을 게걸스럽게 먹는 바람에 내 식욕을 자극한 결과 그렇게 된 듯싶다. 그런데 도테라는 내가 많이 먹은 것이 전적으로 내 책임이라는 듯한 말투로 이야기했다. 그러므로 나는 어쩐지 도테라에게 변명을 하고 싶은 생각이 들었지만, 얼른 변명할 말이 떠오르지 않았다. 그저 뜬구름을 잡듯이 도테라에게도 책임이 있을 거라고 생각할 뿐, 책임이 어디에 있는지 몰라 입을 다물고 있었다. 그러자 이번에는 이렇게 말했다.

"자네, 어지간히 아게만주를 좋아하는 모양이군그래."

만주도 만주 나름이지 그제 튀긴 모래투성이에다 파리가 들끓는 만주를 좋아할 리 없었다. 그렇다고는 해도 실제로 세 접시나 먹어놓고 싫어한다고 말할 수는 물론 없었다. 그래서 이번에도 잠자코 있었다. 그때 찻집 여주인이 돌연 말문을 열었다.

"우리 집 만주는 유명해서 다들 맛있다며 먹지요."

여주인의 말을 들었을 때는 어쩐지 무시당한 기분이 들었다. 그래서 더욱 입을 꼭 다물고 말았다. 잠자코 듣고 있으니 도테라가 말했다.

"맛있는 거야 더할 나위 없지."

진심인지 입에 발린 말인지 짐작하기가 힘들었다. 아무튼 만주는 아무래도 좋으니 중요한 노동 문제¹를 들어보려고 내가 말을 꺼냈다.

"조금 전에 하신 말씀 말인데요, 사실 저도 여러 가지 사정이 있어 일을 해서 밥을 먹어야 하는 처지입니다. 그런데 대체 무슨 일을 하는 겁니까?"

도테라는 정면의 과자 받침대를 바라보고 있다가 얼굴만 불쑥 내 쪽으로 돌리고 말했다.

"자네, 돈을 벌게 될 거네. 거짓말이 아니야. 정말 돈을 버는 일이니

---

1 여기서는 '도테라'가 말하고 있는 일자리의 구체적인 일 문제를 뜻한다. 노동자와 자본가 사이에서 일어나는, 노동 조건이나 임금 개선을 둘러싼 사회문제로서의 '노동 문제'라는 말은 1900년을 전후한 무렵에 노동쟁의가 빈번하게 발생하면서 쓰이기 시작했다. 우치다 로안의 『사회백면상』(1902)에는 '노동 문제'라는 제목의 한 장이 있다.

까 꼭 해보게."

또다시 나를 '자네'라고 부르면서 자꾸만 돈을 벌게 해주고 싶어 했다. 이쪽으로 돌아보고 나를 꾀어내려고 애쓰는 얼굴 표정을 보니 광대뼈 아래가 자연스럽게 쑥 들어갔고, 움푹 팬 살이 다시 턱 선을 따라 네모나 있었다. 게다가 바깥에서 쏟아져 들어오는 햇빛으로 콧방울 아래에서부터 활 모양으로 생긴 주름이 깊이 패어 보였다. 그 모습을 보니 어쩐지 돈을 버는 것이 무서워졌다.

"저는 그렇게 벌지 않아도 됩니다. 하지만 일을 하긴 할 겁니다. 신성한 노동[2]이라면 무슨 일이든 하겠습니다."

도테라의 볼 언저리에서 글쎄 하는 기색이 살짝 보였지만, 얼마 후 활 모양의 그 주름을 좌우로 쫙 펴고는 담뱃진투성이의 이를 거리낌 없이 드러낸 채 특유의 방식으로 웃었다. 나중에 생각해보니 도테라에게는 신성한 노동이라는 말의 의미가 통하지 않은 듯싶었다. 적어도 사람이 돈을 버는 의미도 모르면서 까다롭게 입담 좋은 소리나 늘어놓고 있으니 딱하다며 웃었을 것이다.

조금 전까지만 해도 나는 죽을 생각이었다. 죽지 않는다고 해도 일단 사람이 없는 곳으로 갈 생각이었다. 그런데 그렇게 할 수 없어 살아가기 위해 일할 생각이 들었을 따름이다. 돈을 벌고 못 벌고의 문제는 처음부터 안중에 없었다. 지금도 없을 뿐만 아니라 도쿄에서 부모님 신세를 지고 있을 때도 없었다. 없는 정도가 아니라 돈만 벌자는 주의를 몹시 경멸하고 있었다. 일본 어디를 가든 누구나 그 정도의

---

2 그리스도교에서 유래한 노동관. 『성서』에서 인간의 노동은 신이 정한, 인간이 당연히 해야할 일이다. 우치다 로안의 『사회백면상』에는 "노동이 신성하다면 신성한 노동을 하지 않는 놀고먹는 자는 곧 사회의 쓰레기다"라고 쓰여 있다.

생각은 할 거라고 믿고 있었다. 그래서 도테라가 조금 전부터 돈벌이, 돈벌이 하고 말할 때마다 왜 그럴까 하고 이상하게 생각하고 있었다. 물론 화가 난 것은 아니었다. 화를 낼 입장도 아니고 그럴 처지도 아니라서 아주 태연하게 있기는 했지만, 그것이 인간에 대한 지대한 감언(甘言)이고 가장 효과적인 권유 방법일 거라고는 꿈에도 생각하지 못했다. 그래서 도테라의 비웃음을 사고 말았다. 비웃음을 사고도 전혀 알아채지 못했다. 지금 생각하면 한심할 따름이다.

8

그만의 특이한 웃음이 잦아들자 도테라가 다소 진지한 어조로 물었다.

"임자, 대체 지금까지 일해본 적이 있기는 한 건가?"

일이나 마나 나는 어제 막 집을 뛰쳐나온 몸이다. 내가 경험해본 거라고는 검술 훈련과 야구 연습 정도이고, 아직은 단 하루도 내 힘으로 벌어 먹고산 적이 없었다.

"일해본 적은 없습니다. 하지만 앞으로는 일을 해야 하는 처지입니다."

"그렇겠지. 일을 해본 적이 없다면…… 그럼, 자네는 아직 돈을 벌어본 적도 없겠군그래."

당연한 걸 물었다. 대답할 필요가 없어 입을 다물고 있으니 찻집 여주인이 과자 받침대 뒤에서 이렇게 말하며 일어섰다.

"일을 할 바엔 돈을 벌어야지."

"그렇고말고. 돈을 벌려고 해도 요즘에는 일자리가 널려 있는 게 아니야."

도테라가 얼마간 나에게 은혜를 베푸는 듯이 대답했다.

"그럼."

여주인이 약간 깔보는 듯이 말을 흘리고 뒤쪽으로 나갔다. '그럼'이라고 한 여주인의 말이 마음에 걸려 어쩌면 그 뒷말이 나올지도 모른다고 생각한 탓에 아무렇지 않게 뒷모습을 보고 있었다. 그런데 여주인이 커다란 흑송 밑동 부근으로 가더니 갑자기 소변을 보기 시작했으므로 얼른 얼굴을 돌려 도테라 쪽을 봤다.

"나나 되니까 자네 같은 생면부지한테 이렇게 돈벌이가 되는 일을 소개해주는 거네. 다른 사람 같으면 맨입으로는 말해주지 않는 아주 좋은 자리니까 말이야."

도테라가 또 은혜를 베푸는 듯이 말했다.

"고맙습니다."

나는 귀찮아서 얌전히, 그러나 딱딱한 어조로 대답했다.

"실은 이런 일자리인데 말이지."

도테라가 곧바로 말했다. 나는 잠자코 듣고 있었다.

"광산¹에 가서 일하는 건데, 내가 알선하기만 하면 바로 갱부가 될 수 있다네. 곧바로 갱부가 될 수 있다면 대단한 거 아닌가?"

나는 어떤 대답을 재촉받는 느낌이 들었지만 그렇다고 도테라의 장단에 놀아나 그렇습니다, 라고 대답할 수는 없는 노릇이었다. 갱부라고 하면 광산의 굴속에서 일하는 노동자임에 틀림없다. 세상에 노동자의 종류는 아주 많겠지만 그중에서도 가장 힘들고 가장 열등한 것

---

1 이 소설의 무대가 된 곳은 도치기(栃木) 현 닛코(日光) 시에 있던 아시오 구리 광산(足尾銅山)이다.

이 갱부라고만 생각하고 있었는데, 곧바로 갱부가 될 수 있다면 대단한 거라는 말을 들었으므로 장단이나 맞추고 있을 한가로운 상황이 아니었다. 아뿔싸, 할 만큼 내심으로는 적잖이 놀랐다. 갱부 밑에 그보다 열등한 족속이 있다는 것은 섣달그믐 다음에도 많은 날이 남아 있다는 말과 같은 것으로, 나로서는 도저히 상상할 수 없는 일이었다. 솔직히 말하면 도테라가 그런 말을 하는 것은, 나를 어린애로 얕잡아 보고 적당히 속이려는 것이 아닐까 하고 생각했다. 그런데 상대는 의외로 진지했다.

"아무튼 처음부터 곧바로 갱부가 되는 거니까 말이야. 갱부라면 편한 거지. 순식간에 돈이 잔뜩 쌓이게 되니까 좋아하는 일도 할 수 있고 말이지. 뭐, 은행도 있으니까 맡길 생각만 있으면 언제든지 맡길 수도 있고. 그렇지 않소, 아주머니? 처음부터 갱부가 될 수 있다는 건 꽤 괜찮은 거 아니오?"

이렇게 여주인에게 이야기의 방향을 돌리자 여주인은 조금 전 뒤쪽에서 볼일을 보던 그대로의 얼굴로 일어나면서 말했다.

"그럼요. 지금 바로 갱부가 되면 4, 5년도 안 돼서 돈이 철철 넘칠 정도로 모일걸요. 아무튼 열아홉 살이니까. 한창 일할 나이고. 지금 벌지 않으면 손해지요."

한마디, 한마디, 사이를 두고 혼잣말처럼 늘어놓았다.

9

요컨대 이 여주인도 꼭 갱부가 되라는 듯한 어투인 것이, 도테라와 완전히 같은 의견인 것으로 보였다. 물론 그래도 좋았다. 또 그렇지 않아도 하등 상관없는 일이었다. 묘하게도 그때만큼 얌전한 기분이 된 것은 태어나서 처음 있는 일이었다. 상대가 아무리 잘못된 것을 주장해도 나는 그저 예, 예, 하며 듣고 있었을 것이다. 솔직히 말하면 지난 1년간 해온 도리에 어긋난 일이라든지 의리, 인정, 번민[1] 같은 것이 파열하여 대충돌을 일으킨 결과, 정처 없이 여기까지 흘러온 것이니 어제까지의 내 자신을 생각하면 아무래도 이렇게 얌전해질 수 없을 터였지만, 실제로 그때는 남의 말에 거스르겠다는 생각이 약에 쓰려고 해도 들지 않았던 것이다. 또한 그것을 모순된다고도 이상하다고도 생각하지 않았다. 아마 생각할 여유가 없었을 것이다.

인간 안에서 하나로 뭉친 것은 몸뿐이다. 몸이 하나로 뭉쳐 있으니

1 게곤 폭포에서 투신자살한 후지무라 미사오의 글에도 '번민'이라는 말이 있고, 그 자살 사건을 전후하여 '번민'이라는 말은 청년들 사이의 유행어였다.

마음 역시 하나로 정리된 것이라 생각하고, 어제와 오늘 완전히 반대되는 일을 하면서도 역시 원래대로의 자신이라며 아무렇지 않게 넘기는 일이 꽤 많다. 뿐만 아니라 일단 책임 문제가 생기고 자신의 변심을 힐난당할 때조차, 아니, 내 마음은 기억이 있을 뿐 실은 따로따로 흩어져 있으니까요, 라고 대답하는 자가 없는 것은 왜일까? 이런 모순을 종종 경험한 나도, 억지라고 생각하면서도 약간은 책임을 느끼는 것 같다. 그러고 보니 인간은 상당히 편리하게 사회의 희생이 되도록 만들어진 것이다.

동시에 뿔뿔이 흩어진 자신의 영혼이 흔들흔들 불규칙하게 활동하는 현상을 목격하고 자신을 타인처럼 객관적으로 관찰해서 나온 진상에서 생각하면 인간만큼 믿을 수 없는 존재도 없다. 약속이나 맹세 같은 것은 자신의 영혼을 자각한 사람은 도저히 할 수 없는 일이다. 또한 그 약속을 방패삼아 상대를 사정없이 밀어붙이는 만행은 촌스럽기 짝이 없는 일이다. 대체로 약속을 실행하는 경우를 아주 주의 깊게 살펴보면 어딘가에 억지가 있는데도 불구하고 그 억지를 애써 감추고 모르는 체하는 얼굴로 해치울 뿐이다. 결코 영혼이 자유롭게 한 행동은 아니다. 일찌감치 이것을 알았다면 함부로 남을 원망한다거나 번민한다거나 괴로워한 나머지 집을 뛰쳐나오는 일은 없었을지도 모른다. 설사 뛰쳐나왔다고 해도 이 찻집까지 와서 도테라와 여주인을 대하는 자신의 태도가 어제까지와는 전혀 딴판이라는 사실을, 남을 대할 때처럼 아주 침착하게 비교할 만큼의 여유만 있었다면 조금은 깨달았을 것이다.

애석하게도 당시의 내게는 자신을 연구하겠다는 마음이 전혀 없었다. 그저 분해서, 괴로워서, 슬퍼서, 화가 나서, 그리고 딱해서, 미안해서, 세상이 싫어져서, 인간임을 다 버리지 못해서, 안절부절못해서 무턱대고 걷다가 도테라에게 걸렸고, 이제 막 아게만주를 먹은 참이었다. 어제는 어제, 오늘은 오늘, 한 시간 전은 한 시간 전, 30분 후는 30분 후, 그저 눈앞의 마음 외에 마음이라는 것이 완전히 없어져 평소부터 연결되지 않은 영혼이 점점 더 들뜨기 시작하여 실제로 있는지 없는지 굉장히 명료하지 않은 데다 과거 1년간의 커다란 기억이 비극적인 꿈처럼 몽롱하게 한 덩어리의 불길한 구름이 되어 먼 허공에 끝없이 드리워져 있는 기분이었다.

그래서 평소의 나라면 갱부가 되면 왜 좋은 건가, 어떻게 갱부보다 열등한 존재가 있다는 건가, 나는 돈벌이만을 목적으로 일하는 사람이 아니라든가, 돈만 번다고 뭐가 좋다는 건가 등 이런저런 이유를 내세우며 되도록 자기를 주장하지 않을 수 없었을 텐데, 오직 삼가는 자세로 얌전히 있었던 것이다. 입만 얌전한 게 아니라 마음속에서도 저항할 마음이 전혀 일지 않았다.

10

어쩌면 그때 나는 단순히 일할 수만 있으면 된다고 생각했던 것 같다. 적어도 일하기만 하면, 적어도 그 들뜬 영혼이 오체 안에 방황하면서도 머물러 있을 수만 있다면, 요컨대 이승에 미련 없이 죽을 수도 없는 것을 억지로 죽일 정도의 무리를 범하지 않는 한, 갱부 이상이든 이하든, 돈을 벌든 못 벌든 전혀 문제가 되지 않았던 것 같다. 그저 일자리만 생기면 그것으로 족하기에 일의 등급이나 성질, 결과에 대해 아무리 내 의견과 맞지 않은 허풍을 떨어도, 그 허풍이 단지 나를 꾀기 위해서 하는 타산적인 허풍이라고 해도, 그리고 그 허풍에 응하는 이상은 이지적인 인간으로서 자신의 인격에 적잖은 오점을 남길 우려가 있다고 해도 전혀 신경 쓰이지 않았을 것이다. 그럴 때는 복잡한 인간도 굉장히 단순해지는 법이다.

게다가 갱부라는 말을 들었을 때는 왠지 모르게 기뻤다. 첫째로 나는 죽을지도 모른다는 생각으로 집을 뛰쳐나왔던 것이다. 둘째로 죽지 않아도 좋으니 사람이 없는 곳으로 가고 싶어서 떠나왔다. 셋째로 그런 마음이 어느새 아무튼 일을 하자는 것으로 바뀌고 말았다. 그런데 막상 일을 하게 되자 평범한 일보다는 둘째에 가까운 편이 나았다. 한발 더 나아가 말하자면 첫째와 연관이 있는 편이 바람직했다. 자기도 모르는 사이에 첫째, 둘째, 셋째로 마음이 바뀐 것 같지만, 바뀌어온 마음의 상태는 모호한 채 인연을 끌어들여 흘러가면서도 뒤돌아보고 원래의 장소를 그리워하며 떠밀려 가는 것이었다. 그저 일을 하겠다는 결심이 둘째 조건을 뿌리칠 만큼 엉뚱한 것도 아니었고, 첫째 조건과 무관할 만큼 멀리 있었던 것도 아닌 것 같았다. 일을 하면서도 사람이 없는 곳에 있으며, 죽음에 가장 가까운 상태에서 일할 수 있다면, 최후의 결심이 뜻대로 진행되면서 얼마간 당초의 목적도 달성하게 되는 셈이었다.

갱부라고 하면 말 그대로 굴 안에서 햇빛을 보지 않고 하는 일이다. 사바세계에 있으면서, 사바세계 밑으로 기어들어가 어두운 데서 광석, 흙덩이를 상대로 속세의 목소리를 듣지 않아도 된다. 필시 음침할 것이다. 지금의 내게는 더할 나위 없이 좋은 곳이다. 세상에 널린게 인간이지만 나만큼 갱부에 적합한 사람은 결코 없을 것이다. 갱부는 나의 천직이다. ……물론 이렇게까지 명료하게 생각한 것은 아니지만, 그저 갱부라는 말을 들었을 때 아무 이유도 없이 음침한 기분이 들었고 또 그 음침함이 아무 이유도 없이 기뻤다. 지금 생각해보면 역시 아무래도 남의 일로만 받아들였던 것 같다.

그래서 나는 도테라에게 이렇게 말했다.

"저는 열심히 일할 생각인데, 갱부가 되게 해주시겠습니까?"

그러자 도테라는 꽤나 의젓한 태도로 말했다.

"곧바로 갱부가 되는 것은 꽤 어려운 일이지만, 내가 알선만 하면 반드시 될 수 있네."

그래서 나도 그런 건가 보다 하고 잠깐 입을 다물고 있자니 찻집 여주인이 또 끼어들었다.

"조조(長藏) 씨가 말만 해주면 갱부가 되는 건 틀림없지, 암."

나는 그제야 비로소 도테라의 이름이 조조라는 것을 알았다. 그러고 나서 함께 기차를 타거나 내리거나 할 때 나도 그 사내를 붙잡고 두세 번 조조 씨라고 부른 적이 있었다. 그러나 조조라는 이름을 한자로 어떻게 쓰는지는 지금도 알지 못한다. 물론 여기에 쓴 것은 내가 적당히 붙인 것이다. 처음으로 집을 뛰쳐나간 사람의 코를 느닷없이 끌어당겨 생각지도 못한 방향으로 향하게 한, 이를테면 자신의 생활에 일대 변화를 준 사람의 이름을 입으로는 기억하고 있으나 붓으로 쓸 수 없다는 것은 이상한 일이다.

그런데 그 조조 씨와 찻집의 여주인이 반드시 갱부가 될 수 있다고 보증하고 나서니 나도 될 수 있을 거라고 생각하여 부탁을 했다.

"그럼 아무쪼록 부탁드리겠습니다."

그러나 이 찻집에 앉아 있는 사람이 어떻게, 어디로 가서, 어떤 절차를 거쳐 갱부가 된다는 건지 그것에 대해서는 도통 알 수가 없었다.

11

아무튼 그쪽에서 그렇게까지 권하는 터라 아무쪼록 잘 부탁한다고 말했으니 조조 씨가 어떻게든 해줄 것임에 틀림없다고 생각하여 나머지는 묻지도 않고 입을 다물고 있었다. 그러자 조조 씨는 기세 좋게 도테라를 입은 엉덩이를 걸상에서 일으키며 말했다.

"그럼 지금 바로 떠나세. 임자, 준비는 다 됐나? 놓고 가는 물건이 없는지 잘 살펴보게."

나는 집을 떠날 때 달랑 옷만 걸치고 나온 터라 몸 말고는 놓고 갈 물건이 있을 리 없었다.

"아무것도 없습니다."

이렇게 말하고 일어섰는데, 여주인과 얼굴을 마주하고서야 깨달았다. 정작 중요한 아게만주 값을 잊고 있었다. 조조 씨는 태연한 얼굴로 이미 반쯤 갈대발 밖으로 나가서 길을 바라보고 있었다. 나는 품속에서 32전이 든 지갑을 꺼내 만주 세 접시 값을 치르고 내친김에 찻값으로 5전을 더 주었다. 아게만주 값이 얼마였는지는 결국 잊어먹었는지 생각나지 않는다. 다만 그때 여주인이 이렇게 말한 것은 기억하고 있다.

"갱부가 돼서 돈을 잔뜩 벌어 돌아갈 때 또 들르시구랴."

그 후 갱부를 그만두었지만 끝내 이 찻집에 들를 기회는 없었다. 그러고 나서 조조 씨의 뒤를 따라 예의 그 지긋지긋한 솔밭으로 나가 발등까지 먼지를 일으키며 외줄기 길을 걸었다. 조금 전에는 따분하도록 길었는데 이번에는 의외로 빨리 지나가버렸다. 어느새 소나무가 없어지더니 이타바시(板橋) 가도¹에 있는 이타바시 같은 보잘것없는 역참의 입구가 나왔다. 역시 이타바시 가도에서처럼 덜커덩거리는 조잡한 승합마차²가 지나갔다. 한 발짝 앞서 가던 조조 씨가 돌아보며 물었다.

"임자, 마차 타겠나?"

"타도 됩니다."

그러자 이번에는 반대로 물었다.

"타지 않아도 괜찮겠나?"

"타지 않아도 괜찮습니다."

조조 씨는 세 번째로 물었다.

"어떻게 하지?"

"아무래도 상관없습니다."

그사이에 마차는 멀리 가버렸다.

"그럼 걷기로 하지."

1 이타바시는 에도 니혼바시에서 교토로 향하는 나카센도(中山道)의 첫 번째 역참이다. 그 이타바시에서 오미야(大宮) 부근까지의 나카센도를 이타바시 가도라고 했다.
2 승합마차는 철도마차, 이어서 전차가 등장하면서 점차 사라졌고 1907년 무렵 도쿄 시내에서는 거의 모습을 감췄다.

조조 씨는 이렇게 말하고 걷기 시작했다. 나도 걷기 시작했다. 건너편을 보니 방금 지나간 마차가 일으킨 먼지가 햇빛에 뒤섞여 길이 탁해진 것처럼 누렇게 보였다. 그러는 사이에 사람들의 왕래가 점점 잦아졌다. 거리의 모습이 점차 나아졌다. 마지막에는 우시고메의 가구라자카만큼 번창한 곳이 나왔다. 이 근방의 가게나 사람, 의복은 도쿄와 전혀 다르지 않았다. 조조 씨 같은 사람은 거의 보이지 않았다. 나는 조조 씨에게 물었다.

"여긴 어딘가요?"

"여기? 여길 모른단 말인가?"

조조 씨는 놀란 듯했지만 웃지도 않고 곧 가르쳐주었다. 그래서 그곳의 이름[3]을 알게 되었지만 여기서는 굳이 말하지 않겠다. 내가 이 변화한 거리의 이름을 몰랐다는 것을 상당히 이상하게 여겼는지 조조 씨가 물었다.

"임자, 대체 어디 출신인가?"

지금까지 조조 씨가 내 과거나 경력에 대해 전혀 묻지 않은 것은 알선하는 사람의 행위치고는 지나치게 무심한 것처럼 보이는데 그 사내가 그런 일에 완전히 무신경한 성격이었다는 것은 나중에야 알았다. 이때의 질문은 전적으로 내 무지에 놀란 데서 튀어나온 호기심에 지나지 않았다.

그 증거로, 내가 "도쿄입니다"라고 대답했더니 "그렇군" 하고 말할 뿐이었다. 그러고 나서는 아무것도 묻지 않고 나를 이끌듯이 하며 어떤 골목으로 꺾어 들어갔다.

---

3 나쓰메 소세키의 「단편 네댓」이라는 글에 "그 남자와 마에바시에서 기차를 탔다"라고 되어 있는 것으로 보아 군마 현 마에바시 시를 말하는 것으로 짐작된다.

12

솔직히 말하면 나는 상당한 지위를 가진 사람의 아들이다. 복잡하게 얽힌 사정이 있어 그걸 견디지 못하고 집을 뛰쳐나오긴 했지만, 그렇다고 부모에 대한 불평이나 앙갚음으로 무분별하게 저지른 일만은 아니었다. 왠지 모르게 세상이 싫어졌고, 그 결과 우리 집까지 재미없어졌다. 그랬더니 부모의 얼굴도 친척의 얼굴도 억지로 참으며 보고 있을 수 없게 되었다. 그게 큰일이라는 것을 알고 마음을 돌려보려고 기를 써봤지만 그때는 이미 늦었다. 끝까지 버텨보려고 온갖 수단을 다 써가며 안달하면 할수록 싫어질 뿐이었다. 결국은 앙버팀의 마개가 단번에 쑥 빠져 인내의 진(陣)이 완전히 무너졌다. 그날 밤 결국 집을 뛰쳐나오고 말았다.

그 일이 일어난 배경을 살펴보면 그 중심에는 한 소녀가 있다. 그리고 그 소녀 옆에 또 한 소녀가 있다. 이 두 소녀 주위에 부모가 있다. 친척도 있다. 세상이 구석구석까지 둘러싸고 있다. 그런데 첫 번째 소녀는 나에게 부드러워지기도 하고 날카로워지기도 했다. 그러면 무슨 이유에선지 나도 부드러워지거나 날카로워지지 않을 수 없게 되었다. 그러나 나는 그렇게 부드러워지거나 날카로워지거나 해서는 두 번째 소녀에게 미안한 약속을 갖고 태어난 인간이다. 나는 어린 나이에도 자신의 입장을 잘 이해하고 있었다. 하지만 미안하다고 생각하면 할수록 부드러워지거나 날카로워졌다. 끝내는 형태만이 아닌 조직까지[1] 바뀌게 되었다. 그것을 두 번째 소녀가 원망스럽다는 듯이 보고 있었다. 부모도 친척도 보고 있었다. 세상 사람들도 보고 있었다. 나는 내 마음이 늘어나거나 줄어들거나, 구부러지거나 비뚤어지거나 하는 것을 어떻게든 숨겨보려고 애썼지만, 어쨌든 첫 번째 소녀가 전혀 그만두지 않고 무턱대고 늘려 보여주기도 하고 줄여 보여주기도 했으므로 끝까지 감출 수는 없었다. 부모에게도 친척에게도 들키고 말았다. 괘씸한 일이 되었다. 나도 이상하다고는 생각하지 않았지만, 차차 들어보니 괘씸하다는 의미가 상당히 달랐다. 그래서 이런저런 변명을 해봤지만 좀처럼 들어주지 않았다. 부모이면서 내가 하는 말을 전혀 신용하지 않는 것이 가장 불리하다고 생각하는 동시에 첫 번째 소녀 옆에 있으면 앞으로 어떻게 될지 알 수가 없다, 경우에 따라서는 실제로 변명할 수 없는 괘씸한 일이 생길지도 모른다고 생각하기 시작했다. 하지만 도저히 헤어질 수가 없었다. 게다가 두 번째 소녀에 대해서는 가엾다, 미안하게 되었다는 생각이 나날이 심해졌다. ……이런 식으로 양립할 수 없는 감정이 삼방, 사방에서 치고 들어와 오색의 실이 뒤엉킨 것처럼 이쪽을 당기면 저쪽이 막히고 저쪽을 느슨하게 하면 이쪽이 당겨지는 식으로 혼란스러운 머리는 도저히 풀리지 않았다. 여러 가지로 궁리를 해서 자신에게 정나미가 떨어질 정도로 이리

1 표면에 나타나는 언동만이 아니라 그 내부를 지탱하는 마음의 구조까지라는 의미다.

저리 핑계를 대며 둘러대보기도 했지만 도저히 생각처럼 정리되지 않을 거라는 결론이 났을 때야 비로소 깨달았다. 다시 말해 내가 괴로워하고 있으므로 나 자신이 그 고통을 그치게 하는 길밖에 없다는 것이다.

지금까지는 자신이 괴로워하면서도 자기 이외의 사람을 움직여 그럭저럭 자신에게 유리하게 해결하는 길이 있을 거라며 오로지 바깥만을 믿고 있었다. 즉 길거리에서 사람과 맞닥뜨렸을 때 이쪽은 우뚝 선 채 상대가 질퍽거리는 곳으로 피하게 할 궁리만 하고 있었던 셈이다. 이쪽이 움직이지 않고 그대로 있으면서 상대만을 내 생각대로 움직이게 하려는 불가능한 의논을 해왔던 것이다. 자신이 거울 앞에 서 있으면서 거울에 비치는 자신의 모습을 신경 써본들 어떻게 되는 게 아니다. 세상의 규칙이라는 거울을 쉽사리 움직일 수 없다면 자신이 거울 앞을 떠나는 것이 최상의 방책이다.

13

그래서 나는 복잡하게 뒤엉킨 관계 속에서 자신만을 연기처럼 홀연히 사라지게 하기로 결심했다. 그러나 정말 연기처럼 사라지게 하기 위해서는 자살하는 것 외에 방법이 없다. 그래서 종종 자살을 시도해보기도 했다. 그런데 그때마다 가슴이 덜컥 내려앉아 그만두곤 했다. 결국 자살은 아무리 연습해도 능숙해지지 않는 것이라는 사실을 깨달았다. 갑작스럽게 자살할 수 없다면 자멸하는 것이 좋을 거라고 생각했다. 그러나 나는 전에 말한 대로 상당히 신분이 높은 부모를 두었고 늘 부족함이 없는 처지라 집에 있으면 자멸할 수가 없다. 아무래도 달아날 필요가 있었다.

달아나도 이 관계를 잊을 수는 없을 거라고 생각했다. 또 잊을 수 있을 거라고도 생각했다. 요컨대 해보지 않으면 알 수 없다고 생각했다. 설령 달아나는 나를 번민이 따라다닌다고 해도 그것은 자신의 일이다. 뒤에 남은 사람은 내가 달아나는 것으로 인해 편해질 것임에 틀림없다고 생각했다. 그뿐 아니라 달아난다고 해도 언제까지나 달아나

있는 건 아니다. 갑작스럽게 자멸하기는 어렵기 때문에 일단 달아나
보는 것이다. 그러므로 달아나도 역시 과거에 쫓겨 괴롭다면 그때 서
서히 자멸 계획을 짜는 것도 늦지 않을 것이다. 그래도 안 되면 그때
는 반드시 자살하겠다. ……이렇게 써놓고 보니 내가 너무나도 하찮
은 인간인 것 같은데, 사실을 노골적으로 말하자면 그만한 일에 지나
지 않으니 어쩔 수 없는 일이다. 또한 이렇게 쓰기 때문에 하찮아지는
것인데, 그 당시의 어렴풋한 기세를 그대로 서술한다면 이래 봬도 소
설 주인공이 될 자격은 충분할 거라고 생각한다.

　그렇지 않더라도 실제 그 당시 두 소녀의 상태며 나날이 변하는 국
면이며 자신의 걱정이며 번민이며 부모의 의견이나 친척의 충고며 이
런저런 것들을 있는 그대로 조목조목 다 썼다면 아마 재미있는 연재
물[1]이 되겠지만, 그런 필력도 시간도 없으므로 그것은 그만두기로 하
고 모처럼의 갱부 사건만 이야기하기로 한다.

　아무튼 그런 까닭에 나는 결국 집을 뛰쳐나왔으므로 처음부터 살아
서 묻힐 각오이기도 하고 또 스스로 묻어버릴 생각도 했다. 하지만 아
무리 자포자기한 심정이 되었다고 해도 역시 조조 씨에게 부모의 이
름이나 살아온 역사를 이야기하고 싶지는 않았다. 조조 씨만이 아니
라 어떤 사람에게도 이야기하고 싶지 않았다. 그 어떤 사람은 고사하
고 가능하다면 자신에게조차 이야기하고 싶지 않을 만큼 비참한 심정
으로 비틀거리고 있었다. 그러므로 조조 씨가, 사람을 알선하는 이에
게 어울리지 않게 내 신변에 대해 한마디도 캐묻지 않았다는 것을 이
상해하면서도 내심 무척 기뻤다. 사실 당시의 나는 아직 거짓말하는
것을 충분히 연습하지 않았고, 속인다는 것은 몹시 나쁜 일이라고 알

1 신문연재 소설을 말한다.

고 있었으므로 그런 질문을 받았다면 필시 난처했을 것이다.

그래서 조조 씨를 따라 골목으로 꺾어 들어가니 1, 2백 미터도 못 가서 길거리의 집들이 갑자기 드문드문해지고 그 집들 사이로 논의 일부가 가느다랗게 내다보였다. 바깥이 번창하다고 해도 그렇게 번창한 것은 정작 길 양쪽뿐이라는 걸 알았을 때 갑자기 골목으로 꺾어 드니 다시 번화한 곳이 나왔다. 그 끝이 역²이었다. 기차를 타지 않고는 갱부가 되는 절차가 끝나지 않는다는 것을 그제야 알았다. 사실 이곳에 광산의 출장소라도 있어 우선 그곳으로 데려가고 거기에서 다시 담당자가 산으로 데려갈 것이라고 생각하고 있었다.

그래서 역으로 들어가기 10여 미터 앞에 이르렀을 때 뒤에서 불러 물어보았다.

"조조 씨, 기차를 타는 겁니까?"

내가 이 사내를 조조 씨라고 부른 것은 그때가 처음이었다. 조조 씨는 잠깐 돌아보았으나 생판 남이 이름을 부르는 것을 수상해하는 기색도 없이 곧바로 대답했다.

"그럼, 타야지."

그러고는 역으로 들어갔다.

2 군마 현의 마에바시 역으로 추정된다.

14

나는 역 입구에 서서 생각했다. 대체 저 사내는 나와 함께 기차를 타고 거기까지 갈 생각인 걸까, 그런 것치고는 너무 친절하다. 아무리 그렇다 하더라도 생면부지인 나를 수고를 마다하지 않고 이렇게 친절하게 보살펴주는 것은 이상하다. 저놈은 어쩌면 사기꾼일지도 모른다. 나는 이제 와서 새삼스레 하찮은 일을 깨닫고 갑자기 기차 타는 것이 싫어졌다. 차라리 역에서 다시 뛰쳐나갈까 생각하고 지금까지 플랫폼 쪽으로 향하고 있던 발을 입구 쪽으로 돌렸다. 그러나 아직 걸을 만큼의 결심을 하지 못한 채 멍하니 역 앞에 있는 찻집의 붉은 포렴을 바라보고 있으니 느닷없이 멀리서 큰 소리로 누군가 나를 불러 세웠다. 나는 그 소리를 듣자마자 목소리의 주인공이 조조 씨이고 솔밭 아래 쭉 들었던 목소리라는 것을 깨달았다. 돌아보니 조조 씨가 멀리서 얼굴만 비스듬히 내밀고 이쪽을 보며 자꾸만 고개를 위아래로 끄덕였다. 잘은 모르나 몸이 변소의 담에 가려져 있는 것 같았다. 모처럼 부른 것이라 생각하여 나는 조조 씨의 얼굴을 향해 걸어갔다.

"임자, 기차를 타기 전에 볼일을 봐두는 게 좋을 거네."

나는 그럴 정도가 아니어서 일단 거절했으나 좀처럼 동의해줄 것 같지 않았으므로, 지저분한 이야기지만 조조 씨 옆에 나란히 서서 소변을 봤다. 그때 내 생각은 또 변했다. 나는 몸뚱어리 외에 아무것도 갖고 있지 않았다. 빼앗으려고 해도, 편취하려고 해도 명예도 재산도 없는 몸이라 처음부터 가망이 없는 물건이다. 어제의 나와 오늘의 나를 혼동하여 조조 씨를 두려워한 것은 면직을 당했으면서 봉급의 차압만 염려하는 것과 같은 일이다. 조조 씨는 교육을 받은 사람이 아니겠지만, 내 겉모습을 보고 한눈에 편취할 게 없다는 걸 간파하는 데는 교육이고 뭐고 필요하지 않을 것이다. 그러므로 경우에 따라서는 나를 갱부로 알선해주고 나중에 알선료라도 챙길 요량인 거라고 생각했다. 그런 거라면 상관없다. 급료에서 얼마쯤 떼어 주면 되는 일이라고 생각하면서 볼일을 봤다. ……사실 내가 이 정도의 결론에 이른 데는 짧은 시간 동안이지만 그만큼의 수고와 추론이 필요했다. 이만큼 애를 쓰고 나서도 아직 조조 씨가 야바위 일을 하는 이른바 순수한 의미의 야바위꾼이라는 사실을 깨닫지 못한 것은 나이가 고작 열아홉이었기 때문이다.

나이가 어리다는 것은 실로 손해나는 일로, 이렇게 그럭저럭 야바위꾼 근처까지 이르렀으면서도 혹시나 호의로 남을 잘 돌봐주는 데서 나온 친절이 아닐까 생각하여 엉뚱한 배려를 한 것은 우스꽝스러운 일이었다.

실은 둘이서 볼일을 보고 느릿느릿 삼등 대합실[1] 입구까지 갔을 때

---

1 기차의 승차권은 일등(삯은 삼등의 세 배), 이등(삼등의 두 배), 삼등으로 나뉘어 있었고 대합실은 일이등 승객용과 삼등 승객용이 따로 있었다.

나는 비교적 예의를 갖추고 조조 씨에게 이렇게 말했던 것이다.

"당신이 일부러 거기까지 데려다주시는 건 죄송스러운 일이니 이것으로 충분할 것 같습니다."

그러자 조조 씨는 대답도 하지 않고 이상한 얼굴로 잠자코 나를 쳐다봤으므로 예를 표하는 방식이 잘못된 게 아닌가 싶어 이렇게 말하며 자꾸만 머리를 숙였다.

"여러 가지로 도와주셔서 감사합니다. 여기서부터는 저 혼자 갈 테니 아무쪼록 신경 쓰지 않으셔도 될 것 같습니다."

그러자 조조 씨가 말했다.

"혼자 갈 수 있겠나?"

이때만은 '임자'라는 말을 생략한 것 같다.

"까짓것, 갈 수 있습니다."

"어떻게?"

이렇게 되물어 나는 좀 당황했다.

"지금 당신이 가르쳐주시면 거기 가서 당신 이름을 말하고 어떻게든 해보지요, 뭐."

머뭇머뭇 이렇게 말했더니 바로 퇴짜를 놓았다.

"임자, 내 이름 정도로 곧바로 갱부가 될 수 있을 거라고 생각하면 큰 오산이네. 갱부라는 게 그리 쉽게 될 수 있는 게 아니야."

"하지만 죄송하니까요."

어쩔 수 없었으므로 변명을 겸하여 예를 표했다.

"뭐 그렇게 부담스러워하지 않아도 되네. 거기까지 데려다줄 테니 걱정 말게. 옷깃만 스쳐도 인연이라 안 하나, 하하하하."

그래서 나는 마지막으로 감사의 뜻을 표했다.

"정말 고맙습니다."

15

그러고 나서 둘이서 나란히 벤치에 앉아 있으니 사람들이 점차 역으로 몰려들었다. 대개는 시골 사람들이었다. 그중에는 조조 씨처럼 한텐 겸 도테라를 입은 데다 멜대까지 멘 사람도 있었다. 그런가 하면 광택이 있는 앞치마를 두르고 묘하게 중절모를 움푹 들어가게 해서 쓴 도쿄 토박이풍의 상인도 있었다. 그 밖에 이런저런 사람들의 발소리와 떠드는 소리로 벤치 주위가 떠들썩해졌을 때 매표구의 문이 달그락하며 열렸다. 이제나저제나 하고 기다리던 사람들이 서둘러 일어나 철망 앞으로 모여들었다. 그러거나 말거나 조조 씨는 태연자약한 모습이었다. 칼날처럼 휘어진 예의 그 '아사히' 담배를 두툼한 입술로 꼬나물면서 각진 얼굴을 3분의 2쯤 내 쪽으로 돌리며 물었다.

"임자, 기찻삯은 있나?"

또다시 나의 미숙함을 드러내는 것 같은데, 솔직히 말하면 바로 그때까지만 해도 나는 기찻삯에 대해서는 손톱만큼도 생각하고 있지 않았다. 기차를 탄다는 생각을 하면서도 돈을 내야 하는지 또 얼마나 내야 하는지를 전혀 생각하지 않았다는 것은 어리석음의 극치라 하지 않을 수 없다. 아무튼 어리석었다는 것은 인정하겠지만, 그 질문을 들을 때까지 공짜로 탈 수 있을 것 같은 마음으로 태연하게 있었던 게 사실이다. 잘은 모르겠지만 어쩌면 마음속 깊은 곳에 조조 씨에게 들러붙어 있기만 하면 어떻게든 될 거라는 의존심이 묘하게 숨어 있었을 것이다. 다만 나는 결코 그렇다고 자각하지는 않았다. 자신의 일이지만 지금도 자각하고 있었다고는 말하기 힘들다. 그렇지만 그런 안도감이 없었다면 아무리 빙충이라도, 아무리 열아홉 살이라도 역까지 와서 기찻삯의 '기' 자도 생각하지 않았을 리 없을 것이다.

그런 주제에 그렇게까지 의지하던 조조 씨에게, 이제 신세를 지지 않아도 될 것 같으니 여기서부터는 혼자 가겠습니다, 라고 간곡히 동행을 거절한 것은 무슨 생각에서였을까? 나는 종종 그런 경우를 당하고는 끝내 스스로 하나의 이론을 세웠다. ……병에 잠복기가 있는 것처럼 우리의 사상이나 감정에도 잠복기가 있다. 이때에는 자신이 그 사상을 가지고 있으면서도, 그 감정에 지배당하면서도 전혀 자각하지 못한다. 또한 그 사상이나 감정이 외계와의 관계로 의식의 표면에 드러날 기회가 없으면 평생 그 사상이나 감정의 지배를 받으면서도 자신은 결코 그런 기억이 없다고 주장한다. 그 증거는 이런 거라며 줄기차게 반대의 언행을 해 보인다. 하지만 옆에서 보면 그 언행은 모순되어 있다. 스스로 미심쩍다고 생각하기도 한다. 미심쩍다는 것은 모르더라도 엄청난 고통을 겪기도 한다.

내가 앞에서 말한 소녀로 인한 괴로움도 따지고 보면 잠복기에 있는 것을 자각할 수 없었기 때문이다. 정체를 알 수 없는 그것이 조금이라도 자신의 마음을 침범하기 전에 극약이라도 주사하여 모조리 죽일 수 있다면 인간의 수많은 모순이나 세상의 수많은 불행은 일어나지 않아도 되었을 것이다. 그런데 생각처럼 그렇게 되지 않는 것은 사람들에게도 나 자신에게도 안타깝기 짝이 없는 일이다.

그래서 조조 씨로부터 '어이, 기찻삯은 있나?'라는 질문을 받았을 때 나는 아차 하고 적잖이 당황했다. 32전에서 만주 값과 찻값을 치르고 나니 아무것도 남지 않았다. 기찻삯도 없는 주제에 갱부가 되겠다며 순순히 승낙을 했으니 굉장히 뻔뻔한 인간이었구나 하는 사실을 깨달은 순간 갑자기 뺨이 후끈 달아올랐다. 그때의 일을 떠올리면 내가 생각해도 사랑스럽다. 지금이라면 설사 전차 안에서 빚 독촉을 받더라도 그저 난처해할 뿐 결코 얼굴을 붉히지는 않을 것이다. 하물며 야바위꾼인 조조 씨에게 신성한 수치의 혈색을 보이는 안타까운 일을 할 염려는 꿈에도 없다.

16

어쩐 일인지 나는 조조 씨에게 기찻삯이 있노라고 대답하고 싶었다. 그러나 사실은 없었으므로 거짓말을 할 수는 없었다. 거짓말을 하고 그냥 넘길 수만 있다면 과감하게 거짓말을 했겠지만, 아무튼 지금은 표를 사기 직전이어서 거짓말을 하면 곧바로 들통이 나게 되는 판국이라 그것도 어려운 일이었다. 그렇다고 기찻삯이 없다고 대답하자니 무척 고통스러웠다. 아무래도 어린애라서, 그것도 아주 어린애가 아니라 약간은 성장하여 성에 눈뜨기 시작했고 번민을 하고 있으며 하찮은 상식이 있는 듯 없는 듯한 어린애라서 더욱 사정이 여의치 못했다. 그래서 기찻삯이 있다고도 없다고도 하기 어려운 터라 이렇게 대답했다.

"조금 있습니다."

그것도 말이 떨어지기가 무섭게 막힘없이 나왔으면 좋았을 텐데, 아무튼 안타깝게도 뺨을 붉히고 나서 심히 황송하다는 태도로 나왔으니 한심한 일이었다.

"조금이라니, 얼마나 갖고 있는데?"

조조 씨가 되물었다. 조조 씨는 내가 뺨을 붉혀도, 황송해해도 그런 것에는 전혀 관심이 없었다. 그저 얼마나 갖고 있는지를 알고 싶은 모양이었다. 그런데 공교롭게도 정작 중요한, 내가 얼마나 갖고 있는지가 분명하지 않았다. 아무튼 다 해서 32전이 있었는데 만주를 세 접시 먹고 찻값으로 5전을 치렀으므로 남은 돈은 많지 않았다. 있으나 마나 한 정도였을 것이다.

"아주 조금입니다. 아무래도 충분한 것 같지는 않습니다."

나는 솔직히 털어놓았다.

"부족한 것은 내가 내줄 테니 걱정 말게. 아무튼 있는 건 다 내놓아 보게."

생각보다 별로 개의치 않는 것 같았다. 나는 그때 1전이나 2전짜리 동전을 세고 있는 것은 보기에 너무 흉한 것 같기도 하고, 있는 것을 없다고 숨기는 것처럼 보이기도 싫어서 품에서 예의 그 지갑을 꺼내 통째로 조조 씨에게 건넸다. 그 지갑은 악어가죽으로 만든 굉장히 고급스러운 것으로, 아버지한테 받을 때도 아주 고가의 물건이라는 설명을 자세히 들었던 사치품이었다. 조조 씨는 지갑을 받아 들고 잠깐 쳐다보더니 말했다.

"흐음, 싸구려는 아니군."

조조 씨는 안에 든 것은 확인도 하지 않고, 한텐 속에 있는 작업복 호주머니에 쑤셔 넣었다.

"그럼, 내가 표를 사다 줄 테니까 여기서 가만히 기다리고 있어야 하네. 어긋나기라도 하는 날엔 갱부가 될 수 없으니까."

내용물을 확인하지 않은 것은 다행이었지만, 조조 씨는 이렇게 다

짐을 해두고 벤치를 떠나 매표구 쪽으로 부리나케 가버렸다. 보고 있자니 인파 속으로 들어간 채 뒤도 돌아보지 않고 차례가 다가오기를 기다리고 있었다. 조금 전에 솔밭의 찻집을 나온 후 방금 전까지 조조 씨는 시종일관 내 옆에 붙어 있었고, 가끔 떨어져 있을 때는 변소에서도 얼굴을 내밀어 부를 정도였는데, 지갑을 받고 표를 사러 갈 때는 마치 나를 잊어버린 사람처럼 보였다. 사람이 너무 많아서 이쪽에 눈을 줄 여유가 없었을 것이다. 그에 반해 나는 열심히 조조 씨의 뒷모습을 좇으며 표를 살 사람이 한 명 한 명 줄어들 때마다 점점 매표구에 가까워지는 조조 씨를 멀리서 묘한 심정으로 바라보고 있었다. 지갑은 훌륭하지만 열어보면 안에는 동전뿐이다. 열어보고 뭐야, 이것밖에 없는 거야, 하고 조조 씨는 틀림없이 놀랄 것이다. 정말 미안했다. 돈을 얼마나 보탰을까 하는 쓸데없는 일을 걱정하고 있자니 얼마 후 조조 씨가 평소의 얼굴을 하고 돌아왔다.

"자, 이게 자네 거네."

조조 씨는 이렇게 말하며 빨간 표[1] 한 장을 건넬 뿐 얼마가 모자랐다든가 하는 말은 한마디도 하지 않았다.

"고맙습니다."

멋쩍기도 해서 나도 그저 이렇게만 말하고 표를 받아 든 채 기찻삯에 대해서는 아무 말도 하지 않았다. 지갑도 그냥 그대로 내버려두었다. 조조 씨도 지갑에 대해서는 그 뒤로 아무 말도 하지 않았다. 따라서 지갑은 결국 조조 씨에게 준 셈이 되고 말았다.

---

1 기차의 삼등 승차권. 기차의 운임은 일등에서 삼등까지 세 단계로 분류되었고 승차권은 일등이 하얀색, 이등이 파란색, 삼등이 빨간색으로 구별되어 있었다.

17

그러고 나서 드디어 둘이서 기차에 올랐다. 기차 안에서는 특별히 이렇다 할 사건이 일어나지 않았다. 그저 내 옆에 부스럼투성이에다 눈은 짓물렀고, 마맛자국이 있는 사내가 앉았으므로 갑자기 기분이 좋지 않아서 건너편 자리로 옮겼을 뿐이다. 당시의 상황을 이제 와서 차분히 생각해보면 아무래도 상당히 우습다. 집을 뛰쳐나와 갱부로까지 전락할 결심이었으므로 어지간한 일에는 난감해하지 않았을 것 같지만, 역시 지저분한 사람 옆에는 있고 싶지 않았다. 그런 상황에서는 자살하기 하루 전날이라도 짓무른 눈을 가진 사람 옆에서 틀림없이 도망쳤을 것이다. 그렇다고 매사에 맺고 끊는 게 이렇게 꼼꼼한가 하면 그런 것도 아니라 곤란하다. 좀 전에 조조 씨나 찻집 여주인을 만났을 때는 평소와 달리 끽소리도 못 하고 진심으로 얌전하게 있었다. 의논도 주장도 할 기개가 전혀 없었다. 하기야 그때는 상당히 배가 고팠으므로 조금은 그런 사실을 감안하는 것이 지극히 당연하겠지만, 꼭 그래서만은 아니었다고 생각한다. 아무래도 모순…… 다시 모순이

나왔으므로 그만두기로 하자.

나는 자신의 생활 속에서 가장 다채로웠던 당시의 모험을 틈만 나면 떠올려보는 버릇이 있다. 그 모험을 떠올릴 때마다 예전의 내 일이라 거리낌 없이 엄밀한 해부의 칼을 휘둘러 종횡무진 자신의 심리를 난도질해보는데 그 결과는 늘 천편일률적인 것으로, 요컨대 모르겠다는 것이다. 예전의 일이니 잊어버린 것이라고 해서는 안 된다. 내 생애에 그만큼 절실한 경험은 두 번 다시 없었다. 스무 살 안쪽의 무분별함에서 나온 무모한 일이라 그 순서가 뒤섞여 요령부득이라고 평해서는 안 된다. 경험한 당시에는 이것저것 뒤섞여서 무턱대고 망동하지만, 그 망동에 이르기까지의 경험은 안정된 오늘날의 머리로 비판하기 전에는 도저히 알 수 없는 법이다. 그 광산행도 예전에는 꿈이라 여겼던 오늘에 이르렀기에 이만큼 사람들이 이해할 수 있게 쓸 수 있는 것이다. 풍치가 없어져 낱낱이 쓸 수 있는 용기가 생긴 거라고 말할 수만은 없다. 그때의 나를 지금의 눈앞에 끌어내 시시콜콜 연구할 여유가 없다면, 이 정도도 도저히 쓸 수 없을 것이다. 사람들은 경험한 당시에 쓴 글이 가장 정확하다고 생각하겠지만, 그것은 큰 착각이다. 당시의 사정은 순간의 혈기에 사로잡혀 어처구니없는 오류를 전하기 쉬운 법이다. 나의 광산행도 그때 느낀 그대로의 심정을 일기에 써두었다면 필시 유치하고 거드름을 피우는, 거짓이 많이 섞인 내용이 되었을 것이다. 이렇게 사람들 앞에 내놓을 처지는 도저히 못 되었을 것이다.

내가 짓무른 눈의 재난을 피해 건너편 자리로 옮기자 조조 씨는 나와 짓무른 눈을 한 번씩 잠깐 봤을 뿐, 여전히 원래의 자리에 꼼짝하지 않고 앉아 있었다. 조조 씨의 신경이 나보다 훨씬 강건한 데에 적잖이 감탄했다. 그뿐 아니라 태연한 얼굴로 짓무른 눈과 말을 섞는 것을 보고는 정나미가 뚝 떨어졌다.

"또 산에 가나?"

"그래, 또 한 사람 데려간다네."

"저 사람인가?"

짓무른 눈이 내 쪽을 봤다. 조조 씨는 그때 무슨 대답을 하려고 했으나 문득 나와 눈이 마주쳤으므로 그대로 두툼한 입술을 다물고 얼굴을 옆으로 돌려버렸다. 얼굴을 돌리고 짓무른 눈이 말했다.

"또 쏠쏠하게 벌겠군그래."

나는 그 말을 듣자마자 창밖으로 얼굴을 내밀었다. 그리고 창밖으로 침을 뱉었다. 그러자 창밖의 바람으로 그 침이 도로 얼굴로 날아들었다. 어쩐지 불쾌했다. 앞좌석에서는 모르는 사내 둘이 이야기를 나누고 있었다.

"도둑이 들었다고 치세."

"좀도둑 말인가?"

"아니, 강도네. 그런데 칼 같은 걸로 위협하더란 말이지."

"응, 그래서?"

"그래서 어차피 도둑놈이니까 주인이 가짜 돈을 줘서 돌려보냈다고 치자고."

"응, 그런데?"

"나중에 그게 가짜 돈이라는 것을 안 도둑이, 그곳 주인은 가짜 돈을 쓰는 사람이라고 동네방네 떠들고 다녔다고 하세. 어차피 얘기해 봤자지만, 어느 쪽 죄가 더 무거울 것 같나?"

"어느 쪽이라니?"

"그 주인하고 도둑 말일세."

"글쎄."

상대는 해결에 고심하고 있었다. 나는 졸음이 쏟아져 창에 머리를
기대고 꾸벅꾸벅 졸았다.

18

잠이 들면 문득 시간이 사라진다. 그러므로 시간의 경과가 고통이 될 때는 자는 게 최고다. 죽는 것도 아마 같은 이치일 것이다. 하지만 죽는 것은 쉬운 일 같아도 그리 간단하지 않다. 우선 평범한 사람은 죽는 대신 수면으로 임시변통하는 것이 간편하다. 유도를 하는 사람이 때때로 친구에게 목을 졸라달라고 하는 경우가 있다. 해가 긴 나른한 여름날에는 도장에서 숨이 끊어진 채 5분이나 죽어 있다가 숨을 돌리게 하면 다시 태어난 듯이 기분이 좋아진다. 다만 남의 이야기다. 나는 혹시 숨이 끊어진 채 그대로 죽어버리지 않을까 하는 걱정 때문에 여태까지 그 거친 치료를 부탁한 적이 없다. 수면은 그만큼의 효험은 없겠지만, 그 대신 다시 살아나지 못할 위험도 없기 때문에 걱정거리가 있는 사람, 번민이 많은 사람, 고통을 견디지 못하는 사람, 특히 자멸의 첫 번째 방법으로서 갱부가 되려는 사람에게는 자연의 큰 선물이다. 그 자연의 선물이 우연히도 지금 내 머리 위에 떨어졌다. 고맙다고 예를 표할 여유도 없이 정신을 잃고 말아서, 살아 있는 이상 반드시 그 경과를 자각하지 않으면 안 되는 시간을 통째로 허비했다.

그런데 잠이 깼다. 나중에 생각해보니 기차가 한창 움직이고 있을 때 잠에 빠져들었으므로 기차가 멈추자 잠이 균형을 잃고 어딘가로 날아가버렸던 것이다. 나는 자는 동안 시간의 경과는 잊어도, 공간의 운동에는 여전히 반응하는 능력이 있는 것 같다. 그러므로 정말로 번민을 잊기 위해서는 역시 진짜 죽지 않으면 안 된다. 다만 번민이 없어졌을 때는 다시 살아나고 싶을 게 뻔하기 때문에 솔직하게 이상적인 것을 말하자면 죽었다 살아나는 것을 반복하는 것이 가장 좋을 것이다. ……이런 이야기를 쓰고 있으니 어쩐지 익살맞은 농담 같지만 결코 그렇게 경박한 생각이 아니다. 아주 진지하게 이야기하고 있다고 생각한다. 그런 이상은 바로 지금 과거를 회상하여 우쭐한 마음에 재미삼아 적당히 덧붙인 게 아니라는 것이 그 증거다. 실제로 기차가 멈추고 문득 잠이 깼을 때 그런 생각이 들었다. 말장난 같은 느낌이라 우스꽝스럽게 여기겠지만 그때는 솔직히 그런 말 같지 않은 느낌이 들었다. 그 느낌이 우스꽝스러움에 가까울수록 나는 당시의 나를 가엾게 생각한다. 상식을 벗어난 그런 희망을 진지하게 품지 않으면 안 될 정도로 그때의 나는 비참한 처지에 있었다는 것이 분명해지기 때문이다.

내가 불현듯 눈을 떴을 때 기차는 이미 멈춰 있었다. 기차가 멈췄구나 하는 생각보다 내가 기차에 탔었구나 하는 생각이 먼저 들었다. 그 생각을 하자마자 조조 씨가 있었고 갱부가 될 것이었고 기찻삯은 없었고 집을 뛰쳐나왔고 이랬고 저랬고 하는 열두어 가지 일들이 걷잡을 수 없이 머릿속에서 한데 뭉쳐 일시에 솟아났다. 그 빠르기로 말하자면 말로 표현할 수 없다고 해야 할지, 전광석화 같다고 해야 할지, 정말 가공할 만한 속도였다. 어떤 사람이 물에 빠지려는 찰나에 자신이 살아온 일생이 빠짐없이 눈앞에 생생하게 스쳐가더라는 이야기[1]를 그 후에 들었지만, 그때의 내 경험에 비추어 생각하자면 그건 결코 거짓말이 아닐 것이다. 요컨대 나는 그만큼 빠르게 실제 세계에 놓인 내 입장과 처지를 자각한 것이다. 자각과 동시에 불쑥 싫은 느낌이 들었다. 단순히 싫다는 말로는 도저히 형용할 수 없지만 그렇다고 해서 달리 서술할 수도 없는 기분이었으므로 그냥 싫다고 적어둔다. 나와 같은 기분을 경험한 사람이라면 그저 그 말만으로도 역시 그거군, 하고 곧바로 알아차릴 것이다. 또한 경험한 일이 없다면 그거야말로 행복한 일이니, 결코 알려고 할 것까지는 없다.

---

1 영국의 비평가이자 작가인 토머스 드퀸시의 『어느 아편 중독자의 고백』에는 다음과 같은 구절이 있다. "일찍이 가까운 친척 한 사람이 해준 이야기에 따르면, 그녀는 어렸을 때 강물에 빠져 죽기 직전에 도움을 받아 가까스로 목숨을 건졌는데, 그 순간 자신의 전 생애가 아주 자세한 사건에 이르기까지 마치 거울에 비치듯이 동시에 눈앞에 펼쳐지는 것을 보았다는 것이다. 그녀는 눈 깜짝할 사이에 자신의 인생 전체와 각 부분을 파악하는 능력을 익혔던 것이다."

19

그럭저럭하는 사이에 같은 칸에 탄 두세 사람이 일어선다. 밖에서도 두세 명이 들어온다. 어디에 진을 칠까 하는 눈빛으로 두리번거리는 사람, 놓고 내리는 물건이 없나 하는 표정으로 허둥대는 사람, 그리고 아무 볼일도 없는데 자세를 바꿔 창으로 고개를 내밀거나 하품을 하는 사람, 이들이 단숨에 한 덩어리가 되어 세상을 동요의 상태로 무너뜨리기 시작했다. 나는 내 주위의 것이 모조리 활동하기 시작하는 것을 자각하고 있었다. 자각함과 동시에 나는 보통의 인간과 달리 모두가 활동할 때도, 다른 사람들로 인해 내 기분이 변하지 않는 외톨이라고 생각했다. 소맷자락이 스치고 무릎을 맞대고 있으면서도 영혼만은 마치 아무런 인연도 관계도 없는 다른 세상에서 난데없이 나타난 유령 같은 기분이었다. 지금까지는 그럭저럭 남들처럼 장단을 맞춰왔지만 기차가 멈추자마자 세상 사람들은 갑자기 쾌활해져서 위로 올라간다. 나는 갑자기 침울해져서 아래로 내려간다. 도저히 교제가 불가능하다고 생각하자 등과 가슴의 두께가 쑥 줄어들고 오장육부가 얄팍한 종잇조각처럼 찌부러진다. 그 순간 영혼만이 땅속으로 빠져나 간다. 정말 미안하고 부끄러운 마음으로 흔들린 채 찌부러져 있었다.

그때 조조 씨가 일어나 다가오더니 주의를 주었다.

"어이, 아직 잠이 덜 깼나? 여기서 내리네."

그제야 간신히 그렇군, 하고 정신이 들어 일어섰다. 영혼이 땅속으로 빠져나가는 순간에도 손발에 피가 돌고 있는 한 부르면 대답을 하게 되니 이상한 노릇이다. 하지만 이것이 좀 더 심해지면 좀처럼 영혼이 몸에 다가오지 않는다. 그 후 타이완 앞바다에서 조난을 당했을 때는 영혼이 정나미 떨어져 하는 바람에 몹시 고생한 적이 있다. 무슨 일에나 위에는 그 위가 있는 법이다. 이게 끝이라거나 막다른 데라고 생각하여 안심하고 덤비다가는 뜻하지 않은 봉변을 당한다. 하지만 그때는 그 기분이 나에게 가장 새로웠고, 게다가 몹시 씁쓸한 경험이었다.

도테라를 입은 조조 씨의 엉덩이 냄새를 맡으면서 개찰구를 빠져나가니 커다란 역참 가도가 나왔다. 외줄기 길이었는데, 의외로 널찍할뿐만 아니라 기분이 개운해질 만큼 똑바로 뻗어 있었다. 나는 널찍한 그 가도의 한가운데 서서 저 멀리 역참 외곽을 내려다보았다. 그러자 일종의 묘한 기분이 들었다. 그 마음도 내 생애에서 새로운 것이었으므로 내친김에 여기에 써둔다.

나는 폐의 밑바닥이 빠져 영혼이 도망치려고 하는 것을 간신히 불러 세워 다소 인간다운 마음이 들어 역참 안에 이제 막 얼굴을 내민 참이라 영혼이 들이쉬는 숨에 따라 가까스로 태내로 돌아왔을 뿐 아직 마음은 들떠 있었다. 조금도 진정되지 않았다. 그러므로 이 세상에 있어도, 기차에서 내려도, 역에서 나가도, 그리고 역참의 한가운데 서 있어도, 이를테면 영혼이 마지못해 의리로 움직여준 것이지, 결코 제정신으로 자신의 일로 받아들인 전문적인 직책이라고 이해하지 못했을 정도로 둔한 의식의 소유자였다. 그래서 휘청거렸고 의식이 희미해졌으며 모든 것에 흥미를 잃은 옴팡눈을 떠보니 지금까지는 기차상자에 처넣어져 위아래와 사방 모두 사각으로 구획되어 있던 한계가 눈 깜짝할 사이에 외줄기 가도를 따라 1킬로미터쯤 달려갔다. 게다가 그 막다른 데에 흘러넘칠 정도로 우거진 산이 눈앞을 가로막으면서도 방해되지 않을 정도의 거리를 유지하며 개개풀린 내 눈동자를 녹음 속으로 끌어당겼다. ……그래서 어쩐지 지금 말한 것과 같은 기분이 들었던 것이다.

20

　무엇보다 큰길이 숫돌 같다[1]는 말이 있을 만큼 평탄하고 곧은길은 거치적거리는 것이 없이 상쾌한 법이다. 좀 더 알기 쉽게 말하자면, 눈을 홀리지 않는다. 걱정하지 말고 이리 오라고 손짓하는 것처럼 뻗어 있으므로 조금도 어렵게 여기거나 삼갈 필요가 없다. 그것만이 아니다. 오라는 대로 한 줄기 길을 따라가면 어디든 갈 수 있다. 기이하게도 눈을 골목으로 돌리고 싶지도 않다. 길이 곧게 이어져 있을수록 눈도 곧게 향하지 않으면 답답하고 불쾌하다. 한 줄기 큰길은 눈의 자유로운 행동과 평행하게 만들어진 것이라고 나는 굳게 믿고 있다.

　그리고 좌우의 집들을 보니 기와지붕도 있고 초가지붕도 있었는데, 기와지붕이나 초가지붕이나 별 차이는 없었다. 멀어질수록 점차 지붕이 낮아지고 수백 채나 되는 집이 경사를 조절하기 위해 저쪽 끝에서 이쪽까지 철사 한 줄에 꿰어 있는 것처럼 비스듬히 한 줄을 팽팽히 하

---

　1 주도여지(周道如砥). 『시경』의 「소아(小雅)」편에 나오는 말로, '큰길이 숫돌처럼 평탄하다'는 뜻이다.

며 어디까지고 똑바로 뻗어 있었다. 그렇게 나아가면 갈수록 땅바닥에 가까워졌다. 내가 서 있는 좌우의 이층집은 여관이었던 것으로 기억하는데, 올려다볼 정도의 높이였는데도 역참 외곽의 처마를 통해서 보면 손가락 사이로 들어올 것처럼 낮았다. 그 도중에 포렴이 바람에 흔들리고 있다거나 아래쪽에 판자를 댄 미닫이문에 커다란 대합이 그려져 있다거나 하는 다소의 변화는 물론 있었지만, 잇따라 늘어서 있는 집만을 멀리까지 눈으로 따라가니 4킬로미터가 0.5초에 눈에 들어왔다. 그만큼 명료했다.

앞에서 말한 대로 내 영혼은 숙취에 시달리는 몸처럼 한없이 흐리멍덩했다. 그런데 역을 나서자마자 예고도 없이 명료한, 맹인에게조차 명료한 그 경치에 딱 맞닥뜨린 것이다. 영혼만큼은 놀라지 않으면 안 되었다. 실제로도 놀랐다. 놀란 것은 틀림없지만 지금까지 흐리멍덩해서 마지못해 배회하고 있던 타성에서 일변하여 진지해지기 위해서는 시간이 좀 걸릴 것이다. 내가 앞에서 말한 일종의 묘한 기분은 영혼이 몸을 뒤치기 전, 그러니까 경치가 참 명료하구나 하고 깨달은 직후의 아주 짧은 순간에 일어난 마음이었다. 그처럼 느긋하고 명백한 경치는 지금까지의 내 정서와는 전혀 어울리지 않게 위세가 좋은 것이었는데, 내 영혼이 아니, 이런, 하고 생각하여 진지하게 이 외계를 대하기 시작한 것을 마지막으로 아무리 환해도 아무리 한가롭게 있어도 완전히 실세계의 사실이 되어버렸다. 실세계의 사실이 되면 그 어떤 후광도 고마움이 엷어진다. 다행스럽게도 나는 내 영혼이 어떤 특수한 상태에 있었기 때문에, 즉 환한 외계를 환하게 느낄 수 있을 만큼의 능력은 갖고 있으면서도 그걸 실감이라고 자각할 만큼 작용이 날카롭지 않았기 때문에 그 곧은길, 그 곧은 처마를 사실과 다름없는 환한 꿈으로 보았던 것이다. 이 세계가 아니라면 볼 수 없는 명료한 정도와 그에 따르는 확실한 쾌감으로 타계의 환영을 접한 기분이 들었다.

나는 큰길 한가운데에 서 있었다. 그 길은 한없이 길고 끝까지 외줄기였다. 걸어가면 그 외곽까지 갈 수 있었다. 확실히 그 역참을 빠져나갈 수 있었다. 좌우의 집들은 닿으려고만 하면 닿을 수 있다. 2층으로 오르려면 오를 수도 있었다. 할 수 있다는 걸 제대로 알고 있으면서도 할 수 있다는 관념을 완전히 잃어버려 눈동자 안으로 단지 절실한 감각 작용의 인상만을 받으며 서 있었다.

나는 학자가 아니므로 이런 기분을 뭐라고 하는지 모른다. 안타깝게도 한 단어로 형용할 수 없기 때문에 그만 이렇게 길게 쓰고 말았다. 학식이 있는 사람이 보면 그런 일을 가지고, 하며 비웃을지도 모르지만 어쩔 수 없다. 그 후로도 이와 비슷한 기분은 때때로 경험하곤 했다. 하지만 그때만큼 강렬했던 적은 없다. 그러므로 어쩌면 무슨 참고나 되지 않을까 하고 일부러 여기에 썼던 것이다. 다만 이 기분은 곧 사라져버렸다.

21

해는 이미 기울고 있었다. 낮이 긴 초여름 무렵이었으므로 햇살로 판단해보면 네 시는 지났고 아직 다섯 시는 되지 않았을 것이다. 산에 가까운 탓인지 날씨는 생각보다 좋지 않았지만 실제로 해가 나 있는 정도이므로 나쁘다고는 말할 수 없었다. 비스듬히 길쭉한 한 줄기 마을을 비추는 태양을 바라보았을 때 나는 그쪽이 서쪽이라고 짐작했다. 도쿄를 떠나 북쪽으로, 북쪽으로만 달려왔다고 생각했는데, 기차에서 내리고부터는 전혀 방향을 알 수 없었다. 그 마을을 지나는 길을 똑바로 내려가면 막다른 곳이 산이고, 그 산의 방향으로 미루어보아 역시 북쪽이기 때문에 나와 조조 씨는 여전히 북쪽으로 가는 거라고 생각했다.

그 산은 상당히 멀게 느껴졌다. 높이도 결코 낮지 않았다. 짙푸른 색이었는데 옆에서 해가 드는 곳만 빛나는 탓인지 그늘 쪽은 푸른색 밑바닥이 거무스름하게 보였다. 해가 들지 않아서라기보다는 삼나무와 노송나무가 많은 탓인지도 몰랐다. 아무튼 울창하고 깊숙한 산이었다. 기울기 시작한 해에서 눈을 옮겨 그 푸른 산을 바라보았을 때 저 산은 홀로 서 있는 것일까 아니면 안쪽으로 쭉 이어져 있는 것일까 하고 생각했다. 조조 씨와 나란히 점점 산 쪽으로 걸어가자 아무래도 저편에 보이는 산 깊은 곳의 더 깊은 곳으로 끝없이 이어져 있고, 그 산들은 모조리 북쪽으로, 북쪽으로 이어져 있다고밖에 생각되지 않았다. 우리가 산을 향해 걸어가지만 그저 걸어갈 뿐 좀처럼 산기슭에 다다르지 않아 산이 안쪽으로, 안쪽으로 계속 물러나는 것 같았기 때문이다. 해가 점점 기울어 그늘진 쪽은 푸른 산의 윗부분과 푸른 하늘의 아랫부분이 서로의 본분을 잊고 적당히 남의 영역을 침범하고 있기 때문에 바라보는 내 눈에도 산과 하늘의 구별이 명확하지 않았고, 따라서 산에서 하늘로 시선을 옮길 때 그만 산을 벗어났다는 의식을 망각하고 하늘을 여전히 산이 이어진 것으로 보기도 했다. 그리고 그 하늘은 무척 광활했다. 한없이 북쪽으로 뻗어 있었다. 나와 조조 씨는 북쪽으로 가고 있었다.

나는 어젯밤 도쿄를 떠나 센주(千住)의 큰 다리까지 가서 겹옷의 뒷자락을 걷어 올려 허리에 지르고 솔밭에 접어들었을 때도, 찻집의 걸상에 걸터앉았을 때도, 기차를 탈 때도 내내 정강이를 드러낸 채였다. 그래도 더울 정도였다. 그런데 그 마을에 들어서고부터는 어쩐지 드러난 정강이가 추운 느낌이 들었다. 춥다기보다는 쓸쓸했을 것이다. 조조 씨와 잠자코 발만 움직이고 있자니 마치 가을 속을 빠져나가는 것 같았다. 그래서 나는 다시 배가 고팠다. 누차 배가 고팠다는 것만 쓰는 것은 좋지 않은 일이다. 또 그때 배가 고팠다고 해서는 아무래도 시적이지 않지만 어쩔 수 없는 일이다. 실제로 나는 배가 고팠다.

집을 나와서부터 그저 걸었을 뿐 사람으로서 마땅히 먹어야 할 것을 먹지 않았기 때문에 금세 배가 고파왔다. 아무리 기분이 좋지 않아도, 번민이 있어도, 영혼이 달아날 것 같아도 배만은 어김없이 고파오는 법이다. 아니, 그보다는 영혼을 진정시키기 위해서는 밥을 바치지 않으면 안 된다고 말하는 것이 더 적당할지도 모른다. 품위 없는 이야기지만, 나는 조조 씨와 나란히 길 한가운데를 걸으면서 좌우로 눈을 돌려 양쪽의 음식점을 들여다보며 긴 마을을 내려갔다. 그런데 이 마을에는 음식점이 꽤 많았다. 여관이나 요릿집처럼 고급스러운 곳은 안 된다고 해도 나와 조조 씨가 들어갈 만한 선술집 같은 곳은 여기저기에 보였다. 하지만 조조 씨는 털끝만큼도 들어갈 준비를 하는 것 같지 않았다. 조금 전 승합마차 때처럼 '임자, 저녁을 먹을 텐가?'라고 물어주지도 않았다. 그런 주제에 나와 마찬가지로 길 양쪽을 두리번거리며 뭔가를 찾는 듯한 기색이 역력해 보였다. 나는 곧 조조 씨가 적당한 곳을 찾아내 나를 데리고 들어가 저녁을 먹을 것이라 자신하고 마음을 느긋하게 먹고 견디면서 긴 마을을 북쪽으로, 북쪽으로 내려갔다.

22

배가 고프다고 고백했지만 쓰러질 만큼 시장한 것은 아니었다. 위 안에는 아직 조금 전에 먹은 만주가 조금 남아 있는 것처럼 느껴졌다. 그러므로 걸을 수는 있었다. 다만 기차에서 내리자마자 깊이 가라앉을 것 같은 정신이 똑바른 길 한가운데에 내던져져 이런, 하고 눈을 떴더니 석양 사이로 산촌의 공기가 선뜩하게 피부에 파고들었으므로 심기일전한 결과 여기서 뭔가 먹어보고 싶어졌던 것이다. 따라서 안 먹어도 그만이었다. 조조 씨, 뭐 좀 먹게 해주시지 않겠습니까, 라고 말할 정도로 참기 어렵지도 않았다.

그러나 어쩐지 입이 심심한 것 같아 자꾸만 선술집, 고기나 채소 조림을 파는 식당 등 밥을 먹을 수 있는 곳에 마음이 갔다. 조조 씨 역시 약속이나 한 듯이 좌우를 들여다보았으므로 나는 점점 더 식욕이 동했다. 나는 그 긴 마을을 지나면서 우리에게 적당할 것 같은 간이식당을 결국 아홉 집까지 헤아렸다. 아홉 집을 헤아리자 그토록 긴 역참 마을도 드디어 끝나가고 있었고, 이제 100미터만 가면 역참 마을의

외곽으로 빠져나갈 것 같았다.

심히 불안했다. 어쩌다 문득 오른쪽을 보니 또 술, 식사라고 쓰인 간판이 눈에 들어왔다. 그러자 마음속에서 그것이 마지막이라는 느낌이 들었다. 그 때문인지 검게 그을린 처마 밑 미닫이문 아래쪽에 댄 판자에 굵은 글씨로 적은 술, 식사, 안주라는 글자가 가장 극렬한 인상으로 내 머리에 비쳐들었다. 그렇게 비친 글자가 지금도 잊히지 않는다. 술이라는 글자도 식사라는 글자도 안주라는 글자도 생생하게 떠오른다. 그런 상태라면 아무리 늙어빠진다고 해도 그 다섯 글자만은 그때 본 그대로 종이 위에 그려낼 수 있을 것이다.

내가 마지막의 술, 식사, 안주를 사무치게 보고 있으니 신기하게도 조조 씨도 열심히 미닫이문 아래쪽에 눈을 주고 있었다. 나는 그토록 완강하던 조조 씨도 이번에는 먹으러 들어갈 것임에 틀림없다고 생각했다. 그런데 들어가지 않았다. 그 대신 발걸음을 뚝 멈췄다. 미닫이문 안쪽에서 뭔가 붉은 것이 움직이고 있었다. 조조 씨의 안색을 살피니 아무래도 그 붉은 것을 뚫어지게 바라보고 있는 것 같았다. 그 붉은 것은 물론 사람이었다.

하지만 조조 씨가 왜 발길을 멈추고 그 붉은 사람을 들여다보는지 나로서는 전혀 알 수가 없었다. 사람임에 틀림없지만 그저 거뭇거뭇 붉을 뿐 얼굴 같은 것은 물론 분명하지 않았다. 하지만, 하고 생각하고 나도 미심쩍은 생각에 멈춰 서니 얼마 후 미닫이문 안쪽에서 붉은 담요[1]가 뛰쳐나왔다. 아무리 산촌이라고 해도 5월 하늘에 담요는 불

---

1 당시 시골에서는 방한복으로 붉은 담요(赤毛布, 아카겟토)를 숄처럼 두르는 풍습이 있었다. 그리고 메이지 시대에는 붉은 담요를 두르고 도쿄 구경을 왔기 때문에 붉은 담요는 촌놈, 시골 뜨기라는 의미로도 쓰였다. 참고로 겟토(담요)라는 말은 영어 블랭킷(blanket, 브랑켓토)을 줄인 말이다.

필요하다고 말하는 사람이 있을지도 모르겠지만, 실제로 그 사내는 붉은 담요를 몸에 두르고 있었다. 그 대신 아래에는 손으로 짠 홑옷 하나만 입고 있었다. 즉 종합해서 보면 나와 크게 다르지 않은 셈이었다. 하긴 홑옷 한 벌로 견디고 있었다는 것은 나중에 알게 된 것이고, 미닫이문 뒤에서 뛰어나왔을 때는 오로지 붉은색뿐이었다.

그러자 조조 씨가 느닷없이 그 붉은 사내 옆으로 성큼성큼 다가가더니 말을 걸었다.

"임자, 일할 생각 없나?"

내가 조조 씨에게 붙잡혔을 때 들었던 첫 질문 역시 '일할 생각 없나?'였으므로 나는, 이런 또 일하게 할 생각인가, 라며 적잖은 흥미에 사로잡혀 두 사람을 구경하고 있었다. 그제야 나는 조조 씨가 누가 됐든 적당한 젊은이라고 판단되기만 하면 일할 생각 없느냐고 말을 거는 사람이라는 것을 분명히 깨달은 것이다. 즉 조조 씨는 일하게 하는 것을 업으로 하는 사람으로, 결코 나만을 대단한 적임자라고 판단하여 갱부로 추천한 것이 아니었던 것이다. 대체로 어디서 어떤 사람을 몇 명 만나든 판에 박은 듯한 어조로 임자, 일할 생각 없나, 하고 끈기 있게 되풀이할 수 있는 사람일 것이다.

생각해보면 용케 그런 일을 질리지도 않고 오랫동안 해온 셈이다. 조조 씨도 천성이, 임자, 일할 생각 없나, 하는 말에 적합한 것은 아닐 것이다. 그 역시 무슨 사정으로 어쩔 수 없이, 임자, 일할 생각 없나, 하는 말을 반복하고 있을 것이다. 그렇게 보면 정말 순진한 사람이다. 요컨대 별다른 재주가 없으므로 다른 일은 못 하지만 다른 일을 못 한다는 걸 의식하고 번민하는 기색도 없고 세상이 아무리 넓다 해도 자신이 아니라면, 임자, 일할 생각 없나, 하는 소리를 할 수 있는 사람이 달리 없을 거라는 듯이 태평한 얼굴로 그런 말을 하고 있는 것이다.

23

당시 나에게 조조 씨를 보는 눈이 이만큼만 있었다면 꽤 재미있었 겠지만, 아무튼 한창 영혼이 도망치다 실패하던 중이었으므로 좀처럼 그런 여유가 생기지 않았다. 조조 씨를 보는 이런 관점은 당시의 나 를 타인으로 간주하고 젊었을 때의 회상을 종이 위에 적는 바로 지금 에야 그 실마리가 떠오른 것이다. 그러므로 역시 종이 위뿐이고, 결국 사라지고 말 것이다. 그러나 그때 그 시절 조조 씨를 보던 관점과 비 교해보면 상당히 다른 것 같다.

나는 조조 씨와 붉은 담요가 서서 나누는 이야기를 들으면서 내가 조조 씨로부터 털끝만치도 인격을 인정받고 있지 않았다는 사실을 깨 달았다. ……하지만 그때 인격을 논하는 것은 좀 우스운 일이다. 적어 도 도쿄에서 도망쳐 갱부로 전락하려는 자가 인격 운운하는 것은 이 상한 모순인 것이다. 그것은 나도 알고 있었다. 실제로 지금 붓을 잡 고 인격이라고 쓰기 시작하자 어쩐지 우습다는 생각이 들어 무심코 웃음이 터져 나올 뻔했다. 내 과거를 돌아보고 웃음을 터뜨릴 뻔한 지금의 처지와 비교해보면 정말 좋겠지만, 그때는 쉽사리 웃음을 터뜨릴 계제가 아니었다. ……조조 씨는 확실히 내 인격을 인정해주지 않고 있었다.

왜냐하면 그는 술, 식사, 안주라고 쓰인 미닫이문 안쪽에서 뛰쳐나온 젊은 사내를 붙들고 제2의 나나 되는 것처럼 완전히 똑같은 어조, 태도, 말로, 좀 더 구체적으로 말하자면 똑같은 열정으로 갱부가 되라고 권유하고 있었던 것이다. 왠지 나는 그것을 다소 패씸하다고 생각했다. 그 의미를 지금 설명해보면 대충 이런 것일 게다.

조조 씨가 말하는 것처럼 갱부가 굉장히 좋은 직업이라는 것은, 상식을 전당포에 맡긴 당시의 나로서도 그럴듯한 얘기로 들리지 않았다. 먼저 소, 그다음이 말, 말 다음이 갱부의 순위였으므로 갱부가 되는 것이 불명예라는 것쯤은 나도 알고 있었다. 자랑거리가 되지 않는다는 것은 알고 있었다. 그러므로 갱부 후보자가 나뿐이라는 생각과는 달리 돌연 선술집 입구에서 붉은 담요가 나타났다고 해도 그다지 골치를 썩을 만큼의 대사건이 아니라는 것 정도는 알고 있었다. 그러나 붉은 담요를 대하는 태도가 나를 대하는 것과 똑같으면, 똑같다는 점이 불만이 아니라, 내가 붉은 담요와 똑같은 인간이라는 기분이 들고 만다. 대하는 방식이 같다는 것을 확대해가면 결국 그런 대접을 받는 사람이 똑같아서라는 묘한 결론에 이르게 된다.

나는 휘청휘청 그곳에 도착했던 것 같다. 조조 씨가 일하지 않겠느냐고 담판하고 있는 사람은 붉은 담요이고, 붉은 담요는 곧 나였다. 어쩐지 다른 사람이 붉은 담요를 두르고 서 있는 것으로 여겨지지 않았다. 내 영혼이 나를 내버려두고 붉은 담요 속으로 뛰어들어 조조 씨로부터 갱부가 되라는 이야기를 듣고 있었다. 그래서 정말 한심하다는 생각이 들었다. 내가 직접 조조 씨와 응대할 때는 인격이고 뭐고 다 잊고 있었지만, 내가 붉은 담요가 되어 자네, 돈을 벌 수 있다네, 라는 말에 설득당하고 있는 꼴을 자신이 옆에 서서 지켜본다는 건 체면이 말이 아닌 이야기였던 것이다. 나는 과연 이런 사람인가, 하고 약간 흥이 깨져 붉은 담요를 유심히 관찰하고 있었다.

그런데 신기하게도 이 붉은 담요가 나와 똑같은 대답을 했다. 두르고 있는 붉은 담요만 빼면 이 젊은 사내는 마음속까지 나와 똑같은 인간이었던 것이다. 그래서 나는 절실하게 재미없다고 느꼈다. 게다가 재미없는 일이 한 가지 더 겹쳤다. 조조 씨가 밉살스러울 정도로 공평해서 내가 붉은 담요보다 갱부에 적합하다는 점을 조금도 보여주지 않았던 것이다. 완전히 기계적으로 설득하고 있었다. 순번이 앞서니까 좀 더 내 편을 들어주어도 좋을 텐데, 라는 생각이 들 정도였다.

이렇게 보면 인간의 허영심이란 끝까지 없어지지 않는 것 같다. 궁해서 갱부가 되느니 마느니 하는 절박한 때조차도 나는 그 정도의 허영심을 갖고 있었다. 도둑에게 의리가 있다거나 거지에게 예법이 있는 것도 바로 그런 것이리라. ……그러나 그 허영심은 내가 곧 붉은 담요라는 것을 자각하여 몹시 시시해진 것보다는 훨씬 덜한 것이었다.

24

내가 무척 시시해져서 멍하니 서 있으니 두 사람의 담판은 순식간에 정리되었다. 그것은 꼭 조조 씨가 그 정도로 솜씨가 좋아서가 아니었다. 붉은 담요가 그 정도로 바보였기 때문이다. 나는 그 사내를 무조건 바보라고 말했지만, 그렇다고 나와 비교해서 경멸할 생각은 결코 없다. 당시의 나는 조조 씨의 이야기를 예, 예, 하며 듣는 점에서, 곧바로 갱부가 되겠다고 승낙한 점에서, 그 밖의 여러 가지 점에서 그 젊은 사내와 완전히 똑같은 바보였다. 굳이 다른 점을 찾아내자면 붉은 담요를 두르고 있다는 것과 비백 무늬 겹옷을 입고 있다는 차이 정도일 것이다. 그러므로 바보라고 한 것은 나와 마찬가지로 딱한 사람이라는 의미로, 바보라는 말에 조금은 동정의 뜻을 담았다고 생각한다.

이렇게 해서 바보 둘이 조조 씨를 따라 광산으로 가게 되었다. 그런데 붉은 담요와 어깨를 나란히 하고 걷다가 문득 정신을 차리고 보니 조금 전까지의 시시하다는 생각은 이미 사라지고 없었다. 아무래도 사람의 생각만큼 들락날락하는 것도 없는 것 같다. 있구나 하고 안심하고 있으면 이미 없다. 없어서 괜찮다고 생각하면 아니, 있다. 있는 듯 없는 듯한 그 정체는 끝까지 드러나지 않는다.

언젠가 한 온천장에서 심심풀이로 여관의 책을 빌려 보았더니 여러 가지 시시한 불경 문구가 쓰여 있는 가운데 마음은 삼세에 걸쳐 얻을 수 없는 것[1]이라는 글귀가 있었다. 삼세에 걸친다는 것은 허풍이겠지만, 얻을 수 없다는 것은 이런 것을 말하는 게 아닐까 싶다. 다만 어떤 사람이 내 이야기를 듣고, 그건 염(念)[2]이지 마음이 아니라고 반론을 제기한 적이 있다. 나는 어느 것이나 상관없다고 여겨서 잠자코 있었다. 이런 논의는 전혀 쓸데없는 일이지만, 왜 말하고 싶어지느냐 하면 세상에는 무척 영리한 인물이면서 인간의 마음을 전혀 이해하지 못하는 작자가 상당히 많기 때문이다.

마음은 고형체(固形體)라서 작년이나 올해나 벌레만 먹지 않는다면 대체로 같은 것이라고 생각하는 데는 난감하지 않을 수 없다. 그리고 그런 한가한 생각으로 다른 사람을 자유자재로 다루겠다느니 교육하겠다느니 자기 생각대로 해 보이겠다느니 하며 떠들어대고 있으니 놀라울 뿐이다. 물도 한 번 흘러가면 돌아오지 않는다. 우물쭈물하고 있다가는 증발하고 만다.

아무튼 붉은 담요와 나란히 걷기 시작했을 때 조금 전의 시시한 생각이 증발해버렸다는 사실만을 차제에 기억해두면 될 것이다. ……그리고 내가 생각해도 놀라운 것은 어쩐지 붉은 담요와 나란히 걷는 것이 유쾌해졌다는 점이다. 하긴 이 사내는 이바라킨가 어딘가 하는 시

1 삼세심불가득(三世心不可得). 『금강경』에 나오는 말로, 여기서 삼세(三世)란 과거, 현재, 미래를 말한다. 즉 사람의 마음은 과거, 현재, 미래에 걸쳐 얻으려고 해도 얻을 수 없다는 뜻(모든 존재는 비어 있어 고정적인 것은 아무것도 얻을 수 없다는 뜻)이다.

2 마음속으로 생각하는 것.

골 사람으로, 코로 새는 이상한 발음을 했다. 고구마를 고메라고 했다는 것은 그 뒤의 일화인데, 걷고 나서부터 들은 목소리는 그다지 달갑지 않은 것이었다.

게다가 얼굴이 평범하지가 않았다. 이 사내에 비하면 각진 턱에 두툼한 입술의 조조 씨가 오히려 위풍당당해 보일 정도였다. 그뿐 아니라 이바라키라는 시골에서만 돌아다녔을 뿐 아직 도쿄 땅을 밟은 적이 없는 사람이다. 그리고 붉은 담요에서 고약한 냄새가 났다. 그런데도 나는 이 산촌에서 광산으로 가는 길동무를 얻었다는 마음에 기뻤다. 나는 어차피 버릴 몸이지만 혼자 버리기보다는 길동무가 있으면 좋겠다고 생각했다. ……혼자 전락하는 것은 둘이서 전락하는 것보다 쓸쓸한 법이다. 이렇게 분명하게 말하면 실례되겠지만 나는 이 사내를 한 구석도 좋아하지 않았지만, 그저 함께 전락해준다는 점만이 고마워서 아주 유쾌했다. 그래서 걷기 시작하자마자 살짝 말을 걸어봤을 정도로 가까운 사이가 되고 말았다. 이로 미루어보면 강에서 죽을 때는 반드시 뱃사공 한두 명을 끌고 가고 싶어질 것이다. 만약 죽고 나서 지옥에라도 가는 일이 생긴다면 사람이 없는 지옥보다는 반드시 요괴가 있는 지옥을 택할 것이다.

25

그런 까닭에 순식간에 붉은 담요가 좋아져 1, 2백 미터쯤 걸었더니 다시 배가 고파왔다. 배고픔을 자주 느끼는 것 같지만, 이건 이전 배고픔이 연장된 것이지 새로운 배고픔이 아니다. 순서를 말하자면 첫째로 정신이 희미해져 가장 현실감이 부족할 때 기차에서 내렸고, 다음으로 똑바로 이어진 길을 막다른 산까지 똑바로 내려다보았더니 가까스로 제정신이 들었다는 것은 앞에서 말한 대로다. 그것이 계기가되어 이번에는 식욕이 동했고, 그러고 나서 인격을 인정받지 못하고있다는 것을 인식하여 무척 시시해졌으며, 시시해졌다고 생각했더니갱부 동료가 생겨 조금 쇠퇴한 형세를 만회하게 된 것이다. 이렇게 해서 다시 배고픔을 느끼게 되었다고 설명하면 쉽게 이해할 수 있을 것이다. 그런데 배가 고프기는 했지만 마지막 간이식당은 이미 지나쳐버렸다. 역참 마을은 이제 다 끝나가고 있었다. 앞쪽은 어두운 산길이었다. 내 바람은 도저히 이루어질 것 같지 않았다. 게다가 붉은 담요는 지금 막 밥을 먹은 몸이라 씩씩하게 척척 걷고 있었다. 나는 끝내

항복하고 말았다. 그래서 최후의 수단으로 과감하게 조조 씨에게 말해보았다.

"조조 씨, 지금 저 산을 넘는 겁니까?"

"저 첫 번째 산 말인가? 저걸 넘어버리면 큰일이지. 저 앞에서 왼쪽으로 꺾어들 걸세."

이렇게 말하고는 다시 부리나케 걸어갔다. 아무래도 어쩔 수가 없었다.

"아직 상당히 가야 합니까? 저는 배가 좀 고픈데요."

결국 배가 고프다고 고백했다.

"그런가? 고구마라도 먹지 뭐."

그러자 조조 씨는 이렇게 말하면서 곧바로 왼쪽의 고구마 집으로 들어갔다. 약속이라도 한 듯이 그런 곳에 고구마 집이 있었던 것이다. 과장해서 말하자면 그건 천우(天佑)였다. 지금도 그때처럼 일이 잘 풀린 것을 돌아보면 이상할 뿐 아니라 기쁘기까지 하다. 그렇지만 도쿄의 고구마 집처럼 깨끗하지는 않았다. 거의 말로 표현할 수 없을 정도로 새까매진 고구마 집으로, 고구마 집인 것은 맞지만 고구마를 전문으로 하는 건 아니었다. 그렇다고 고구마 외에 뭘 팔고 있었는지 지금은 잊어버렸다. 먹는 데 너무 정신이 팔린 탓이라고 생각한다.

곧 조조 씨는 양손에 고구마를 들고 새까만 집에서 느릿느릿 나왔다. 담을 그릇이 없었으므로 양손을 앞으로 내밀며 말했다.

"자, 먹게."

"고맙습니다."

나는 그저 이렇게 말만 하고 눈앞으로 내밀어진 고구마를 바라보고 있었다. 어떤 고구마를 고를까 생각한 것은 아니었다. 그런 선택을 허락할 만한 고구마가 아니었다. 붉고 까맣고 말라비틀어진 데다 축축한 것 같았으며 게다가 곳곳에 껍질이 벗겨져 청록색을 뿌린 듯한 알맹이가 드러나 있었다. 어느 것을 집으나 대동소이했다. 그렇다고 한눈에도 참담해 보이는 이 고구마의 몰골에 질려서 손을 뻗지 않았느냐 하면 그런 것도 아니다. 내 위장 상태를 보건대 고구마 중의 에다[1]라고 해야 할 이 고구마를 기분 좋게 맛보고 싶은 식욕은 충분했던 것으로 생각한다. 하지만 '자, 먹게'라고 내밀었을 때는 어쩐지 무서운 기분이 들어, 알았다며 흔쾌히 손을 뻗지 못했다. 이는 대체로 '자, 먹게'라고 말한 방식이 안 좋았기 때문일 것이다.

내가 고구마를 집어 들지 않는 것을 보고 조조 씨는 약간 답답하다는 듯한 눈빛으로 다시 말했다.

"자아."

예의 그 턱으로 고구마를 가리키면서 앞으로 내민 손목을 살짝 움직여 먹으라는 신호를 보냈다. 잘 생각해보니 양손에 고구마가 들려있어 내가 어떻게 해주지 않으면 조조 씨는 아무리 고구마가 먹고 싶어도 입으로 가져갈 수가 없는 상태였다. 안달이 나는 것도 이해할 만했다. 그래서 내가 드디어 눈치를 채고 위팔로 이상한 곡선을 그리며 오른손을 고구마로 가져가려고 했을 때 고구마 하나가 길바닥에 떨어져 데굴데굴 굴렀다. 붉은 담요가 그것을 재빨리 주웠다. 집어 들었나

[1] 거의 중세에서 근세에 걸친 시기에 특정 계층의 사람들을 가리켜 차별한 호칭. 특히 에도 시대에는 사농공상의 신분제를 보완하기 위해 신분 외의 신분으로서 '에다(穢多)', '히닌(非人: 에도 시대 사형장의 잡역부)' 등이 제도화되어 천시받았다. 신분제가 부정된 메이지 시대 이후에도 오랫동안 차별은 남아 있었고, 어떤 면에서는 오히려 강화되어 오늘에 이르렀다. 여기서 나쓰메 소세키는 당시의 차별 의식에 따라 이 호칭을 비유로 사용한 것이다. 차별 용어 금지 정책에 따라 전에는 이 호칭을 복자로 처리했다가 1993년 이와나미쇼텐에서 나온 전집과 문고판에서는 자필 원고를 존중하는 방침에 따라 그대로 사용하고 있다.

싶더니 이렇게 말했다.

"이 고메는 좋은 고메네. 내가 먹지 뭐."

그래서 이 사내가 고구마를 고메라고 한다는 것을 알았다.

나는 그때 조조 씨로부터 처음에 세 개, 나중에 한 개, 두 번에 걸쳐 도합 다섯 개[2]를 받았다고 기억하고 있다. 그리고 정겹다는 듯이 고구마를 먹으면서 드디어 역참 마을 외곽에 이르렀을 때 또 하나의 사건이 일어났다.

---

2 《아사히 신문》에 연재될 때부터 이렇게 숫자가 잘못되어 있다.

26

역참 마을 외곽에는 다리가 있었다. 다리 밑은 물이 흐르는 골짜기였다. 나는 이제 마을을 다 지났구나 생각하면서 고구마에 그만 정신이 팔려 다리 위에 이를 때까지 강이 있다는 사실도 깨닫지 못했다. 그런데 갑자기 물소리가 들려 어라, 하고 봤더니 다리 위였다. 강이 있었다. 물이 흐르고 있었다. ……어쩐지 어이없는 이야기지만, 사실에 가장 가까운 서술을 하려고 하면 이렇게 쓰는 것이 가장 적절할 테니 이렇게 쓰기로 한다. 결코 소설가가 농락하는 허풍 70퍼센트의 형용이 아니다. 이것이 그런 형용이 아니라고 한다면 그때의 내가 얼마나 고구마를 맛있게 먹었는지는 저절로 분명해진다.

그런데 물소리에 놀라 난간에서 밑을 내려다보니 소리가 나는 것이 당연하게 강 가운데는 큼직한 돌이 많았다. 그리고 그 모양이 너무나도 버릇없이 생겨먹어서 마치 물이 지나는 길을 방해하듯이 드러누워 있거나 우뚝 서 있기도 했다. 거기에 물이 사정없이 부딪쳤다. 게다가 물결은 경사져 흘렀다. 산에서 떨어진 기세를 조금씩 미루다가 따라

잡힌 것처럼 튀어 올랐다. 그러므로 강이라고는 하지만 실은 폭이 넓은 폭포를 할부[1]로 길게 늘여놓은 정도의 것이었다. 따라서 물이 적은 것에 비해서는 물살이 아주 세찼다. 콧대 높은 도쿄 토박이처럼 무턱대고 부딪쳐왔다. 그리고 하얀 거품을 뿜기도 하고 파란 물엿처럼 되기도 하고 굽어지기도 하고 뒤틀리기도 하면서 아래로 흘러갔다. 정말이지 엄청나게 요란했다.

해는 점점 기울고 있었다. 올려다보았으나 양지는 어디에도 보이지 않았다. 다만 해가 진 쪽이 희미하게 밝았고, 그 밝은 하늘을 등지고 있는 산만이 눈에 띄게 검푸른 빛을 띠어갔다. 5월이었으나 추웠다. 이 물소리만으로도 여름이라고는 생각되지 않았다. 더구나 지는 해를 등으로 받고 정면은 그늘진 산의 색이란, 대체 무슨 색이라 해야 할까? 단순히 형용할 뿐이라면 보라색이라고, 검은색이라고, 푸른색이라고 해도 상관없겠지만 그 색의 느낌을 쓰려고 하면 잘 안 된다. 어쩌면 그 산이 당장 움직이기 시작하여 내 머리 위로 와서 왕창 뒤덮지 않을까 하는 기분이었다. 그래서 추웠을 것이다. 실제로 앞으로 한두 시간 안에 전후좌우 사방팔방이 모조리 그 산과 같은 불길한 색이 되어 나도 조조 씨도, 이바라키 현도, 완전히 한 가지 색의 세계 안에 휩싸이고 말 것임에 틀림없다는 것을 어렴풋이 의식하기 시작했다. 그리고 한두 시간 전에 석양의 한 부분의 색으로, 한두 시간 후에 나타날 전체의 색을 알아차렸기 때문에 부분이 전체를 부추겨 당장 그 산의 색이 퍼져가겠구나 하는 예감이 마음 한구석에 들었다. 그러므로 산이 움직이기 시작하여 머리 위를 뒤덮지 않을까 하는 기분이 들던 것이다. ……나는 지금 책상 앞에 앉아 이렇게 해부해보았다. 아무

1 폭포가 흐르는 기세를 분할하여 늘여놓은 것 같은 급류를 비유적으로 표현한 것이다.

튼 틈만 나면 쓸데없는 짓이 하고 싶어져 곤란하다. 그때는 그저 춥기만 했다. 옆에 있는 이바라키 현의 붉은 담요가 부러울 정도였다.

그때 다리 건너편에서 꼬맹이가 다가왔다. 건너편이라고 해봐야 막다른 곳인 산이었다. 좌우가 숲이라 인가는 한 채도 없었다. 실제로 나는 내 발을 다리 위에 올려놓을 때까지 이렇게 홀연히 인가가 끊어지리라고는 생각지 못했다. 나이는 열서너 살쯤이고 막치 짚신을 신고 있었다. 처음에는 얼굴이 잘 보이지 않았는데, 아무튼 어둑어둑한 숲 사이로 약간 밝게 지나는 돌길을 혼자 이쪽으로 강동강동 걸어왔다. 어디서 어떻게 나타난 것인지 알 수 없었다. 나무 그늘의 어두운 외길이 1, 2백 미터 앞에서 휙 돌아들어 그 앞이 보이지 않았기 때문에 불쑥 모습을 드러내거나 보이지 않거나 하는 건지도 몰랐다. 하지만 때가 때고, 장소가 장소인지라 다소 놀랐다. 나는 네 번째 고구마를 입에 댄 채 턱을 움직이는 것도 잊고 그 꼬맹이를 한동안 바라보고 있었다. 하지만 한동안이라고 해봐야 불과 20초쯤이었을 것이다. 그러고 나서 바로 고구마를 다시 먹기 시작했음이 틀림없다.

27

 꼬맹이가 우리를 보고 놀랐는지 안 놀랐는지 그것은 분명히 확인할
수 없었지만, 아무튼 거리낌 없이 다가왔다. 10여 미터쯤 떨어진 데
서 보니 머리가 둥글고 얼굴도 둥글고 코도 둥글고 모든 게 둥글게 생
겨먹은 꼬맹이였다. 품질에서 보자면 붉은 담요보다는 훨씬 윗길이었
다. 우리 세 명이 나란히 다리 건너편의 좁은 길을 막고 있는데도 전
혀 신경 쓰지 않고 빠져나가려고 했다. 굉장히 태평한 태도였다. 그러
자 조조 씨가 또 불러 세웠다.
 "이봐, 어린 친구!"
 "왜요?"
 꼬맹이는 겁내는 기색도 없이 되물었다. 걸음을 뚝 멈췄다. 그 배짱
에는 나도 약간 놀랐다. 역시 이런 저녁때에 산에서 혼자 내려올 만했
다. 내가 그 꼬맹이 나이쯤 되었을 때는 밤에 아오야마의 묘지를 지나
는 것도 조금 힘들었다. 정말 대단하다고 감탄하고 있자니 조조 씨가
말했다.

"고구마 좀 먹을래?"

먹다 남은 것 두 개를 핥을 수 있게 꼬맹이 코앞으로 내밀었다. 그러자 꼬맹이는 순식간에 낚아채듯이 두 개를 다 받아 들고는 고맙다거나 하는 말도 없이 곧바로 그중 하나를 먹기 시작했다. 그 민첩한 행동을 눈여겨본 나는 과연 산에서 혼자 내려온 만큼 나와는 비교할 수 없는 점이 있구나 하고 또다시 감탄하고 말았다. 그런 줄도 모르는 꼬맹이는 정신없이 고구마를 먹었다. 그것도 볼이 미어지게 처넣어 침도 섞지 않고 마구 삼켰으므로 목에서 꿀꺽꿀꺽하는 소리가 나는 것 같았다. 좀 더 차분하게 먹는 게 편할 텐데 하며 걱정하고 있는데도 정작 본인은 옆에서 보는 것만큼 괴롭지 않다는 듯이 허겁지겁 먹었다. 고구마라서 물론 딱딱하지는 않았다. 아무리 통째로 삼킨다고 해도 목에 상처가 생기지는 않겠지만, 그 대신 목이 꽉 막혀 고구마가 식도를 지나갈 때까지 호흡이 막힐 염려가 있었다. 꼬맹이는 그것을 전혀 걱정하지 않았다. 방금 목이 꿀꺽하고 움직이나 싶었는데 또 목이 꿀꺽하고 움직였다. 나중에 삼킨 고구마가 먼저 삼킨 고구마를 뒤쫓아가 꿀꺽꿀꺽 위장으로 떨어지는 것 같았다. 그 때문에 고구마 두 개가 상당히 큼직한 것이었는데도 순식간에 사라지고 말았다. 그리고 꼬맹이에게는 끝내 아무 이상도 없었다.

우리 세 사람은 아무 말도 하지 않고 세 방향에서 꼬맹이가 고구마를 먹는 모습을 지켜보고 있었다. 다 먹을 때까지 세 사람은 한마디도 주고받지 않았다. 나는 속으로 좀 이상하다고 생각했다. 그러나 어딘지 모르게 가엾었다. 이는 단지 동정심만이 아니었다. 내가 배가 고파 조조 씨에게 먹을 것을 사달라고 조른 것은 조금 전의 일로 배고픈 기억이 비참에 가까울 정도였는데, 이 꼬맹이가 고구마를 먹는 모습은 나보다 두세 배는 더 배가 고팠던 것으로 보였기 때문이다. 그제야 조조 씨가 물었다.

"맛있었어?"

나는 고구마에 손을 뻗기 전부터 고맙다는 말을 했을 정도이므로 꼬맹이도 물론 먹은 후에는 무슨 말이라도 할 거라고 생각했다. 그런데 꼬맹이는 공교롭게도 아무 말도 하지 않았다. 잠자코 서 있었다. 그리고 저물어가는 산 쪽을 쳐다봤다. 나중에 알게 된 일이지만, 이 꼬맹이는 완전한 야생으로 예를 표하는 것을 전혀 모르고 있었다. 그 것을 알고 나서는 나도 대수롭지 않게 생각했다. 하지만 그때는 뭐야, 얼굴에 어울리지 않게 참 애교도 없는 놈이구나, 하고 생각했다.

그러나 그 둥근 얼굴을 반쯤 기울여 거무스름해지는 높은 산의 정상을 묘한 눈빛으로 바라보았을 때는 다시 가여워졌다. 그리고 나서 다시 좀 뒤숭숭해졌다. 왜 뒤숭숭해졌는지는 다소 의문이다. 조그만 꼬맹이와 높은 산과 황혼과 산의 역참 마을이 어떤 깊은 인연으로 그 이유를 서로 분담하고 있었는지도 모른다. 시니 글이니 하는 것은 그다지 읽은 적이 없지만, 아마 그런 인연으로 거드름을 피우며 쓰는 것이 아닐까? 그러면 묘한 데서 시를 줍기도 하고 글을 맞닥뜨리기도 하는 법이다. 나는 오랫동안 곳곳을 유랑하다 이따금 그런 인연을 만났고 나 스스로도 이상하게 느낀 적이 종종 있다. ……그러나 그것도 차분히 생각해보면 대개는 틀림없이 해소된다. 이 꼬맹이도 역시 내가 어렸을 때 들은, 산에서 뛰쳐나온 꼬맹이[1]가 둔갑하지 못한 것쯤일 것이다. 그 이상은 쓸데없는 짓이니 생각하지 않기로 한다. 아무튼 꼬

---

1 추운 계절에 불리는 전래동요에 "대한(大寒) 소한(小寒), 산에서 꼬맹이가 뛰쳐나왔다, 뭐하러 뛰쳐나왔나, 추워서 뛰쳐나왔다"라는 것이 있다.

맹이는 묘한 얼굴로 검은 산의 꼭대기를 바라보고 있었다.

28

그러자 조조 씨가 다시 물었다.

"넌 어디로 가는 거냐?"

꼬맹이는 곧 검은 산에서 눈을 떼고 대답했다.

"아무 데도 안 가요."

얼굴에 어울리지 않게 굉장히 무뚝뚝했다. 조조 씨는 태연하게 다시 물었다.

"그럼 어디로 돌아가는 거냐?"

꼬맹이도 태연하게 대답했다.

"아무 데로도 안 돌아가요."

나는 그 문답을 들으면서 점점 더 뒤숭숭한 느낌이 들었다. 그 꼬맹이는 떠돌이임에 틀림없었는데, 이렇게 작고, 이렇게 쓸쓸하고, 이렇게 배짱 좋은 떠돌이는 지금껏 상상해본 적이 없었다. 그러므로 떠돌이라는 것을 알면서도 단순한 떠돌이에게 따라다니는 연민이나 가엾음이라는 염려보다는 자연스럽게 뒤숭숭함이 세력을 얻었던 것이다.

하지만 조조 씨는 그런 느낌을 조금도 받지 못한 모양이었다. 조조 씨는 그 꼬맹이가 떠돌이인지 아닌지만 알아내면 그것으로 충분했을 것이다. 아무 데도 안 가고 또 아무 데로도 안 돌아간다는 꼬맹이에게 조조 씨가 말했다.

"그럼, 우리랑 같이 가자. 돈을 벌게 해줄 테니까."

"네."

꼬맹이는 생각도 하지 않고 곧바로 승낙했다.

붉은 담요든 꼬맹이든, 아주 흥미로울 만큼 이야기가 빨리 매듭지어진 데는 깜짝 놀라지 않을 수 없었다. 사람도 그만큼 단순하다면 서로에게 편할 것이다. 하지만 그런 내가 붉은 담요에게도, 꼬맹이에게도 지지 않을 만큼 조조 씨에게 가장 수고를 끼치지 않은 사람이었으니 묘한 일이 아닐 수 없다. 나는 그 꼬맹이가 경솔하게 승낙하는 것을 보고 적잖이 놀랐고, 동시에 세상에는 나처럼 오른쪽이든 왼쪽이든 권하는 대로 적당히 들떠 흘러가는 사람이 꽤 많다는 사실을 깨달았다.

도쿄에 있을 때는 눈이 팽팽 돌 만큼 사람이 움직이고 있어도, 움직이면서 다들 뿌리를 내리고 있고, 마침 뿌리가 뽑혀 움직이기 시작한 것은 세상이 아무리 넓다고 해도 나 하나뿐일 정도라서 센주에서 옷뒷자락을 허리에 지르고 걷기 시작했던 것이다. 그러므로 불안도 남의 두 배였지만 이곳 역참 마을에서 뜻밖에 붉은 담요를 얻었다. 붉은 담요를 얻고 나서 20분도 지나지 않아 다시 그 꼬맹이를 얻었다. 두 사람 다 나보다는 훨씬 뿌리가 뽑혀 있었다.

이렇게 잇따라 동지가 생기자 앞길이 산이든 강이든 그다지 걱정되지 않았다. 나는 행인지 불행인지 중류 이상의 가정에서 태어나 어제

저녁 아홉 시까지는 부족할 것 없는 도련님으로 생활했다. 번민도 물론 도련님으로서의 번민이었지만, 번민한 나머지 시도한 그 가출도 역시 도련님으로서의 가출이었다. 그러므로 이 가출에 어울리지 않게 그럴듯한 의미를 부여하여 고맙게 여기지는 않지만 일생의 대사건으로 생각하고 있었다. 생사의 갈림길처럼 여기고 있었다. 왜냐하면 도련님의 눈으로 둘러본 세상에는 가출한 사람이 한 사람도 없었기 때문이다. ……간혹 있다면 신문에 있을 뿐이었다. 그런데 신문에서는 가출이 평면이 되어 한 장의 종이에 나타날 뿐으로, 이를테면 불에 쬐면 나타나는 글자 같은 가출[1]이므로 먹어도 살이 되지 않는다. 흡사 별세계에서 전화[2]가 걸려온 듯한 일이라 예, 예, 하며 듣고 있기만 하면 되는 일이다. 그러므로 진정한 의미에서 절실한 가출을 하는 것은 자신뿐이라는 기특함이 보태진다. 그렇지만 나는 그저 번민하여 가출했을 뿐, 시라든가 미문이라든가 하는 것을 그다지 읽은 적이 없으므로 내 처지의 괴로움이나 슬픔을 한 편의 소설로 보고, 스스로 그 소설 속을 종횡으로 날아다니며 몹시 괴로워하거나 슬퍼하며 동시에 자신의 참상을 외부에서 자신의 일로 관찰하여 참으로 시적이구나, 하고 감탄할 만큼의 자깝스러운 마음은 전혀 없었다.

　내가 내 가출에 어울리지 않는 기특함을 덧붙였다는 것은 내 부족한 경험에서 볼 때 그다지 과장되게 생각하지 않아도 되는 일을, 자못

---

1 신문에 보도된 가출 사건은 기사라는 간접성을 피할 수 없기 때문에 불을 쪼여야 나타나는 글자처럼 막연한 인상밖에 주지 못한다는 뜻이다.
2 그레이엄 벨이 발명한 전화기가 일본에 들어온 것은 1877년이다. 최초로 전화기를 사용한 공부성(工部省, 체신성)의 관리는 "마치 유령의 목소리를 듣는 것 같다"고 보고했다. 1890년에는 도쿄와 요코하마에서 전화 교환 업무가 시작되고 점차 각 도시로 보급되었다. 1900년에는 길거리에 공중전화가 설치되었다.

과장해서 평가하고 혼자 갈팡질팡했던 사실을 뜻하는 것이다. 그런데도 그렇게 갈팡질팡했던 것이 붉은 담요를 만나고 꼬맹이를 만나고, 두 사람의 태연한 태도를 보면서 어느새 진정되었다는 것 역시 경험이 준 선물이었다. 고백하자면 당시의 붉은 담요도, 당시의 꼬맹이도, 당시의 나보다는 훨씬 훌륭했던 것 같다.

29

그렇게 손쉽게 붉은 담요가 걸려들었다. 꼬맹이가 걸려들었다. 그런 나도 싱겁게 공략되었다는 사실을 종합해서 생각해보면 과연 조조 씨의 장사도 아주 헛고생만 하고 아무 성과도 얻지 못한, 허무한 것만은 아니었다. 갱부가 될 수 있소, 예? 될 수 있어요? 그럼 되겠습니다, 하고 쾌히 승낙하는 바보는 세상이 아무리 넓다 해도 옷 뒷자락을 허리에 지르고 야반도주를 한 나 정도밖에 없을 거라고 생각했다. 따라서 조조 씨 같은 편한 장사꾼은 일본에 한 사람으로 충분하다. 게다가 그 한 사람이 어쩌다 나를 만나는 운세를 타고나지 않으면 도저히 장사가 되지 않을 것이다.

그러므로 오카와바타[1]에서 눈깔 아래에서 꼬리까지가 1미터나 되는 잉어를 낚는 것보다 훨씬 끈기가 필요한 일이라며 처음부터 차분히 임하는 것이 당연하겠지만, 조조 씨는 그런 자각이 전혀 필요 없다는 듯한 얼굴로, 그것이 세상에서 가장 일반적인 장사라고 사회의 공

---

1 도쿄 스미다가와 강 하류 일대의 명칭으로 에도 시대부터 행락지였다.

인을 받기라도 한 것 같은 태도로 기죽지 않고 길 가는 사내를 붙든다. 그러면 붙들린 사내는 신기하게도 그 자리에서 곧바로 응하고 나온다. 왠지 모르게 그것이 세상에서 가장 일반적인 장사가 아닐까 하는 의심이 들 정도로 성공한다. 그 정도로 성공하는 장사라면 일본에 한 사람 있는 것으로는 족하지 않으며, 몇 사람 더 있어도 별 지장이 없을 것 같기도 하다. ……당사자는 물론 그렇게 생각하고 있을 것이다. 나도 그렇게 생각했다.

이렇게 태평한 조조 씨, 더욱 태평한 꼬맹이, 붉은 담요, 그리고 남이 하는 걸 보고 그대로 흉내 내며 아주 태평해지기 시작한 나, 이렇게 네 사람이 다리 건너의 좁은 길을 왼쪽으로 꺾었다. 앞으로 강을 따라 오르게 되므로 조심하는 게 좋을 거라는 주의를 받았다. 나는 방금 고구마를 먹었기 때문에 이제 배가 고프지 않았다. 어젯밤부터 계속 걸어서 다리가 무척 아프기는 했지만 아직 걸을 수는 있었다. 그래서 주의받은 대로 가능한 한 조심하며 조조 씨와 붉은 담요 뒤를 따라갔다. 길이 그다지 넓지 않아 네 명이 옆으로 나란히 걸을 수는 없었다. 그래서 뒤에서 따라가기로 했다. 꼬맹이는 몸집이 작아 한발 뒤처져서 나와 거의 스칠 정도로 바싹 따라붙었다.

나는 배가 묵직하고 다리도 묵직했으므로 말을 하는 것이 싫어졌다. 조조 씨도 다리를 건너고부터는 '임자' 하며 말을 걸어오지 않게 되었다. 붉은 담요는 조금 전 간이식당 앞에서 담판을 했을 때부터 그다지 말이 많지 않았지만, 무슨 까닭인지 여기에 이르러서는 더욱 말이 없어지고 말았다. 꼬맹이는 더욱더 말이 없었다. 그가 신고 있는 막치 짚신이 딱딱 하고 소리를 낼 뿐이었다.

이렇게 다들 입을 다물어버리면 산길은 조용한 법이다. 특히 밤이라 더욱 쓸쓸했다. 밤이라고는 해도 아직 해가 진 직후여서 걷고 있는 길만은 그럭저럭 알아볼 수 있었다. 왼쪽에서 흘러내리는 물이 그렇게 생각해서인지 조금씩 빛나 보였다. 그렇지만 반짝반짝 빛나는 건 아니었다. 어쩐지 거무칙칙하게 움직이는 것이 빛나는 것으로 보일 뿐이었다. 바위에 부딪쳐 부서지는 곳은 비교적 분명하게 하얘졌다. 그리고 그 소리가 쏴쏴 하고 끊임없이 들려왔다. 꽤 요란했다. 그래서 꽤 쓸쓸했다.

그러다가 오솔길이 조금씩 오르막길이 되는 듯한 느낌이 들기 시작했다. 오르는 것뿐이라면 그 정도는 그렇게 힘들지 않겠지만 어쩐 일인지 길이 울퉁불퉁했다. 바윗부리가 강바닥에서부터 이어져 있고 불쑥 지면으로 올라오기도 하고 물러가기도 했을 것이다. 그 울퉁불퉁한 곳에 게다가 부딪쳤다. 심할 때는 내장이 튀어나올 것 같았다. 상당히 힘들어졌다. 조조 씨와 붉은 담요는 산길에 익숙한 모양인지 어두워서 보이지도 않는 나무 그늘을 부리나케 잘도 걸어갔다. 그건 어쩔 수 없지만, 꼬맹이가…… 이 꼬맹이는 정말 덜렁덜렁했다. 마치 짚신을 딱딱 소리를 내며 어둡고 울퉁불퉁한 길을 아무렇지 않게 건너 뛰어 갔다. 게다가 말은 한마디도 안 했다. 낮이라면 그렇게까지 생각하지 않았겠지만, 그런 때였으므로 어둑어둑한 가운데 짚신 끝이 딱딱 하고 내는 소리에 신경이 쓰였다. 어쩐지 박쥐와 함께 걷고 있는 것 같았다.

30

머지않아 길은 점점 오르막이 되었다. 강은 어느새 멀어졌다. 숨이 가빴다. 울퉁불퉁한 길은 점점 더 심해졌다. 귀가 꽝 하고 울렸다. 이게 가출이 아니라 소풍이라면 한참 전부터 이런저런 불평을 늘어놓았겠지만, 자살을 하지 못한 데에 뿌리를 둔 자멸의 첫 번째 일이므로 힘들고 괴로워도 누군가에게 생트집을 잡을 수도 없는 노릇이었다. 그 상대는 나 외에 아무도 없었다. 혹시 있다고 해도 트집을 잡을 만한 용기가 없었다. 게다가 그쪽은 상대해주지 않을 만큼 태연했다. 부리나케 걸어갔다. 말도 하지 않았다. 매달릴 데가 전혀 없었다. 어쩔 수 없이 귀가 꽝 하고 울리는 가운데 숨을 헐떡이며 잠자코 뒤에서 얌전히 따라갔다. 얌전하다는 말은 어렸을 때부터 알고 있었지만 얌전하다는 말의 의미를 깨달은 것은 그때가 처음이다. 하긴 그것이 깨달음의 시작이자 끝이라는 우스운 이야기가 되기도 하지만, 일단 깨닫기 시작하면 그 깨달음은 상당히 오랫동안 이어져 결국 광산 안에서 최고조에 이르렀다. 얌전함이 극에 달하면 삼가는 마음에 나와야 할 눈물조차 나오지 않게 된다. 눈물이 날 정도라는 비유를 써서 말하는데, 눈물이 날 정도라면 안심할 수 있다. 눈물이 나는 동안에는 웃을 수 있기 때문이다.

신기하게도 그토록 얌전했던 사람이 지금은 싹 바뀌어 얌전한 기색이라고는 전혀 드러내지 않을 뿐 아니라 남들로부터 뻔뻔한 놈이라 여겨지고 있다. 그때 신세를 진 조조 씨의 입장에서 본다면, 필시 우쭐하고 거만한 놈이었을 것이다. 하지만 또 지금의 친구라면, 옛날에는 가엾었다고 말해줄지도 모른다. 거만하다고 하건 가엾다고 하건 상관없다. 옛날에는 얌전했지만 지금은 뻔뻔한 것이 자연스러운 상태다. 인간은 그렇게 생겨먹은 거라 어쩔 수 없는 일이다.

여름이 되어도 겨울의 마음을 잊지 않고 덜덜 떨고 있으라는 건 처음부터 무리한 일이다. 병으로 열이 날 때 쇠고기를 먹지 않았다고 해서 앞으로 평생 쇠고기 전골에 손을 대면 안 된다고 명령하는 것은 아무리 높은 직위에 있는 사람이라도 억지다. 목구멍만 넘어가면 뜨거움을 잊는다는 말처럼 잘도 잊어먹고 괘씸한 말을 꺼내지만, 그것을 잊어버리는 것이 당연하고 잊어먹지 않는다는 것이 오히려 거짓말이다. 이렇게 말하면 궤변처럼 들리겠지만, 궤변도 뭣도 아니다. 거짓 없는 진짜를 말하는 것이다. 대체로 인간은 자신을 네모난 불변체(不變體)라고 철석같이 믿어버리는 통에 곤란한 것 같다. 주변 상황은 안중에도 없이 타인을 단숨에 밀어붙이고 싶어 하는 일이 꽤 많다. 다른 사람이라면 또 모르겠으나 자기 자신을 닦달하여 기뻐하는 소리는 들리지 않는 모양이다.

그렇게 단순하고 변화가 없게 하려고 하면 입체 세계에서 벗어나 평면의 나라로라도 가지 않으면 안 되는 일이 벌어진다. 함부로 타인의 불신, 불의, 변심을 비난하며 뭐든지 상대가 나쁘다고 떠들어대는 사람은, 모두 평면의 나라에 적을 두고 활판에 인쇄한 마음[1]을 주시하며 깃발을 든 사람들이다. 아가씨, 도련님, 학자, 세상 물정에 어두운 사람, 고생을 모르는 사람 중에 그런 사람이 많은데, 이야기를 알아듣기 어려우니 곤란한 것이다. 나도 그때 가출을 하지 않고 귀여운 도련님으로서 얌전히 성인이 되었다면, 내 마음이 끊임없이 움직인다는 것도 모른 채 움직이지 않는다, 변하지 않는다, 변하면 큰일이다, 죄악이다, 하며 끙끙 앓다가 나이를 먹었다면, 그저 학문을 하고 월급을 받고 평화로운 가정과 평범한 친구로 만족하며 성찰이 필요하다고 느끼지 않았다면, 또한 성찰이 가능할 정도로 심기일전하게 하는 생생한 마음의 작용을 얻지 못했다면, 모든 고통, 유전(流轉), 표박(漂迫), 곤비(困憊), 오뇌, 득실, 이해(利害)로부터 얻은 이 경험과 마지막으로 이 경험을 가장 공정하게 해부하고 해부한 것 하나하나를 일일이 비판할 능력이 없었다면, 다행히도 나는 그 지대한 선물을 갖고 있지만, 이 모든 것들이 없었다면 나는 이렇게 과감하게 단언하지 못했을 것이다.

아무리 과감하게 말한다고 해도 자랑이 되지 않는다. 그저 그렇기 때문에 그렇다고 말할 뿐이다. 그 대신 예전에 얌전하던 사람이 지금은 뻔뻔해졌을 정도이니 지금 뻔뻔한 사람이 언제 다시 얌전해지지 않는다고 말할 수도 없다. ……주저앉을 것 같은 다리를 뻣뻣하게 세우고 들으니 꽝 하고 울리는 물소리가, 귓속으로 멀리서 쏴아 하고 들어왔다. 나는 점점 더 얌전해졌다.

---

1 단조롭고 또한 유형적으로만 파악되어 변할 것 같지 않은 마음.

31

이런 상태로 꽤 걸었다. 얼마나 걸었는지 짐작할 수도 없을 만큼 걸었다. 그렇지 않아도 밤길이라 평소보다 멀게 느껴지는데 울퉁불퉁한 오르막길을, 장딴지가 붓고 무릎 관절이 서로 스치고 허벅지가 땅바닥으로 떨어져 내릴 정도로 걸었다. 그러므로 멀다, 멀지 않다 하는 건 살아 있다는 증거일 뿐, 그럭저럭 조조 씨의 엉덩이에서 10미터도 떨어지지 않고 따라갔다. 이는 단지 얌전하게 자신을 몰각한 체념 상태에서 나온 결과가 아니다. 10미터 이상 떨어지면 조조 씨가 돌아보고 대여섯 걸음 기다려주었으므로 어쩔 수 없이 따라갔고, 따라잡기 전에 그쪽이 다시 걷기 시작해서 어쩔 수 없이 조금씩 마냥 스스로를 분발하게 한 것에 지나지 않았다.

그건 그렇다 치더라도 조조 씨는 용케 뒤가 보인 모양이었다. 더군다나 밤중이었다. 좌우로 시커먼 나무가 하늘을 멋지게 가로질러, 하늘을 올려다보았을 때야 비로소 머리 위가 가늘게 위까지 뚫려 있구나 하고 깨달을 정도로 어두운 밤길이었다. 별빛이라고들 하지만 그다지 믿을 게 못 되었다. 물론 초롱 같은 게 있을 리 없었다. 내 입장에서 보자면 앞서 가는 붉은 담요가 목표였다. 밤이라서 붉게 보이지는 않지만, 어쩐지 붉은 담요처럼 보였다. 밝을 때부터 저 담요, 저 담요, 하며 염불처럼 외며 응시한 채 겨냥하고 온 탓에, 날이 저물었을 때 갑자기 봤다면 담요인지 뭔지 모르겠지만 나에게만은 분명히 붉은 담요로 보였던 것이다. 신심(信心)의 공덕이라는 것은 대체로 이런 데서 나올 것이다. 그런 까닭에 나는 그럭저럭 표적만은 정해두고 있었지만, 조조 씨는 내가 얼마나 뒤에서 따라가는지 알 길이 없었다. 그런데도 10미터 이상 떨어지면 어김없이 멈춰주었다. 멈춰준 것인지 자기 좋을 대로 멈춘 것인지 확실하진 않지만, 아무튼 틀림없이 멈췄다. 초심자는 도저히 불가능한 재주였다. 나는 괴로운 가운데서도 이것이 조조 씨의 장사에 필요한 재주로, 조조 씨는 이 재주를 오랫동안 연습해서 이 정도에 이른 것이라고 적잖이 감탄했다.

붉은 담요는 조조 씨와 나란히 걸었으므로 조조 씨가 멈추기만 하면 반드시 멈추었다. 조조 씨가 걷기 시작하면 반드시 걷기 시작했다. 마치 인형처럼 움직이는 사내였다. 걸핏하면 뒤처지는 나보다 붉은 담요가 다루기에는 훨씬 쉬웠음에 틀림없다. 꼬맹이, 예의 그 꼬맹이는 사라지고 없었다. 처음에는 꼬맹이라 뒤처질 거라고 생각하고 지치면 격려해줄 마음을 먹고 있었지만 그 막치 짚신을 딱딱 울리며 울퉁불퉁한 길을 껑충껑충 뛰어가는 모습을 보고는 이거 못 당하겠는걸, 하고 깨달은 것은 한참 전의 일이었다.

그래도 한동안은 딱딱거리는 소리가 소매에 스칠 정도로 올라왔지만 지금은 근처에 그 그림자도 없었다. 나란히 걸을 때는 꼬맹이 주제에 너무나도 활달하게 걸었는데, 활달하기만 하면 괜찮지만 거기다가 입까지 꼭 다물고 있어 상당히 뒤숭숭한 기분이었다. 만약 비웃을 거라면, 아주 조그맣고 굉장히 활달한 데다 말을 하지 않는 동물을 상상해보면 알 것이다. 좀처럼 떠오르지 않을 것이다. 그런 동물과 함께 밤중에 산을 넘는다면 누구나 뒤숭숭한 마음일 것이다. 나는 지금도 그때의 그 꼬맹이를 생각하면 묘한 느낌이 든다. 조금 전에 박쥐 같다고 했는데, 완전히 박쥐다. 조조 씨와 붉은 담요가 있어서 괜찮았지만 박쥐와 단둘이었다면 솔직히 두 손 들었으리라.

32

그때 조조 씨가 어둠 속에서 갑자기 소리를 질렀다.

"이봐!"

한적한 밤길에 느닷없이 사람 목소리를 들어본 사람이 있을지 모르겠지만, 들어보면 좀 야릇한 느낌이 든다. 그것도 평범하게 이야기하는 소리라면 그래도 괜찮지만 이봐, 하고 사람을 부르는 소리는 어쩐지 기분이 안 좋다. 사람 하나 지나지 않는 어두운 산길에서, 게다가 박쥐와 길동무가 되어 그렇잖아도 뒤숭숭한 허를 틈타 조조 씨가 무슨 일이 있다는 듯이 소리를 질렀던 것이다. 무슨 일이 있을 리 없는 때에, 게다가 무슨 일이 있을 것 같지 않은 장소에서 이봐, 하고 불렀으므로 갑작스러움과 어떤 예감이 합쳐져서 내 머리에 묘한 울림을 주었다. 그 목소리가 나를 불렀다면 무슨 일이 일어났나 하고 놀라는 데 그쳤겠지만, 10미터쯤 뒤에서 따라가는 내 주의를 끌기 위한 것 이상으로 큰 목소리였던 것이다. 또 목소리가 향한 방향이 달랐다. 이쪽을 향한 목소리가 아니었다. 이봐, 하고 좌우에 부딪쳤지만 서 있는 나무에 막혀 좁은 길 너머로 멀리 달아났고, 저 멀리 앞쪽에서 이봐, 하는 메아리가 들려왔다. 메아리는 분명히 들렸지만 대답은 아닌 듯했다. 그러자 조조 씨가 전보다 더 큰 소리로 불렀다.

"꼬맹아!"

지금 생각하면 이름도 모르고 그냥 꼬맹아, 라고 부른 건 좀 우습긴 하지만 그때는 조금도 우습지 않았다. 나는 그 목소리를 듣자마자 박쥐가 숨었다는 것을 알았다. 앞서 갔다고 생각하는 것이 당연하고, 그게 아니라면 도망갔다고 판단해야 할 텐데도 곧바로 숨었다고 생각한 것을 보면 박쥐에게 어지간히 골머리를 앓았음에 틀림없다. 그렇게 앓던 골머리는 이튿날 아침이 되어 해가 뜨자 완전히 사라졌고, 스스로 자신이 얼마나 바보인가 하고 생각했을 정도다. 하지만 실제로 꼬맹아, 라고 부르는 소리를 들었을 때는 그런 느낌이 다소 심해졌다.

그런데 또 메아리가 조금 전처럼 건너편으로 퍼졌고 막다른 곳이 없어 도깨비불의 꼬리처럼 희미하게 사라졌다. 그 반동인지 모든 산과 나무와 계곡이 쥐 죽은 듯 조용해졌을 때…… 아무런 대답이 없었다. 그 메아리가 불안하게 계속되면서 사라져가는 동안, 사라지고 나서 모든 세계가 쥐 죽은 듯 조용해질 때까지 조조 씨와 붉은 담요와 나, 이렇게 세 사람은 어둠 속에 코를 맞대고 잠자코 서 있었다. 그다지 좋은 기분은 아니었다. 얼마 후 조조 씨가 말했다.

"좀 더 서두르면 따라잡을 수 있을 거네. 임자, 괜찮겠나?"

물론 괜찮지는 않지만, 하는 수 없어 괜찮다고 하고 서두르기 시작했다. 원래 그 자리에서 서두르겠다는 주제넘은 소리를 할 수는 없을 터였지만, 그게 또 묘한 일로 서두를 마음도, 서두를 힘도 없는 주제에 수락하고 말았다. 필시 이상한 얼굴로 수락했겠지만, 수락하고 났더니 서두를 수 있든 없든 엄청나게 서두르고 말았다. 그사이 어디를 어떻게 지났는지 전혀 알지 못했다고 하는 게 온당할 것이다. 잠시 후 조조 씨가 걸음을 뚝 멈춰서 퍼뜩 정신을 차렸다. 그러자 한 집 앞에 서 있었다. 남포등이 켜져 있었다. 그 불빛이 길을 비추고 있었다. 순간 기뻤다. 붉은 담요가 똑똑히 보였다. 그리고 꼬맹이도 있었다. 꼬맹이의 그림자가 거리를 가로질러 건너편 골짜기로 꺾여 들어가 있었다. 꼬맹이치고는 기다란 그림자였다.

나는 이런 데에 사람이 사는 집이 있을 거라고는 전혀 생각하지 못했다. 게다가 눈이 아찔하고 귀가 울려 정신없이 서둘렀다. 얼마나 더 서둘러 가야 하는지도 모른 채 정처 없이, 희망도 없이 여기까지 왔는데, 걸음을 뚝 멈추자마자 남포등 불빛에 눈이 부셨으므로 깜짝 놀랐던 것이다. 놀란 것과 동시에 남포등 불빛이 인간다운 것이라는 걸 절실하게 느끼고 감탄했다. 남포등이 이토록 고마웠던 적은 여태껏 한 번도 없었다. 나중에 들으니 꼬맹이는 그 남포등 불빛까지 앞질러 가서 우리를 기다리고 있었다고 한다. 이봐, 하는 목소리도 꼬맹아, 하는 목소리도 들렸는데 일부러 대답하지 않았다는 것이다. 대단한 녀석이다.

33

드디어 일행이 다 모였지만, 앞으로 어떻게 될까 생각하면서 여전히 얌전하게 있자니 조조 씨가 우리를 길가에 내버려두고 혼자 집 안으로 들어갔다. 달리 표현할 길이 없어 집이라고 했지만, 사실상 집이라고 하기엔 과분하다. 소만 있으면 외양간이고 말만 울면 마구간이었다. 잘은 몰라도 짚신을 파는 집인 모양이었다. 벽과 짚신과 남포등외에 아무것도 없었으므로 나는 그렇게 판단했다. 정면은 한 칸뿐으로, 입구의 덧문은 반쯤 닫혀 있었다. 나머지 반은 밤새 열어두는 게아닐까 싶었다. 어쩌면 문턱의 홈에 끼인 채 움직이지 않게 된 것인지도 몰랐다. 물론 초가지붕이었는데, 짚이 오래되어 비에 썩은 탓인지무너지기 시작했으며 분명히 보이지가 않았다. 밤과 지붕의 경계를알아볼 수 없을 정도로 그저 불룩해 보였다.

그 안으로 조조 씨가 들어갔다. 어쩐지 굴속으로라도 들어가는 것같은 느낌이었다. 그리고 이야기를 하고 있었다. 세 사람은 밖에서 기다리고 있었다. 내 얼굴은 보이지 않지만 붉은 담요와 꼬맹이의 얼굴은 오두막 안에서 비스듬히 비치는 남포등 불빛으로 잘 보였다. 붉은 담요는 여전히 산만했다. 그 사내는 설사 지진이 일어나 들보가 떨어져도, 부모가 생사를 넘나드는 중요한 순간에도 늘 이런 얼굴을 하고 있을 것이다. 꼬맹이는 하늘을 보고 있었다. 아직 뒤숭숭했다.

그때 조조 씨가 나타났다. 그러나 길로 나오지 않았다. 문지방 위에 발을 올리고 이쪽을 보고 선 가랑이 사이로 남포등 불빛만 가늘고 길게 새어 나오고 있었다. 남포등의 위치가 어느새 낮아진 것처럼 보였다. 조조 씨의 얼굴은 물론 잘 보이지 않았다.

"임자, 지금 산을 넘는 건 힘들 테니 오늘 밤은 여기서 묵고 가세. 다들 들어오게."

나는 그 말을 듣자마자 지금까지의 얌전함이 갑자기 파열되어 몸이 아주 녹초가 되었다. 그 외양간에서 하룻밤을 지내는 일이 내게 그만큼의 위안을 주리라고는, 외양간을 본 바로 그 순간까지는 전혀 알지 못했다. 역시 얌전히 군 결과 묵을 곳을 찾아도 묵을 마음이 일지 않았을 것이다. 그리고 보면 인간만큼 제어하기 쉬운 존재도 없다. 곤란하든 말든 그저 예, 예, 하며 분부대로 따르고 조금도 불평하지 않을 뿐 아니라 무척 기뻐하기까지 한다. 당시를 떠올릴 때마다 나는 가장 유순하고 착한, 그리고 가장 부지런히 노력하는 인간이었구나 하는 자신감이 생긴다. 군인은 그렇지 않으면 안 된다고 생각할 때도 있다. 동시에 만약 인간이 물건의 용도를 무시할 수 있다면, 아울러 물건의 용도도 잊을 수 있는 존재라는 사실도 깨달았다. ……이렇게 써보았지만 다시 읽어보니 어쩐지 어려워서 이해할 수가 없다.

솔직히 말하자면 훨씬 더 쉬운 것인데 짧게 줄이느라 이렇게 어려워지고 말았다. 예를 들어 술을 마실 권리가 없다고 자신하고, 술병을 있어도 없는 것처럼 간주할 수만 있다면 술병이 앞에 놓여 있어도 술이 마시는 것이라는 사실조차 모른 채 있을 수 있다는 것이다. 서로 도둑이 되지 않아도 되는 것도 결국 어렸을 때부터 인공적으로 그런 종류의 경계에 길들여져 있기 때문일 것이다. 하지만 한편으로 말하자면 그런 경계는 인성의 일부분을 마비시킨 결과이므로, 생각대로 되었다고 우쭐하여 악착같이 밀고 나가면 인간은 모두 바보가 되어버린다. 도둑질만 하지 않으면 되는 거고, 그 밖의 정신 기계(器械)는 모두 그에 걸맞게 작동할 수 있게 해주는 것이 가장 좋은 공덕이라고 생각한다.

내가 당시의 나인 채 계속해서 오늘날까지 살아왔다면, 아무리 유순하고 착하다고 해도, 아무리 부지런히 노력했다고 해도 틀림없이 바보가 되었을 것이다. 누구의 눈으로 봐도 바보 이상의 반편이가 되었을 것이다. 인간인 이상 가끔은 화를 내는 게 좋다. 반항하는 게 좋다. 화를 내도록, 반항하도록 생겼는데 억지로 화를 내지 않거나 반항하지 않는 것은 스스로를 바보로 교육하며 기뻐하는 것이다. 무엇보다 몸에 독이 된다. 그게 성가시다고 한다면 화를 내지 않도록, 반항하지 않도록 준비하는 것이 타당하지 않겠는가.

34

　당시에 나는 여러 가지 상황에서 모든 일에 조조 씨가 말하는 대로 예, 예, 하기만 했고, 또 그렇게 예, 예, 하는 것이 자연스러운 일이라는 생각도 했지만, 그 대신 지금과 같은 처지라면 설령 조조 씨 같은 사람 백 명이 이레 밤낮으로 계속해서 잡아끈다고 해도 꿈쩍도 하지 않을 것이다. 지금의 나에게는 그것이 자연스럽기 때문이다. 그리고 그렇게 변하는 것이 인간다운 점이라고 생각한다. 이해하기 쉽도록 조조 씨를 예로 들었지만, 잘 살펴보면 인간의 성격은 매 시간 변한다. 변하는 것이 당연하고 변하는 동안에는 모순이 생겨난다. 그러므로 인간의 성격에는 모순이 많다는 의미가 된다. 모순투성이의 끝은 성격이 있든 없든 같은 것에 귀착한다. 거짓말이라고 생각되면 시험해보면 된다. 남을 시험하는 죄 많은 짓을 하지 말고 우선 자신을 시험해보는 게 좋을 것이다. 갱부로까지 전락하지 않아도 알 수 있는 일이다. 신에게 물어봐도 그 이상은 알 수 없다. 그런 이치를 알 수 있는 신은 자신의 마음속에 있을 뿐이다.

이처럼 학문도 없는 주제에 학자와 같은 말을 해서 송구하다. 이렇게 신나게 떠들어낼 생각은 추호도 없었지만, 사실을 말하자면 이런 사정이 있다. 나는 사람들로부터 자주 자네처럼 모순이 많은 사내는 아주 곤란해, 라는 불평을 들었다. 불평을 들을 때마다 쓸쓸한 얼굴로 사죄했다. 나 스스로도, 이거 참 곤란하군, 이래서는 평범한 인간으로 통용되기 어렵겠어, 어떻게든 개선하지 않으면 신용을 잃고 길거리에 나앉게 될 거야, 라며 남몰래 걱정하고 있었다. 하지만 이런저런 처지에 놓여보고 앞에서 말한 시험을 해보니 개선이고 뭐고 하나도 필요 없었다. 그게 내 본색이고 그 밖에 인간다운 면이 따로 있는 게 아니었다.

그러고 나서 다른 사람도 시험해봤다. 그런데 역시 나와 똑같이 생겨먹었다. 불평을 해대는 사람이 모두 불평을 들을 만한 사람이라 우스꽝스러웠다. 요컨대 배가 고프면 밥이 먹고 싶고, 배가 부르면 졸리고, 막히면 흐트러지고, 궁하면 도리에 어긋나게 되고, 성공하면 올바른 도를 행하고, 반하면 결혼하고, 질리면 이혼할 뿐인 일이라 모든 게 임기응변에 지나지 않는다. 인간의 특색은 그것 외에 달리 없다. 이렇게 감복하고 있으므로 잠깐 말해봤을 뿐이다. 그러나 세상에는 학자입네 스님입네 교육자입네 하는 까다로운 사람들이 많아서 각자 전문적으로 연구하고 있는 일이므로 나만 아는 것처럼 떠들어대는 건 좋지 않다.

그러니 지금처럼 기세 좋게 기염을 토하는 일은 그만두고 다시 원래의 얌전한 태도로 돌아가 산속 이야기를 하겠다. 조조 씨가 문지방 위에 서서 길을 향한 채 여기서 묵고 가자고 말했을 때 이렇게 쓰러져가는 집에서도 묵을 수가 있는 거구나, 하고 처음으로 의식했다기보다는 모든 집이라는 것이 원래 묵기 위해 지어진 거라는 걸 드디어 깨달았을 정도로 묵는다는 것은 예상하고 있지 않았다. 그런데도 몸은 곤약처럼 녹초가 되었다. 평소 같으면 묵고 싶다, 묵고 싶다, 하는 마음에 모든 내장이 터질 것 같았을 텐데 자아를 잊은 갱부행, 즉 자멸의 첫 무대로서의 전락과 체념 후에 생긴 피로이므로 아무리 몸에 숙박할 필요가 있어도 몸이 영혼에게 숙박을 요청하지 않았다. 그때 묵으라는 명령이 하늘에서 반대로 영혼에게 내렸으므로 영혼은 잠깐 망설이는 형태로 일단 손발에 보고하자 손발이 몹시 기뻐했으므로 영혼도 정말 고마운 일이군, 하고 비로소 조조 씨의 호의에 감사했다. 이렇게 된 것이다. 어쩐지 만담처럼 장난이나 치는 것 같지만 실제로 그때의 심리 상태는 이렇게 예를 들지 않으면 설명할 수가 없다.

나는 조조 씨의 말을 듣자마자 갑작스레 긴장이 풀려 가만히 서 있을 수 없는 발을 질질 끌고 제일 먼저 문으로 다가갔다. 붉은 담요는 느릿느릿 들어왔다. 꼬맹이는 날아왔다. 실제로 날아온 것은 아니었으나 짚신의 뒷부분이 기세 좋게 발뒤꿈치에 부딪쳐 딱딱 소리를 냈으므로 나는 것처럼 느껴졌다.

35

방 안으로 들어가자 고약한 냄새가 확 풍겼다. 무슨 냄새인지는 전혀 알 수 없었다. 꼬맹이가 코를 씰룩거렸으므로 그도 냄새를 맡았다는 걸 알았다. 조조 씨와 붉은 담요는 전혀 반응을 보이지 않았다. 봉당에서 방으로 들어갈 때는 걸레라도 있었으면 싶었지만, 꼬맹이는 사정이야 어떻든 상관없다는 듯 짚신을 벗고 그대로 올라갔다. 꼬맹이의 짚신은 뒤축이 없었으므로 반은 맨발이었다. 고약한 녀석이구나 하고 바라보고 있으니 조조 씨가 말해주었다.

"자네도 게다니까 벗고 그냥 올라오게."

기분은 좋지 않았지만 먼지도 떨지 않고 올라갔다. 다다미 위에 한 발을 올려놓으니 푸석푸석했다. 꼬맹이는 그 위에 벌렁 드러누웠다. 나는 엉덩이만 내리고 두 짝인 장지문 뒤에 책상다리를 하고 앉았다. 이 장지문은 입구에 있었으므로 돌아보자 조조 씨와 붉은 담요가 짚신을 벗고 있었다. 두 사람 다 허리에서 손수건을 꺼내 발을 툭툭 털고 있었다. 그리고 바로 올라왔다. 발을 씻는 것이 귀찮은 모양이었다.

그때 주인이 건넌방에서 차와 담배합을 가져왔다.

주인입네, 건넌방입네, 차입네, 담배합입네 하니 아주 평범하게 들리겠지만 사실은 이름뿐으로 일일이 설명하면 엄청나게 오해했구나 하고 어이없어할 것들뿐이었다. 하지만 어쨌든 주인이 건넌방에서 차와 담배합을 가져온 것만은 틀림없는 사실이다. 그리고 조조 씨와 이야기를 나누기 시작했다. 이야기의 내용은 잊었지만 그 모습으로 보건대 두 사람은 전부터 아는 사이로 그들 사이에는 빚이 있는 모양이었다. 확실히는 모르겠으나 말(馬) 이야기가 빈번하게 나왔다. 나나 붉은 담요나 꼬맹이에 대한 이야기는 전혀 들리지 않았다. 전혀 안중에 없는 것은 아니겠지만, 조금 전에 조조 씨가 혼자 담판하러 들어갔을 때 다 들었을 것이다. 아니면 조조 씨는 종종 이런 무사태평한 사람들을 광산으로 데려가는데 오갈 때는 자연스럽게 이 집 주인의 신세를 지기 때문에 그다지 신경을 쓰지 않는 것인지도 몰랐다.

나는 조조 씨와 주인이 주고받는 이야기를 들으면서 졸기 시작했다. 언제부터 졸았는지는 모른다. 말을 팔지 못해서 어떻다는 둥 하는 데서 점차 희미해지더니 자연스럽게 조조 씨가 사라졌다. 붉은 담요가 사라졌다. 꼬맹이가 사라졌다. 주인과 차와 담배합이 사라지고 쓰러져가는 집까지 사라졌을 때 까딱하고 잠에서 깨어났다. 정신을 차리고 보니 머리가 가슴 위에 떨어져 있었다. 퍼뜩 놀라 머리를 들었으나 굉장히 무거웠다. 주인은 여전히 말 이야기를 하고 있었다. 아직도 말인가 하고 생각하는 중에 다시 정신이 혼미해졌다. 정신이 혼미해진 것을 그대로 내버려두었더니 홀연 눈이 퍼뜩 떠졌다.

어둑어둑한 방 안에서 그림자 같은 조조 씨와 주인이 무릎을 맞대고 있었다. 마침 빚이 어떻고 하며 주인이 하하하하 웃는 참이었다.

이 주인은 이마가 머리 꼭대기까지 비스듬히 물러나 있어 옆에서 보면 산을 절단해서 낸 언덕길 정도로 경사졌다. 그리고 위로 올라갈수록 머리가 많이 나 있었다. 머리털은 1.5센티미터쯤 되는 것과 3센티미터쯤 되는 것이 섞여서 불규칙하게 듬성듬성 덥수룩했다. 내가 졸다가 퍼뜩 놀라 눈을 뜨자 먼저 그 머리가 눈동자에 비쳤다. 남포등이 그을음투성이라 어두웠으므로 머리도 그을음투성이가 되어 비쳤다. 그런데도 거리는 가까웠다. 그러므로 비친 그림자는 명료했다. 나는 명료하고도 몽롱한 주인의 머리를 지각이 없는 상태로 졸다가 퍼뜩 정신을 차리자마자 문득 봤던 것이다.

그때는 그다지 유쾌한 기분은 아니었다. 그 때문에 졸음을 잠시 보류할 마음이 들어 방 안을 휙 둘러봤더니 건너편 구석에 꼬맹이가 쓰러져 있었다. 이쪽 옆에는 이바라키 현이 길게 뻗어 있었다. 담요 밑으로 큼직한 발이 보였다. 막다른 곳이 벽인데, 그 벽 구석에 구멍이 뚫려 있고 그 구멍 안쪽이 새까맸다. 위는 전체가 바로 지붕 아래였는데, 오싹할 만큼 검은 부분에 검은 연기와 함께 남포등 불빛이 비쳤으므로 자세히 보니 초가지붕 안쪽이 흔들리고 있는 것 같았다.

36

그러고 나서 다시 졸렸다. 또 머리가 떨어졌다. 무거워서 들면 다시 떨어졌다. 처음에는 들어 올린 머리가 떨어지면서 점점 정신이 혼미해졌고 혼미해진 나머지 가슴 위로 툭 떨어지자마자 단숨에 제정신으로 돌아왔지만 서너 번 거듭되자 눈을 떠도 정신은 혼미했다. 어렴풋이 세상으로 돌아왔다가 또다시 곧바로 무의식으로 떨어지고 말았다. 그러고 나서 전처럼 머리가 떨어졌다. 희미하게 살아 있다는 느낌이 들었다.

그런가 하면 또 모든 것이 공(空)으로 들어갔다. 마지막에는 결국 아무리 머리가 앞으로 고꾸라져도 동요하지 않게 되었다. 어쩌면 앞으로 고꾸라지거나 머리의 무게 때문에 옆으로 쓰러졌는지도 모르겠다. 아무튼 동이 틀 때까지 편안히 잤는지 눈을 떴을 때는 더 이상 졸고 있지 않았다. 보통 때와 마찬가지로 몸 전체를 다다미 위에 붙이고 드러누워 있었다. 그리고 침을 흘리고 있었다. ……나는 말 이야기를 듣고 졸기 시작하고, 눈을 뜨고 빛 이야기를 듣고, 다시 계속 졸기를 반복하는 중에 결국 조는 것을 정식으로 끝내고 길게 드러누운 채 영혼의 소식을 듣지 못했으므로 눈을 뜨고 동이 트고 세상이 근본적으로 음에서 양으로 뒤집어진 것을 보자마자 눈을 뜨고 침을 흘리고 드러누운 채 가만히 있었다. 자각이 있는 채 죽으면 이런 상태일 것이다. 살아 있기는 해도 움직일 생각이 들지 않았다.

어젯밤 일은 하나부터 열까지 다 기억하고 있었다. 하지만 어젯밤 일이 하나부터 열까지 자연스럽게 이어져 오늘로 넘어온 것이라고는 생각되지 않았다. 내 경험은 모두 새롭고 또 통절하지만 그 새롭고 통절한 모든 것이 어쩐지 멀리 있었다. 멀리 있다기보다는 어젯밤과 오늘 사이에 두꺼운 칸막이가 생겨 확연히 구별된 것 같았다. 해가 뜨고 지는 것의 차이일 뿐으로, 이렇게 마음이 연속되지 않게 되면 신기할 정도로 자기 자신이 미덥지 않게 된다. 요컨대 인간 세상은 꿈같은 것이다.

침도 닦지 않고 잠깐 그런 생각에 잠겨 있자니 조조 씨가 끄응 하고 기지개를 켜고 누운 채 꽉 쥔 주먹을 귀 위까지 뻗었다. 주먹을 쥔 손이 불쑥 다다미 위를 똑바로 스치며 팔을 힘껏 다 뻗은 데서 힘이 풀려 맥없이 떨어졌다. 다시 자나 싶었으나 이번에는 왼손을 밑으로 내리고 움푹 팬 볼을 박박 긁기 시작했다. 잠이 깼는지도 몰랐다. 잠시 후 웅얼웅얼 무슨 말인가를 하기에 역시 잠이 깨지 않았다는 것을 알았을 때 꼬맹이가 벌떡 일어났다. 말 그대로 벌떡 일어난 것이었기에 쿵 하고 동귀틀이 빠지는 듯한 소리가 났다. 그러자 과연 조조 씨인지라 웅얼웅얼하던 것을 멈추고 곧바로 다다미에 붙어 있던 쪽 어깨를 팔꿈치 높이까지 일으켰다. 눈을 자꾸 껌벅거리고 있었다.

이렇게 되자 나도 언제까지 누워 있어 봐야 한이 없을 듯하여 일어났다. 조조 씨도 완전히 일어났다. 꼬맹이도 일어났다. 누워 있는 이는 붉은 담요뿐이었다. 그는 또 태평한 사람이라 여전히 담요 밖으로 큼 직한 발을 내놓고 코를 골며 쿨쿨 자고 있었다. 조조 씨가 붉은 담요 를 깨웠다.

"임자! 이봐, 임자! 지금 일어나지 않으면 점심때까지 광산에 갈 수 없을 걸세."

'임자'가 서너 번 되풀이되었지만 붉은 담요는 잘도 잤다.

"이보게, 이봐!"

하는 수 없이 조조 씨는 붉은 담요의 어깨에 손을 대고 흔들기 시작 했다. 그러자 붉은 담요도 "이봐!" 하며 똑같은 대답을 하며 어중간하 게 일어났다. 이것으로 모두 일어나긴 했지만, 나는 세수도 하지 않고 밥도 먹지 않아 어떻게 해야 좋을지 모른 채 망설이고 있었다.

"그럼 슬슬 출발하기로 하지."

이렇게 말하며 조조 씨가 맨 먼저 봉당으로 내려서자 나는 깜짝 놀 랐다. 꼬맹이도 따라 내려섰다. 붉은 담요도 뭐가 뭔지 모른 채 봉당 으로 큼직한 발을 늘어뜨렸다. 이렇게 되자 나도 어떻게든 하지 않을 수 없어서 맨 뒤에 게다를 걸치고 조조 씨와 붉은 담요가 짚신 끈을 들메는 것을, 기운 없이 양손을 품에 넣은 채 기다리고 있었다.

37

봉당으로 내려서고 보니 세수는 안 하는지, 아침밥은 안 먹는지, 하는 당연한 일을 묻는 것이 어쩐지 사치스럽게 여겨져 도무지 물어볼 마음이 들지 않았다. 습관의 결과 필요하다고까지 간주되는 것이 갑자기 쓸데없는 일이 되어버리는 것은 이상한 것 같지만, 나중에 그 전도된 사건을 확대해서 생각해보니 그런 예는 얼마든지 있었다. 즉 세상에서는 많은 사람들이 하는 일은 당연하게 되고 혼자만 하는 일은 쓸데없는 일로 생각되기 때문에 당연한 것으로 만들려면 자기편을 만들어두고 자못 당연하다는 듯한 태도로 부당한 일을 하는 게 최고다. 해보지는 않았지만 그렇게 하면 반드시 성공할 것이다. 상대가 조조 씨와 붉은 담요인데도 나에게 이만큼의 변화를 초래한 것만 봐도 알 수 있다.

그리고 나서 조조 씨는 짚신 끈을 들메고 발밑에 볼일이 없어졌으므로 느닷없이 얼굴을 들었다. 그리고 나를 보고 이렇게 말했다.

"임자, 밥은 안 먹어도 되겠지?"

밥을 안 먹어도 된다는 법은 없지만, 안 된다고 해봤자 소용없는 일이라 나는 그저 이렇게만 대답했다.

"괜찮습니다."

"먹고 싶은 건가?"

조조 씨는 이렇게 말하고 히죽히죽 웃었다. 이건 내 얼굴에 밥이 먹고 싶다는 마음이 얼마간 드러났기 때문이거나 19년 동안의 생활로 예상한 것에 반하여 일어나자마자 밥도 먹지 않고 출발하는 것에 자연스럽게 불평하는 기색이 드러났기 때문일 것이다. 그렇지 않다면 짚신 끈을 들메고 나서 그런 걸 물어볼 리가 없다. 실제로 조조 씨가 붉은 담요나 꼬맹이에게는 그런 질문을 하지 않은 점만 봐도 알 수 있는 일이다. 지금 돌아보면 두 사람에게도 똑같은 것을 좀 물어봤으면 좋았을 거라는 생각도 든다. 아침밥을 먹지 않고 50리, 100리를 걷는 것은 떠돌이거나 떠돌이 비슷한 사람이 아니면 불가능하다. 잠에서 깨고 날이 밝았는데도 국에서 오르는 김도, 절임 반찬의 냄새도 전혀 떠오르지 않는 이상, 되어가는 형편에 따라 오늘은 오늘의 목숨을 연명하고 그날그날 영혼의 공양을 하는 태평한 사람이고, 세상에 내일이라는 것이 없다는 것을 당연하게 생각할 정도로 불행하거나 행복한 사람인 것이다. 나는 19년을 살면서 처음으로 그런 사람과 한곳에 묵었고 앞으로도 함께 걸어가는구나 하는 생각을 했다.

붉은 담요와 꼬맹이의 안색을 들여다보니 조금도 아침밥을 기대하고 있는 것 같지 않았으므로 둘 다 아침밥을 먹는 습관이 들어 있지 않은 부류라는 걸 깨달았다. 그 순간 내 운명은 갱부가 되기 전부터 이미 갱부 이하로 떨어졌다는 것을 알았다. 그러나 그것을 알았다 뿐 그다지 슬프지는 않았다. 물론 눈물도 나지 않았다. 다만 조조 씨가 아침밥을 먹은 경험이 부족한 사람들에게 '자네들도 밥이 먹고 싶나?'라고 물어보지 않은 것을 지금은 유감스럽게 생각한다. 먹어본 적이 별로 없기 때문에 지금까지의 습관으로 인해 '안 먹어도 된다'고 대답할까 아니면 어쩌다 얻어걸릴지도 모른다는 의외의 바람에 자극받아 '먹고 싶다'고 대답할까? ……하찮은 일이지만 어느 쪽인지 들어보고 싶다.

조조 씨는 봉당에 서서 잠깐 뒤를 돌아보았다.

"구마 씨, 그럼 다녀오겠네. 여러 가지로 신세 많았네."

이렇게 말하며 가볍게 두세 번 발을 올렸다 내렸다 하며 준비운동을 했다. 구마 씨는 물론 주인의 이름인데, 아직 안에서 자고 있었다. 들여다보니 어젯밤 비몽사몽간에 기분 나쁘게 한 덥수룩한 머리가 이불 밑으로 비어져 나와 있었다. 까는 요를 덮고 자는 것이 그만의 방식인 모양이었다. 조조 씨가 그 덥수룩한 머리에게 말을 하자 그 머리가 갑자기 다다미에서 떼어졌다. 그리고 구마 씨의 얼굴이 나타났다. 어젯밤만큼 묘한 얼굴은 아니었다. 하지만 이마가 거꾸로 홀쭉해져 정수리까지 이어진 것은 오늘 아침에도 숨기려야 숨길 수가 없었다. 구마 씨가 이불 속에서 말했다.

"아니, 아무것도 해준 게 없는데."

과연 아무것도 해주지 않았다. 자기만 이불을 덮었다.

"춥지 않았나?"

이렇게 묻기도 했다. 참 속 편한 사람이다.

"아니네. 춥기는 무슨."

조조 씨가 이렇게 대답하고 봉당에서 한 발을 내디뎠을 때 뒤에서 구마 씨가 하품 섞인 목소리로 말했다.

"그럼 돌아갈 때 또 들르게."

38

 그러고 나서 조조 씨가 길로 나섰다. 나도 한 발 뒤처져 꼬맹이와 붉은 담요의 꽁무니를 따라 나갔다. 다들 몹시 서둘렀다. 이런 길에는 이골이 난 사람들인 것 같았다. 잘은 몰라도 조조 씨가 말하는 바에 따르면 앞으로 산을 넘을 텐데 정오까지는 광산에 도착해야 해서 서두른다는 것이었다. 왜 정오까지 도착해야 하는지 그 이유는 모르겠지만, 물어볼 용기가 나지 않아 잠자코 따라갔다. 그러자 역시나 오르막길이 시작되었다. 어젯밤에 그렇게 올라온 것 같은데도 여전히 오르막길이라 거짓말 같기는 하지만, 실제로 둘러보면 사방이 산으로 둘러싸여 있었다. 산속에 산이 있고 그 산속에 또 산이 있어 어이없을 정도로 깊이 들어가는 셈이었다. 그런 상황이니 광산이 있는 곳은 필시 쓸쓸할 것이다. 숨을 헐떡이며 오르면서도 불안했다. 여기까지 온 이상 도쿄로 돌아가는 것도 큰일이라는 생각이 들자 무슨 별난 취향으로 여기까지 온 건지 한심스러웠다. 그렇지만 도쿄에 있고 싶지 않아서 가출한 이상 쉽사리 돌아가기 어려운 곳으로 가 부모나 친척의 눈에 띄지 않고 헛되이 죽는 것은 오히려 내가 바라는 바였다.

　나는 높은 고개에 이르자 숨을 고르면서 잠깐 멈춰 사방의 산을 둘러보았다. 그러자 산들이 모두 거무스름하고 엄청날 정도의 나무를 뒤집어쓰고 있는 데다 구름이 걸려 있어 순식간에 멀어졌다. 멀어졌다기보다 희미해졌다는 말이 적당할지도 모르겠다. 희미해진 뒤에는 점차 깊숙이 안으로 물러나 지금까지는 그림자처럼 비쳤던 것이 그림자조차 보여주지 않게 되었다. 그런가 하면 구름이 산 코앞을 지나 움직였다. 하얀 것이 끊임없이 반격해 오는 중에 산의 그림자가 희미하게 나타났다. 그 그림자의 끝이 점점 짙어져 나무의 색깔이 분명해질 무렵에는 조금 전의 구름이 이미 옆 봉우리로 흐르고 있었다. 그러자 또 뒤에서 곧바로 다른 구름이 나타나 모처럼 보이기 시작한 산의 색을 흐릿하게 만들었다. 끝내는 어디에 어떤 산이 있는지 전혀 짐작할 수 없게 되었다. 서서 바라보니 나무도 산도 골짜기도 뒤죽박죽이 되어 떠올랐다. 머리 위의 하늘조차 한없이 높은 데서 손이 닿을 만한 데까지 떨어지고 있었다.

　"이거 비가 오겠는걸."

　조조 씨가 걸어가면서 혼잣말처럼 이렇게 말했다. 대답하는 사람은 아무도 없었다. 네 사람 다 구름에 떠밀리는 듯한, 휩싸이는 듯한 또 묻히는 듯한 모습으로 구름 속을 올라갔다. 내게는 그 구름이 굉장히 기뻤다. 그 구름 덕분에 나는 세상에서 숨기고 싶은 몸을 충분히 숨길 수 있었다. 그리고 그렇게 힘들다고 느끼지 않고 그 속을 걸어갈 수 있었다. 손발은 자유롭게 움직여 갇혀 있다는 갑갑함도 없는 데다 남들 눈에 띄지 않는 이득도 충분했다. 산 채 묻힌다는 것은 바로 이런 일을 말한다. 당시의 내게는 그것이 유일한 바람이었다. 그러므로 구름은 정말 고마운 존재였다. 고마운 마음보다는 구름에 묻히기 시작하고 나서 이제 안심이라며 안도의 한숨을 내쉬었다. 지금 생각하면 뭐가 안심이었다는 것인지 모르겠다. 완전히 미치광이라는 말을 들어도 어쩔 수 없다. 어쩔 수 없지만, 그런 내가 때와 경우에 따라서는 당장 내일이라도 다시 구름이 그리워질지도 모르겠다. 그런 생각을 하면 어쩐지 좀 이상하다. 내 몸으로 내 몸을 보증할 수 없는, 또 내 몸이 내 몸이 아닌 것 같은 기분이 들었다.

그러나 그때의 구름은 정말 기쁜 것이었다. 네 사람이 떨어지기도 하고 모이기도 하고 흩어지기도 하고 뭉치기도 하면서 구름 속을 걸어갈 때의 경치는 지금도 잊을 수가 없다. 꼬맹이가 구름에서 나왔다 들어갔다 했다. 이바라키의 담요가 붉어지기도 하고 하얘지기도 했다. 조조 씨의 도테라가 불과 10미터 거리에서 짙어지기도 하고 옅어지기도 했다. 아무도 입을 열지 않았다. 그리고 무턱대고 서둘렀다. 세계에서 분리된 네 개의 그림자가 앞서거니 뒤서거니 늘어나지도 줄어들지도 않고 네 개인 그대로 끌리어 합치듯이, 튕겨져 멀어지듯이, 또 한 무슨 일이 있어도 네 개가 아니면 안 된다는 듯이 구름 속을 오로지 걷기만 할 때의 경치는 지금도 잊을 수가 없다.

39

나는 구름에 파묻혔다. 다른 세 사람도 파묻혔다. 천하가 구름이 되었으므로 우리에게 세상은 단 네 사람뿐이었다. 그리고 그중 세 사람이 하나같이 떠돌이였다. 세수도 하지 않고 아침밥도 먹지 않고 구름 속을 헤매는 사람들이었다. 그 사람들과 길동무가 되어 오르막길 10리, 내리막길 20리를 발이 움직이는 대로 구름에 떠밀려 왔더니 비가 내렸다. 시계가 없었으므로 몇 시인지는 알 수 없었다. 하늘을 보고 판단하자면 아침이라고도 할 수 있을 것 같고 정오가 지난 시간이라고도 할 수 있을 것 같고 저녁이라고 해도 지장이 없을 것 같았다. 내 정신과 마찬가지로 세계도 흐릿했는데, 다만 눈에 띈 것은 빗줄기 사이로 희미하게 보이는 산의 빛깔이었다. 그 색이 갑자기 지금까지와는 달라졌다. 어느새 나무가 없어져 벌거숭이가 되어 있기도 하고 군데군데 민둥산이 되어 있어서 진사(辰砂)[1]처럼 붉게 보이기도 했다. 지금까지 구름으로 나와 세상을 단번에 말살하고, 휘청거리면서 손발

1 주홍색의 광석으로 수은과 유황의 화합물.

만 재촉하여 막 여기까지 왔기 때문에 그 붉은 산이 문득 눈에 들어오자마자 나는 퍼뜩 구름에서 깨어난 기분이 들었다.

색채의 자극이 내게 이토록 강렬하게 작용할 거라고는 생각해본 일이 없다. 사실 나는 색맹이 아닐까 싶을 정도로 색에는 무신경한 성격이다. 그래서 그 붉은 산이 비교적 강렬하게 내 시신경을 침범한 순간 나는 드디어 광산에 도착했구나 하고 생각했다. 무언가 일어날 듯한 예감이 들었다고 한다면 그랬다고 할 수 있지만, 실은 이 산의 빛깔을 보고 곧바로 구리를 연상했을 것이다. 아무튼 내가 드디어 도착했구나, 하고 직관적으로, 세상에서 직관적이라고 하는 것은 대체로 이 정도의 것이라고 생각하는데, 이른바 직관적으로 사실을 깨달았을 때 조조 씨가 내가 하고 싶은 말을 했다.

"드디어 도착했군."

그러고 나서 15분쯤 지나자 마을이 나왔다. 산속의 산을 넘고 구름 속의 구름을 빠져나가 돌연 새로운 마을[2]에 이르렀으므로 눈을 비비고 시각(視覺)을 확인하고 싶을 정도로 놀랐다. 그것도 옛날의 역참이라든가 촌락이라든가 하는 옛 막부 시대와 인연이 있는 마을이라면 모르겠으나 새로운 우편국이 있고 새로운 요릿집이 있는 등 모든 것이 이끼가 끼지 않은 온통 새것인 데다 하얀 분을 바른 새로운 여자까지 있었으므로 완전히 꿈같은 기분으로 미심쩍은 표정을 지을 틈도 없이 지나치고 말았다. 그러자 다리가 나왔다. 조조 씨가 다리 위에 서서 잠깐 물빛을 바라보며 주의를 주었다.

2 아시오마치(足尾町)의 북동쪽에 해당하는 혼잔(本山) 지구로 추정된다. 이곳에 있던 '새로운 우편국'에 대해서는 「폭동 사건과 아시오 우편국」(《요로즈초호》, 1907년 2월 15일, 16일)에 "아시오마치의 우편국은 삼등국이지만 전신전화 설비도 있어 통신기관으로서는 일단 완비된 곳이다"라고 되어 있다.

"여기가 입구라네. 드디어 도착했으니 그런 마음으로 있지 않으면 안 되네."

그러나 어떤 마음으로 있어야 하는지 전혀 알 수 없어서 잠자코 다리 위에 서서 입구에서 안쪽을 바라보았다. 왼쪽은 산이었다. 오른쪽도 산이었다. 그리고 곳곳에 집이 보였다. 역시 목조의 색이 새것이었다. 그중에는 회반죽을 바른 것인지 페인트를 칠한 것인지 알 수 없는 것도 있었다. 그것도 새것이었다. 낡아빠지고 벗어진 것은 산뿐이었다. 어쩐지 다시 현실세계로 끌려나온 듯한 기분이 들어 다소 실망했다. 조조 씨는 잠자코 다리 건너편을 바라보고 있는 나를 보며 다시 물었다.

"알았나, 임자, 괜찮은가?"

"괜찮습니다."

나는 분명하게 대답했지만 내심으로는 별로 괜찮지 않았다. 왜인지는 모르겠으나 조조 씨는 오직 나만 불안해하는 것 같았다. 붉은 담요와 꼬맹이에게는 '알았나'라고도 '괜찮은가'라고도 묻지 않았다. 처음부터 이 두 사람은 과거의 업보로 갱부가 되어 광산에서 천명을 다해야 한다고 인정하고 있는 듯한 기색이 역력했다. 그러고 보니 믿을 수 없는 사람은 나뿐으로, 조조 씨로부터 이 녀석은 위험해 하고 어지간히 주목을 당하고 있었던 것인지도 몰랐다. 꼴이 말이 아니게 되었다.

40

　그러고 나서 네 사람이 나란히 다리를 건너가자 오른쪽에 보이는 집들 중에는 꽤 훌륭한 것도 있었다. 조조 씨는 그중에서 가장 당당한 집을 가리키며 소장의 집이라고 가르쳐주었다. 내친김에 왼쪽을 보면서 말했다.

　"이쪽이 굿길이네. 임자, 알겠나?"

　나는 굿길이라는 말을 이때 처음 들었다.

　무척 물어보고 싶었으나 대충 이런 게 굿길이겠지 생각하고 입을 다물고 있었다. 나중에 나도 그 굿길이라는 말을 명료하게 이해하지 않으면 안 되는 처지가 되었지만, 역시 처음에 어렴풋이 생각하고 있던 정의와 크게 다르지 않았다. 머지않아 왼쪽으로 꺾어 들어가 드디어 굿길 쪽으로 들어가게 되었다. 레일을 따라 점점 위로 올라가자 여기저기에서 허름한 집들이 나타났다. 그것이 갱부들이 사는 집이라는 이야기를 듣고 나도 오늘부터 이런 데서 살겠구나 하고 생각했으나 그것은 내 착각이었다. 그 오두막집은 어느 것이나 다다미 여섯 장과

세 장짜리 방 두 칸으로 된 집으로, 모두 갱부가 사는 곳임에는 틀림없으나 가족이 있는 사람에게만 빌려주는 규정이 있어서 나처럼 혼자인 사람은 들어가고 싶어도 들어갈 수 없었다.

그런 집들 사이를 뚫고 지치지도 않고 올라가자 이번에는 돌로 된 절벽 아래에 가늘고 길기만 한 나가야(長屋)[1]가 보였다. 그리고 그런 나가야가 아주 많았다. 처음에는 고작 두세 채인가 했는데 올라감에 따라 속속 나타났던 것이다. 크기도 길이도 비슷하고 모두 벼랑 밑에 있어서 위치는 별로 다르지 않았으나 방향만은 제각각이었다. 산비탈을 이용해 코딱지만 한 지면에 세운 것이라 동쪽이니 서쪽이니 따질 형편이 아니었다. 가까스로 고르게 한 지면에 방향 같은 건 신경 쓰지 않고 무턱대고 세워서 불규칙했던 것이다. 게다가 무엇보다 올라가는 길이 구부러져 있었다. 그 나가야의 오른쪽을 걸어가나 싶으면 어느새 그 나가야 앞으로 나왔다. 저건 바로 머리 위에 있구나 하고 마음속으로 은근히 기다리고 있으면 갑자기 길에서 벗어나 멀리 달아나버렸다. 도무지 감을 잡을 수가 없었다. 게다가 이 가늘고 긴 집에서는 사람들이 얼굴을 내밀고 있었다. 집에서 얼굴을 내밀고 있는 것이 드문 일은 아니지만, 그 얼굴이라는 게 또 예사 얼굴이 아니었다. 이 얼굴이나 저 얼굴이나 막돼먹은 데다 안색이 좋지 않았다. 좋지 않은 정도가 또 예사롭지 않았다. 퍼렇고 까맣고 게다가 갈색이어서 도회에서는 도저히 상상할 수 없는 빛깔이라 당황스러웠다. 병원의 환자들과는 전혀 비교가 되지 않았다.

내가 산길을 오르면서 처음으로 그 얼굴을 봤을 때는, 굿길이라는 의미를 잘 이해할 수 없었는데도 역시 굿길이구나 하고 느꼈다. 하지

1 기다란 한 동의 집을 여러 칸으로 막아 각 세대가 살 수 있도록 만든 주택.

만 아무리 굿길이라도 이런 얼굴은 많지 않을 거라고 생각하고 올라가니 나가야를 지날 때마다 얼굴을 내밀고 있었고 그 얼굴들이 모두 똑같았다. 결국에는 굿길이란 무시무시한 곳이라고 생각할 만큼 불쾌한 얼굴을 잔뜩 보고 또 내 얼굴을 실컷 보여주었다. 나가야에서 내밀고 있는 얼굴은 반드시 우리를 보고 있었다. 일종의 모질고 악착같은 얼굴로 보고 있었다. ……드디어 오후 한 시에 한바(飯場)²에 도착했다.

---

2 갱부를 위한 공동 취사장을 의미하지만, 의미가 바뀌어 한바 책임자가 경영하는 독신 갱부들의 공동주택을 가리키게 되었다. 한바 책임자 또는 우두머리가 갱부의 작업 내용에서부터 임금, 생활에 이르기까지 관리하는 한바 제도는 일본의 후발적인 발전 과정에서 생겨나 노동력의 확보와 유지에 효율적으로 기능했다.

41

왜 한바라고 하는지는 모르겠다. 밥을 지어 주니 그런 이름이 붙었는지도 모르겠다. 나는 그 후 한바의 의미를 어떤 갱부에게 물어보았다가 등신, 한바니까 한바지, 무슨 말을 하는 거야, 하며 심하게 핀잔을 들은 적이 있다. 이 사회에 통용되는 모든 술어는 굿길도 한바도 잔보[1]도 모두 우연히 성립되어 우연히 통용되고 있어서 함부로 그 의미 같은 걸 물었다가는 당장 면박을 당하기 십상이다. 의미 같은 것을 물어볼 틈도 없고 대답할 틈도 없고 조사해보는 것은 멍청이 취급을 당하니 지극히 간단하고 또 아주 실제적인 것이다.

그런 까닭에 한바의 의미는 지금도 모르지만, 아무튼 벼랑 밑에 산재해 있는 나가야를 가리키는 것이라고 생각하면 된다. 드디어 그 나가야에 도착했다. 많은 나가야 중에 왜 그 한바를 택한 것인지는 조조 씨 혼자 결정한 일이라 나로서는 설명하기 힘들다. 하지만 그 한바는

---

1 장례 행렬. 장례식이라는 뜻으로도 쓰인다. 원래는 법회나 장례식 등에 쓰이는 타악기 요발(鐃鈸)의 속칭으로 그 악기의 소리에서 나온 명칭이다.

조조 씨 전문의 단골 거래처는 아닌 것 같았다. 조조 씨는 나를 그 한바에 밀어 넣자마자 어느새 붉은 담요와 꼬맹이를 데리고 다른 한바로 가버렸다. 그래서 두 사람은 다른 한바의 밥을 먹게 되었구나 하고 나중에야 알게 되었다.

그 후 두 사람의 소식은 전혀 듣지 못했다. 광산 안에서도 한 번도 얼굴을 마주친 적이 없다. 생각해보면 묘한 일이다. 간이식당에서 불쑥 튀어나온 붉은 담요와 저녁에 산에서 내려온 꼬맹이를 만나 앞서거니 뒤서거니 하며 여름밤을 걸었고, 쓰러질 것 같은 초가지붕 밑에서 함께 자고 난 이튿날에는 구름 속을 한나절이나 걸어 드디어 목표로 했던 한바에 도착했나 싶었는데 붉은 담요와 꼬맹이는 홀연 사라지고 말았다. 이래서는 소설이 되지 않는다. 하지만 세상에는 정리될 듯하면서 정리되지 않는, 이를테면 됨됨이가 좋지 못한 소설 같은 일이 꽤 많다. 오랜 세월이 지난 후에 돌아보면, 오히려 칠칠치 못하게 꼬리를 창공 속에 감춰버린 경력이 더 흥미롭게 여겨진다. 돌아보아 떠오를 만한 과거는 다 꿈이고 그 꿈같은 것에 회상의 정취가 있으므로, 과거의 사실 자체가 어딘가 아련하고 애매한 점이 없으면 그 몽환의 정취를 더할 수가 없다.

따라서 충분히 발전하여 운명의 예기를 만족시키는 것보다는 붉은 담요처럼 머리와 꼬리가 비밀 속으로 흘러들어가 그저 중간만이 눈앞에 떠오르는 하룻밤 한나절의 그림[2]이 더 재미있다. 소설이 될 듯하면서 전혀 소설이 되지 않는 점이 세상 냄새가 나 기분이 좋다. 비단 붉은 담요만이 아니다. 꼬맹이도 그러하다. 조조 씨도 그러하다. 솔밭 찻

---

2 하룻밤 또는 한나절만을 잘라낸, 줄거리에 기승전결이 없는 그림과도 같은 단장(斷章)을 비유한 표현.

집의 여주인도 그러하다. 좀 더 크게 보면 이 한 편의 『갱부』 자체가 역시 그러하다. 정리되지 않은 사실을 사실 그대로 기록할 뿐이다. 소설처럼 만든 것이 아니기 때문에 소설처럼 재미있지는 않다. 그 대신 소설보다 신비하다. 모든 운명이 각색한 자연스러운 사실은 인간의 구상으로 만들어낸 소설보다 더 불규칙적이다. 그러므로 신비하다. 나는 늘 이렇게 생각하고 있다.

붉은 담요와 꼬맹이를 데리고 간 것은 좀 더 나중의 일이고, 우리가 한바에 도착했을 때는 물론 그 두 사람과 함께였다. 그때 조조 씨가 갱부로 써달라는 담판을 시작했다. 담판이라고 하면 번거로운 일처럼 들리지만 사실은 아주 간단한 것이었다. 조조 씨는 그저 갱부가 되고 싶다고 하니까 아무쪼록 써달라고 말했을 뿐이다. 내 이름, 출신지, 신원, 경력 같은 것은 아무것도 말하지 않았다. 물론 말하고 싶어도 모르기 때문에 말할 수도 없겠지만, 이렇게까지 간단히 정리될 거라고는 전혀 예상하지 못했다. 나는 중학교[3]에 입학했을 때의 경험에서 아무리 갱부가 되는 일이라고 해도 그에 상응하는 절차가 없으면 채용되지 않을 거라고만 생각하고 있었다. 대체로 신원 인수인이나 보증인이 증서에 도장이라도 찍을 것이고, 그럴 때는 조조 씨에게라도 부탁해볼까 하는 생각까지 미리 하고 있었다. 담판에 나선 한바 책임자는 눈썹이 굵고 푸르스름한 면도 자국이 짙은 늠름한 사십 대 사내였

---

3 1886년 제국대학을 정점으로 하는 중학교, 소학교의 교육체계가 정비되었다. 이때 각 부나 현에 하나씩 있는 심상(尋常)중학교와 전국에 다섯 곳에만 있는 고등중학교로 나뉘었다. 점차 심상중학교의 설치 규제가 완화되어 학교 수가 증가하는 한편, 1894년에는 고등중학교가 고등학교로 개칭되고 제국대학 예과로 규정되었다. 그리고 1899년의 중학교령 개정에 의해 심상중학교는 중학교로 개칭되고 남자의 고등보통교육기관으로서 실과(實科) 교육의 폐지, 수업 연한 5년으로 정해졌다. 전국의 중학생 수는 1898년에 6만 1천 명, 1904년에는 10만 명을 넘어섰다.

다. 물론 그때는 그가 한바 책임자[4]인지 뭔지 알지 못했다. 그런데 생각과 달리 그 사내는 조조 씨의 이야기를 대충 듣더니 아주 대수롭지 않게 말했다.

"그런가, 그럼 두고 가게."

마치 숯장수가 숯을 부엌으로 짊어지고 왔을 때와 다름없다는 생각이 들었다. 사람이 갱부가 되려고 멀리서 산을 넘어 찾아왔다는 걸 알아주지 않았다. 그래서 나는 마음속으로 그 책임자를 원망했지만 그건 내 착각이었다. 그 이유는 금방 알 수 있을 것이다.

---

4 토목이나 건축 공사의 청부업자로서 한바를 경영했다. 광업주와 계약을 맺어 노동자의 고용, 해고, 작업의 청부와 감독, 임금의 분배, 일상의 관리 등의 일을 했다. 한바 책임자는 작업 개소의 할당으로 임금을 결정할 수 있었고, 그 외에 고용할 때의 보증금, 식대, 이불 대여료 등을 통해 노동자를 실질적으로 지배했다. 자본가와 노동자 사이의 중간 착취자였고 동시에 노동자와 두목·부하(오야붕·꼬붕) 관계를 맺는 일이 많았다. 그런데 아시오 구리 광산 등에서는 채굴 기술이 근대화하기 시작한 1900년 무렵부터 청부제도가 폐지되어 한바 책임자로서 착취자의 측면이 강해졌다고 한다.

42

한바 책임자라는 것은 하나의 한바를 떠맡은 갱부의 대장으로, 이 나가야의 조합에 들어오는 갱부는 그 사람의 생각에 따라 모든 것이 결정된다. 그러므로 세력이 엄청나다. 그 한바 책임자와 순식간에 담판을 끝낸 조조 씨가 말했다.

"그럼 잘 부탁드리겠습니다."

그러고는 곧장 붉은 담요와 꼬맹이를 데리고 나갔다. 다시 돌아올 거라고 생각했지만 그 후로는 그림자도 보이지 않았으므로 완전히 내버려두고 가버렸다는 사실을 알았다. 생각하면 지독한 사내였다. 여기까지 데려올 때는 이러쿵저러쿵 보살펴주는 듯한 말을 하더니 정작 필요할 때는 형식적인 인사 한마디 하지 않았던 것이다. 그건 그렇고 알선료는 언제 어디서 받았는지, 그것은 지금도 알 수가 없다.

이런 식으로 한바 책임자로부터는 숯가마의 숯 취급을 당하고, 조조 씨로부터는 작은 보따리처럼 내팽개쳐졌다. 조금도 사람이라는 기분이 들지 않아 아주 풀이 죽어 있었더니, 나가는 세 사람의 뒷모습을 보고 있던 한바 책임자가 돌연 나를 향해 돌아섰다. 금세 표정이 달라졌다. 도저히 사람을 숯으로 취급하는 사내로는 보이지 않았다. 바로 도쿄 근방에서 아침저녁으로 만나는, 만사에 통달한 사람의 얼굴이었다.

"당신은 날 때부터 노동자는 아닌 것 같은데……"

한바 책임자의 말을 여기까지 들었을 때 나는 갑자기 눈물이 나올 것 같았다. 지금까지 '임자'라는 말을 신물이 나도록 들어온 터라 이제 도저히 '임자' 이상이 될 수 없다고 체념하고 있던 참이었는데 돌연 옛날처럼 당신으로 불렸으므로, 생각지도 못한 데서 자신을 인정받았다는 기쁨과 정겨움, 과거의 기억, 그리고 이런저런 일들이 한꺼번에 가슴속에 떠오른 데다 상대의 태도가 너무나도 정중하고 친절해서 그만 눈물이 나올 뻔했던 것이다. 바로 그제까지만 해도 나는 어엿하게 당신으로 불렸으니까.

나는 그 후 이런저런 일을 겪었고 또 울고 싶어진 일이 몇 번이나 있었지만, 닳고 닳은 지금의 눈으로 보면 대체로 울 것까지는 없는 일이 많았다. 그러나 그때 머릿속에 고인 눈물은, 지금도 그런 처지가 된다면 또 날지도 모른다고 생각한다. 힘들고 괴롭고 분하고 불안한 눈물은 경험으로 지울 수 있다. 고마움에 흘리는 눈물은 흘리지 않아도 된다. 다만 전락한 자신이 여전히 예전의 자신이라고 다른 사람에게 인식되었을 때 흘리는 기쁨의 눈물은 죽을 때까지 따라다닐 것임에 틀림없다. 인간은 이렇게 자기 형편에 맞게 멋대로 생각하는 존재다. 그 눈물을 감사의 눈물로 이해하고 득의양양해하는 것은 자신을 위해 서생[1]을 두고서도 서생을 위한 일이라고 생각하는 것과 같은 일이 아닐까?

---

1 다른 사람 집에 얹혀살면서 가사를 도와주며 공부하는 학생.

그런 까닭에 한바 책임자의 말 한마디를 듣자 갑자기 울고 싶어졌으나 실제로 울지는 않았다. 풀이 죽어 있었지만 긴장은 하고 있었다. 어디서부터인지는 모르겠으나 저항감이 들었다. 다만 생각대로 말을 할 수 없어 잠자코 상대가 하는 말을 듣고 있었다. 그러자 한바 책임자는 기쁠 만큼 친절한 어조로 이렇게 말했다.

"……자, 왜 이런 데까지 어떻게 오게 되었는지, 아까 그 사람이 데려올 정도니까 나도 대충은 알 것 같은데…… 어떻소, 다시 한번 생각해보는 게. 아마 처음부터 갱부가 될 수 있고 또 돈을 잔뜩 벌 수 있다는 식의 달콤한 얘기라도 했을 거요. 하지만 실제로 해보면 아무리 해봐야 이야기한 것의 10분의 1도 안 되니 마음에 안 찰 거요. 무엇보다 한마디로 갱부라고 말은 하지만, 평범한 사람이 쉽게 할 수 있는 일이 아니오. 특히나 당신같이 학교 교육이라도 받은 사람은 도저히 감당할 수 없을 거요……"

한바 책임자는 여기까지 말하고는 가만히 내 얼굴을 쳐다봤다. 무슨 말이라도 하지 않으면 안 되었다. 다행히 그때는 이미 울고 싶은 마음이 가라앉아 말을 할 수 있는 상태였다. 그래서 나는 이렇게 말했다.

43

"저는…… 저는…… 그렇게 돈 같은 건 바라지 않습니다. 특별히 돈을 벌려고 찾아온 게 아니니까요…… 그건 알고 있습니다. 저도 알고 있습니다……"

그때 '알고 있습니다'를 두 번이나 거듭 말한 것을 지금도 기억하고 있다. 심히 불온하고 건방진 말이었다. 젊을 때는 조금 전까지 풀이 죽어 있다가도 상대에 따라 금세 기어오르게 된다. 정말이지 부끄럽기 짝이 없다. 게다가 '알고 있습니다'라니, 뭘 알고 있었겠는가. 조금 전에 나를 데려온 사내, 그러니까 조조 씨는 일종의 알선업자이고 모든 알선업자가 으레 하는 허풍이라는 것쯤은 잘 알고 있다는 의미였다. 그러므로 아무리 알고 있다고 해도 자랑할 만한 것이 못 된다는 것은 물론이다. 그것을 공들여 세세하게, 속아서 온 게 아니다, 모든 걸 알고 갱부가 되겠다고 한 것이라고 설명해본들 이제 와서 무슨 소용이 있겠는가. 그런데 나이가 어리면 허영심이 강한 법이라 자꾸만 변명을 하려 들었던 것은 실로 식은땀이 날 정도로 어리석은 일이었다. 물론 지금도 허영심이 강하지 않다고는 말할 수 없다.

다행히 상대가 그런 일에 어울리지 않게 독실한 사내였고 또 경험이 없는 나를 가엾게 여긴 나머지 그런 말이 건방지다는 것을 알면서도 관대하게 봐주어 야단을 맞지 않을 수 있었다. 정말이지 고마운 일이었다. 그 한바에 살게 되고 나서 책임자의 세력이 얼마나 대단한지를 알고 놀랐고, 그에 따라 나는 '알고 있습니다'라고 했던 말을 떠올리고는 혼자 얼굴을 붉혔다. 내친김에 말하자면 그 책임자의 이름은 하라 고마키치(原駒吉)다. 지금도 나는 좋은 이름이라고 생각한다.

하라 씨는 특별히 싫은 표정도 짓지 않고 잠자코 내 변명을 듣고 있었는데, 곧 머리를 흔들기 시작했다. 1.5센티미터쯤 짧게 자른 큼직한 머리였는데, 이마 부분의 머리가 검도 보호구와의 마찰로 빠져 있는 것처럼 보였다.

"그건 호기심이라는 거요. 애써 왔으니 꼭 해보겠다는. 뭐 집에서 나올 때부터 갱부가 될 생각을 한 건 아닐 거 아니오. 말하자면 한때의 잘못된 생각일 테니까 말이오. 해보면 금방 싫어질 게 뻔하니 그만두는 게 좋을 거외다. 실제로 서생이 여기 와서 열흘을 견디는 사람이 없었소. 뭐요? 그야 오지요. 몇 명 왔소. 오긴 왔는데 다들 놀라 도망치고 말았소. 정말 평범한 사람이 할 수 있는 일이 아니오. 나쁜 말은 하지 않을 테니 돌아가시오. 뭐 갱부가 되지 않아도 입에 풀칠하는 거라면 그리 어렵지 않을 게요."

하라 씨는 거기까지 말하고는 책상다리를 풀고 엉덩이를 일으키려고 했다. 나는 아무래도 합격하지 못할 것 같았다. 무척 난감했다. 난감했으므로 갱부라는 것에서 마음을 딴 데로 돌리고 자신만을 살펴보니…… 어쩐지 갑자기 추워졌다. 겹옷은 조금 전에 내린 비로 젖어 있었다. 속옷도 입고 있지 않았다. 도쿄의 5월도 이 산 깊숙이 들어오니 마치 2월이나 3월 같았다. 비탈길을 올라올 때만 해도 체온 덕에 그렇게까지 생각되지는 않았다. 하라 씨에게 거절당할 때까지는 긴장하고 있었기에 괜찮았다. 그러나 한바에 와서 좀 쉰 데다 갱부가 될 가망이 거의 없어지고 나자 한심하다는 생각에 추위가 합쳐져 갑자기 몸이 떨리기 시작했다.

필시 그때의 내 안색은 차마 눈 뜨고 볼 수 없을 만큼 추했을 것이다. 그때 나는 어쩐 일인지 조금 전에 나를 내버려두고 인사도 없이 가버린 조조 씨가 다시 그리워졌다. 조조 씨가 있었다면 어떻게든 힘을 써서 갱부가 되게 해주었을 것이다. 설사 갱부가 되게 해주지 못한다고 해도 그럭저럭 매듭을 지어주었을 것이다. 기찻삯을 내주었을 정도니 내가 알 만한 곳까지 보내주었을 것 같다. 조조 씨가 지갑을 가져간 뒤로는 품에 한 푼도 없었다. 돌아간다고 해도 도중에 배가 고파 산속에서 쓰러질 게 뻔하다. 차라리 지금이라도 조조 씨를 뒤따라가볼까? 한바를 하나하나 찾아다니면 만나지 못할 리는 없을 것이다. 만나서 이러저러하다고 울며 매달리면 지금까지의 친분도 있으니 좋은 방법을 알려주지 않을 리가 없다. 하지만 헤어질 때 인사조차 하지 않았던 사람이니 어쩌면…… 사실 나는 하라 씨 앞에서 이렇게 한가한 일을 이리저리 아주 분주하게 생각하고 있었다. 마음에 들었던 하라 씨가 앞에 있는데도 마뜩잖은, 게다가 사라져버린 조조 씨만을 의논 상대처럼 생각한 것은 무슨 이유에서였을까? 그런 일은 흔히 있는 일이므로, 막상 그런 일이 벌어지면 적은 적, 아군은 아군이라고 도장을 찍은 듯이 생각하지 말고 적 안에서 아군을 찾는다거나 아군 안에서 적을 찾아내는 등 한쪽에만 열을 올리지 않도록 마음을 자유롭게 활동시켜야 한다.

44

풋내기였던 내가 아직 그런 마음을 이해할 수 없었기 때문에 하라 씨 앞에 서서 떨면서 쩔쩔매고 있자니 딱하다고 생각했는지 하라 씨가 먼저 말을 걸어주었다.

"당신이 돌아갈 생각만 있다면 미흡하나마 의논 상대가 되어주겠소."

이렇게 말하고 나왔을 때 나는 깜짝 놀라며 고맙게 느꼈다. 그것뿐이라면 당연하지만 퍼뜩 생각이 다른 데 미쳤다. ……내 의논 상대는 내 바람을 거절한 이 하라 씨 외에는 아무도 없다는 것을 깨달았던 것이다. 그것을 깨달은 동시에 다시 말을 할 수 없게 되었다. 꼭 갱부가 되게 해달라고도, 돌아갈 테니 여비를 빌려달라고도 말하지 못하고 우두커니 서 있기만 했다. 깨달아도 아무 소용이 없었다. 그저 오른손으로 주먹을 쥐고 차가운 코밑을 문질렀던 것만 기억하고 있다. 예전에 나는 요세[1]에 가서 만담가가 그런 손동작을 한 것을 본 일이 있는

---

1 라쿠고(落語, 만담) 등 대중 예능을 공연하는 대중적 연예장.

데, 내가 그대로 해본 것은 그때가 처음이었다. 그 손동작을 보고 있던 하라 씨가 이번에는 이렇게 말했다.

"실례지만 여비라면 걱정하지 않아도 되오. 어떻게든 마련해드릴 테니."

여비는 물론 없었다. 돈은 한 푼도 갖고 있지 않았다. 길가에 쓰러져 죽을 각오를 했다 하더라도 돈은 갖고 있어야 마음이 든든한 법이다. 더구나 만성 자멸에 만족하고 있던 그때의 내게는 설사 몇 푼 안 되는 노자라도 무척 소중했다. 돌아가기로 결정되기만 한다면 깝신깝신 머리를 조아리고서라도 하라 씨에게 여비를 받아냈을 것이다. 실제로 그렇게 되면 염치도 품격도 따질 계제가 못 된다. 아무리 꼴사나운 방법으로라도 돈을 빌렸을 것이다. ……사람들은 대부분 그렇게 될 것이다. 또 그렇게 되어야 한다. ……하지만 결코 칭찬받을 만한 상황은 아니다. 내가 그런 일을 노골적으로 쓰는 것은 그저 인간의 정체를 사실대로 그리려는 것일 뿐이지 그렇게 써놓고 득의양양하려는 게 아니다. 인간의 본바탕이 그러니 그렇게 해도 상관없다고 주장하는 것은, 양갱의 본바탕이 팥이니 양갱 대신 팥을 날것으로 씹어도 된다고 결론 내리는 것과 같은 일이다. 나는 그때의 상황을 떠올릴 때마다 왜 그렇게 치사한 생각을 하게 되었을까 싶어 내가 생각해도 정나미가 뚝 떨어진다. 그렇게 상스러운 생각을 하지 않고 평생을 살 수 있는 사람은 경험이 부족한 사람일지도 모르지만, 행복한 사람이다. 또한 우리보다는 훨씬 고상한 사람이다. 팥을 날것으로 먹으면 얼마나 맛없는지를 모르고 평생 양갱만을 맛보는, 부족함이 없는 사람이다.

나는 하마터면 손을 모으고 일면식도 없는 한바 책임자에게 약간의 도움을 청할 뻔했다. 그것을 가까스로 막은 것은 모처럼의 호의로 마련해준 돈도 이삼일 싸구려 여관에서 밤이슬을 피하고 나면 금세 없어질 것이고, 그러고 나면 또 정처 없이 떠돌아다닐 수밖에 없다는 사실을 부지불식간에 자각했기 때문이다. 나는 동정으로 베풀어주는 돈을 깨끗이 거절했다. 거절한 것은 표면상 성실하고 정직한 것으로도 보인다. 나도 그렇게 생각했지만, 잘 생각해보면 욕망의 저울에 올려놓은 이해(利害)의 판단에서 나온 것임은 분명하다. 그 증거로 도움을 거절하며 나는 이런 말을 했던 것이다.

"그 대신 갱부로 써주십시오. 애써 찾아온 거라 저는 어떻게 해서든 일을 해볼 생각이니까요."

"참 별난 사람이로군."

하라 씨는 고개를 갸웃하고 나를 쳐다보고 있었는데 곧 한숨 같은 목소리로 말했다.

"그럼 무슨 일이 있어도 돌아갈 생각은 없다는 거요?"

"돌아가고 싶어도 돌아갈 곳이 없습니다."

"그래도……"

"집이 없습니다. 갱부가 되지 못하면 구걸이라도 할 수밖에 없습니다."

45

그런 입씨름을 두세 번 거듭하다 보니 말을 하는 게 무척 편해졌다. 그것은 하기 힘든 말인 줄 알면서도 무리한 말이라도 과감하게 참고 해보니 저절로 리듬을 타게 된 기세에 틀림없었다. 그러므로 기계적인 변화로 간주해도 별 지장은 없겠지만, 묘하게도 그 기계적인 변화가 역으로 내 정신에 영향을 끼쳤다. 자신이 말하고 싶은 것을 아무런 어려움 없이 하게 되면, 우쭐해져서 사람은 간혹 자신이 말하고 싶지 않은 일까지 이것저것 나불거리게 된다. 혀는 그만큼 기계적인 것이다. 그 기계를 사용한 결과 가속도의 효력을 얻게 되면서 나는 점차 대담해졌다.

아니, 대담해졌으니까 나불거렸겠지, 네가 하는 말은 앞뒤가 바뀌었어, 라고 윽박질러도 상관없다. 그렇지만 그건 너무 진부하고 때로는 거짓말이 된다. 거짓말과 진부함에 만족하지 않는 사람은 내가 하는 말이 지당하다고 수긍할 것이다.

나는 대담해졌다. 대담해져서 무슨 일이 있어도 갱부가 되어 여기서 살아야겠다고 결심했다. 또한 말을 하고 있으니 반드시 갱부가 될 수 있을 것 같다는 자각이 들기 시작했다. 그제저녁 집을 뛰쳐나오기 직전까지만 해도 갱부가 되겠다는 생각은 꿈에도 하지 않았다. 그뿐 아니라 갱부가 되기 위해 가출한 것이었다면 왠지 창피해서, 일주일을 찬찬히 생각해보겠다면서 가출 시기를 애매하게 뒤로 미뤘을지도 모른다. 도망은 친다. 도망은 치지만 신사의 도망이다. 사람인지 흙덩이인지 구별되지 않는 갱부로 전락하기 위한 도망이라는 생각은, 아무런 부족함 없이 자란 내 머리에는 그림자조차 없었을 것이다. 그런데 하라 씨 앞에서 차가운 어금니를 악물고 어쩔 수 없는 입씨름을 하고 있자니 나는 무슨 일이 있어도 갱부가 되어야 할 운명, 아니 갱부가 천직인 것 같은 느낌이 들기 시작했다. 그 산과 그 구름, 그 비를 뚫고 온 이상 반드시 갱부가 되지 않으면 안 된다. 만약 써주지 않을 때는 나 자신에게 면목이 없다. ……독자는 비웃을 것이다. 하지만 나는 당시의 심정을 진지하게 쓰고 있으므로 남이 보고 웃으면 웃을수록 그때의 자신이 가엾어진다.

묘한 고집이지만 지기 싫어해서인지 아니면 길을 가다 쓰러지는 것이 두려워 돌아갈 수 없었는지, 그것은 나에게도 애매하지만 아무튼 나는 사뭇 열성적인 어조로 하라 씨를 설득했다.

"……그렇게 말씀하지 마시고 한번 써보세요. 실제로 제가 적당하지 않다면 어쩔 도리가 없지만, 아직 해보지도 않았으니까요…… 산을 넘어 멀리서 애써 찾아온 성의를 봐서라도 하루나 이틀이라도 좋으니까 시험한다 생각하시고 한번 써보시면 안 되겠습니까? 그런 뒤에 도저히 도움이 안 된다 싶으시면 그때는 저도 돌아가겠습니다. 반드시 돌아가겠습니다. 저도 그 정도의 일도 못 하면서 굳이 억지를 부려 폐를 끼칠 마음은 전혀 없으니까요. 저는 열아홉입니다. 아직 어립니다. 한창 일할 나이고요……"

우쭐해져서 어제 찻집의 여주인이 말한 것을 그대로 떠들어댔다. 나중에 생각해보니 그것은 오히려 남이 자신을 평하는 말로, 자신이 자신을 선전할 문구는 아니었다. 그래서인지 하라 씨가 살짝 웃었다.

"그렇게까지 원한다면 어쩔 도리가 없군요. 이것도 인연이오. 뭐 한 번 해보시오. 그렇지만 아주 힘들 거요."

하라 씨는 아무렇지 않게 뒤쪽의 붉은 산을 잠깐 내다보듯이 올려다보았다. 대충 날씨라도 살폈을 것이다. 나도 하라 씨와 함께 산 쪽으로 시선을 옮겼다. 비는 그쳤지만 어두침침하게 흐려 있었다. 어쩐지 기분이 나쁠 만큼 수상한 산속 날씨였다. 그 한순간에 내 바람이 이루어져 나는 일단 산속 사람이 되었다. 그때 "그렇지만 아주 힘들 거요"라는 하라 씨의 말이 묘하게 마음에 걸리기 시작했다. 가까스로 현재의 뜻을 이루고 나면 바로 반동이 찾아와 오히려 뜻을 이룬 일이 갑자기 원망스러워지는 경우가 있다. 내가 바라는 대로 여기에 머물러도 좋다는 말을 들었을 때의 느낌은 그것과 약간 비슷했다.

46

"그럼." 하라 씨가 어조를 가다듬고 말하기 시작했다. "아무튼 내일 아침에 굿길에 들어가보시오. 안내할 사람을 한 명 붙여줄 테니까. 그리고, 그렇지, 그 전에 얘기해둬야 할 게 있소. 한마디로 갱부라고 하면 간단한 일처럼 생각들 하는데, 밖에서 듣는 것처럼 그리 쉬운 일이 아니오. 뭐 처음부터 갱부가 되는 건……"

하라 씨는 이렇게 말하고 내 얼굴을 바라보았는데 곧 가엾다는 듯이 물었다.

"그 체격이라면 좀 어려울지도 모르겠소. 갱부가 아니어도 괜찮겠소?"

갱부가 되기까지는 그에 상당한 단계와 연습이 필요하다는 것[1]을 그때 처음 알았다. 그러니 조조 씨가 갱부, 갱부 하며 자못 명예라도

---

1 당시의 갱부들은 기능 습득과 상호 구제를 위해 도모코(友子) 동맹이라는 에도 시대 이래의 직인 길드를 유지하고 있었다. 도모코는 어엿한 갱부를 말하는데, 도모코로 인정받기 위해서는 3년 3개월 10일에 이르는 수습 기간을 거치고 나서 다시 갱부로서 3년 3개월의 수업(修業)을 해야 했다. 여기서는 그 첫 단계로 갱부가 되기까지의 수습 기간을 가리킨다.

차게 대답했다.

"하겠습니다."

하라 씨에게는 그 대답이 결연한 결심처럼 들렸는지 아니면 오기를 부려 힘차게 대답한 것처럼 들렸는지 그것은 확실히 모르겠지만, 아무튼 그 한마디를 들은 하라 씨는 기분 좋게 말했다.

"자, 그럼 들어오시오. 그리고 내일 사람을 붙여줄 테니 일단 굿길에 들어가보도록 하시오. 어쨌든 만 명이나 되고 이렇게 조별로 나뉘어 있으니까 한바 하나를 떠맡게 되면 매일 무슨 일이 됐든 성가신 일만 생긴다오. 하도 부탁해서 애써 일하게 해주면 금방 도망치는 거요…… 하루에 두세 명은 꼭 도망칠 거요. 얌전히 있나 싶으면 병에 걸려 죽는 사람이 나오고…… 정말 감당할 수가 없소. 장례만 해도 하루에 대여섯 조에서 없는 날이 거의 없는 실정이오. 뭐 해볼 생각이라면 본격적으로 해보시오. 걸터앉아 있으면 다리가 아플 테니 이쪽으로 올라오시오."

하나하나 자세히 듣고 있던 나는 설령 호리코든 야마이치든 열심히 일하지 않으면 하라 씨에게 송구한 입장이 되었다. 그래서 마음속으로 하라 씨에게 폐를 끼치는 일은 결코 하지 않겠다고 결심했다. 아무튼 열아홉이었으므로 정직했다.

47

그래서 하라 씨가 말하는 대로 발을 닦고 앉아 있으니 안쪽에서 할 멈이 나왔다. 그 할멈이 하도 갑자기 나온 바람에 나는 살짝 놀랐다.

"이쪽으로 오시구랴."

이렇게 말하기에 고개를 까딱 숙여 인사하고는 뒤를 따라갔다. 몸 집이 작은 할멈이었는데, 뒷모습이 가냘픈 것에 비해서는 쌩쌩하게 뛰는 듯이 활달하게 걸었다. 폭이 좁은 갈색 띠를 간편하게 옭매듭으로 매고 거의 없는 머리를 목덜미의 움푹한 곳에서 정리하여 그 중심에 납빛 비녀를 꽂았다. 그리고 다스키[1]로 소매를 걷어붙이고 있었다. 잘은 모르나 부엌에선가, 부엌이 아니라면 안쪽에서 한창 볼일을 보다가 안내하라는 호출을 받아서 이렇게 분주한 듯이 엉덩이를 흔드는 것이리라. 아니면 산골에서 자라서일까? 아니, 한바라서 느긋하게 있을 수 없기 때문이리라. 그러고 보니 오늘부터 한바의 밥을 먹어야 하는 이상 나도 한가하게 있을 수는 없다. 모든 일을 이 할멈처럼 하지

1 양어깨에서 겨드랑이를 걸쳐 열십자 모양으로 엇매어 옷소매를 걷어매는 끈.

않으면 안 될 것이다. ……안 될 것이다. ……이렇게 힘주어 생각했더니 과연 지친 팔다리가 갑자기 '안 될 것이다'로 충만하고 머리와 가슴의 조직이 좀 달라진 듯한 기분이 들었다. 그런 기세로 안내에 따라 널찍한 계단을 종종걸음으로 힘차게 올라갔다. 하지만 내 머리가 계단에서 30센티미터쯤 불쑥 올라오자마자 그 결심이 멈칫하고 말았다.

가슴 위쪽을 계단 위로 내밀어 이층을 바라보고 나는 깜짝 놀랐다. 다다미 수가 몇 십 장인지는 모르겠지만 멀리 끝까지 쭉 깔려 있고 그 사이에는 칸막이 하나 보이지 않았다. 마치 유도장이나 나니와부시[2]를 공연하는 요세 같은 모습이었다. 게다가 그 넓이가 그 두세 배쯤 되었다. 그러므로 그냥 널찍하기만 한 느낌이고 다다미 위인데도 마치 들판에 나와 있는 것만 같았다. 그것만으로도 충분히 놀랄 만한데, 그 널찍한 들판 가운데에 커다란 이로리[3] 두 개가 있었다. 거기에 열네다섯 명씩 뭉쳐 있었다.

내 결심이 멈칫했다는 것은, 비겁한 이야기지만 바로 그 사람들 때문이었던 것 같다. 평소부터 강한 체하긴 했으나 풋내기였기에 일면식도 없는 사람들이 많이 모여 있는 자리에 얼굴을 내민 적은 거의 없었다. 많은 사람들이 모인 경사스러운 자리에서는 그렇지 않아도 안절부절못한다. 게다가 돌연 갱부 단체에 사로잡힌 몸이었으므로 그 시커먼 덩어리를 보자마자 약간 기가 꺾이고 말았다. 그것도 평범한 사람들이라면 괜찮았을 것이다. 이렇게 말하면 의미가 잘 통하지 않는다. ……평범한 사람이 갱부가 되었다면 별 지장이 없었을 것이다.

---

2 샤미센을 반주로 하여 주로 의리나 인정을 노래한 대중적인 창(唱).

3 일본의 전통적인 난방 장치. 방바닥의 일부를 네모나게 잘라내고 난방이나 취사를 위해 재를 깔고 불을 피웠다.

그런데 내 가슴 위쪽이 계단 위로 드러난 것과 동시에 그 덩어리의 각 부분이 약속이나 한 듯이 이쪽으로 얼굴을 돌렸다. 그 얼굴, 사실은 그 얼굴 때문에 완전히 위축되고 말았다. 왜냐하면 그 얼굴이 평범한 얼굴이 아니었기 때문이다. 평범한 사람의 얼굴이 아니었다. 순수한 갱부의 얼굴이었다. 그렇게 말하는 것 말고 달리 형용할 수가 없다.

갱부의 얼굴은 어떨까 하는 호기심이 있는 사람은 직접 가서 보는 것 외에 달리 방법이 없다. 그래도 꼭 설명을 해보라고 하면 대충 말하겠는데, 광대뼈가 둥글고 높이 솟아 있다. 턱이 앞으로 튀어나와 있다. 동시에 좌우로 뻗어 있다. 눈이 단지처럼 움푹 들어가 안구를 거침없이 안쪽으로 빨아들인다. 콧방울이 내려앉았다. ……요컨대 살이라는 살은 모두 퇴각하고 뼈라는 뼈는 모조리 함성을 지르며 나아간다고 평하면 될 것이다. 얼굴의 뼈인지 뼈의 얼굴인지 알 수 없을 정도로 각진 얼굴이다. 격렬한 노역을 하기 때문에 빨리 나이를 먹는다고 해석할 수도 있지만, 그냥 자연스럽게 나이를 먹는다고 해서 그렇게 되는 건 아니다. 둥그스름한 느낌이라든가 따뜻한 느낌, 다정한 느낌 같은 것은 약에 쓰려고 해도 찾아볼 수 없다. 한마디로 말하자면 거칠고 난폭한 느낌이다. 신기하게도 그 거칠고 난폭한 인상을 모두 공통적으로 갖고 있는 것으로 보이고, 이로리 옆의 시꺼먼 것들이 똑같이 내 쪽을 향하자 눈 깜짝할 사이에 거칠고 난폭한 얼굴 열네다섯 개가 모였다. 건너편 이로리를 둘러싸고 있는 사람들도 틀림없이 같은 얼굴일 것이다. 조금 전에 비탈길을 올라올 때 나가야의 창으로 나를 내려다보던 바로 그 얼굴이었다. 그러고 보면 조별로 나가야에 살고 있는 총 만 명이나 되는 사람들의 얼굴이 모두 사나울 것이다. 나는 완전히 기가 죽었다.

48

그때 할멈이 뒤를 돌아보았다.

"이쪽으로 오시구랴."

답답하다는 듯이 이렇게 말했으므로 야무지게 배짱을 부려 거칠고 난폭한 사람들 쪽으로 다가갔다. 드디어 이로리 옆까지 갔다.

"자, 여기 앉으시구랴."

할멈이 이번에는 지시를 했지만 그냥 적당한 곳에 앉으라고만 할 뿐 특별히 마련한 자리도 아무것도 아니었으므로 나는 시커먼 덩어리를 피해 혼자 다다미 위에 앉았다. 그사이에 거칠고 난폭한 눈은 시종 내게 들러붙어 있었다. 거리끼는 구석이라고는 전혀 없었다. 그리고 말을 거는 사람도 없었다. 처음으로 건넬 말을 찾아낼 때까지는 단체 안으로 섞여들 수도 없고, 오도카니 혼자 떨어져 있으면 거칠고 난폭한 사람들의 표적이 될 뿐이라 무척 난감했다. 할멈은 나를 소개할 것 같지 않았다. 기계적으로 여기에 앉으라는 말만 하고 꼭 맞게 매듭을 지은 엉덩이를 흔들며 계단을 내려가버렸다.

널찍한 요세 한가운데에 혼자 남겨져 무대 뒤에서 안내하는 사람들로부터 놀림을 받는 기분이었다. 물론 할 일이 없어 따분했다. 특히 그때의 나는 불안했다. 뿐만 아니라 겹옷 하나만으로는 몹시 추웠다. 춥다는 것은 이런 5월의 날씨에 거칠고 난폭한 얼굴들이 숯이 활활 타는 이로리 주위에서 불을 쬐고 있는 것으로도 알 수 있다. 나는 어쩔 도리가 없어 몰래 셔츠 단추를 풀고 옆구리 밑으로 손을 넣어보기도 하고 무릎을 세우고 엄지발가락을 꼬집어보기도 하고 허벅지를 두 손으로 비벼보기도 하는 등 여러 가지 방법을 써보고 있었다. 그럴 때에 차분한 얼굴로, 얼굴만이 아니라 진정으로 차분하고 태평하게 앉아 있을 수 있는 수련을 해두지 않으면 큰 손해다. 그러나 열아홉밖에 안 된 나이로는 도저히 잘될 것 같지 않은 재주라 나는 별수 없이 방금 말한 대로 여러 가지 바보 같은 짓을 하고 있었던 것이다.

"이봐!"

그때 돌연 누가 불렀다. 나는 그때 마침 아래를 내려다보며 나루미 시보리[1]의 허리끈을 고쳐 매고 있었는데, 그 소리를 듣자마자 전기 장치라도 된 얼굴처럼 목덜미가 갑자기 땅겼다. 고개를 들고 보니 조금 전의 그 얼굴들의 눈이 모두 이쪽을 보며 빛나고 있었다. "이봐" 하는 소리가 어떤 얼굴에서 나온 것인지는 모르겠지만 어떤 얼굴에서 나왔다고 해도 크게 다를 건 없었다. 어떤 얼굴이나 다 사나웠고, 자세히 살펴볼 것도 없이 그 거친 얼굴에 경멸과 조롱과 호기심이 분명히 새겨져 있다는 것은 고개를 들자마자 발견한 사실이었다. 그 사실을 발견하자마자 굉장히 불쾌했다. 나는 하는 수 없이 고개를 든 채 "이봐" 하는 소리가 다시 한번 나오기를 기다리고 있었다. 그사이가 몇 초나

1 나루미(鳴海) 지방에서 나는 목면을 홀치기염색한 것.

되었는지는 모르겠지만, 아무튼 그걸 예상한 상태에서 같은 자세로 있었던 모양이다.

"요상하게 시치미를 떼는데?"

그러자 누군가 느닷없이 이렇게 말했다. 그 목소리는 조금 전의 "이봐"보다는 좀 더 잠겨 있어 아마 다른 사람일 거라고 판단했다. 하지만 대답을 해야 할 성질의 말이 아니었으므로 여전히 잠자코 있었다. 그 말을 글자로 쓰면 평범한 '는데'로 보이지만, 사실은 '하지 마'라는 명령을 등짝에 문신을 한 깡패처럼 난폭하게 했으므로 심히 저속했다. ……그래서 여전히 잠자코 있었다. 다만 속으로는 무척 놀랐다. 내가 이곳에 와서 말을 나눈 것은 하라 씨와 할멈뿐이었는데, 할멈은 여자이니 별도로 하고 하라 씨는 생각보다 정중했다. 그런데 하라 씨는 한바 책임자다. 책임자도 그러하니 평범한 갱부는 당연히 난폭하지 않을 거라고 믿고 있었다. 그러므로 아닌 밤중에 홍두깨 격으로 욕지거리가 날아왔을 때는 이건 뭐지 하고 기가 죽기 전에 먼저 깜짝 놀라 아연해지고 말았다.

그때 차라리 마구 욕설을 퍼부어주었다면 뭇매를 맞든 평등한 교제가 시작되든 어느 한 쪽으로 빨리 정리되었을지도 모르지만, 나는 아무런 말대꾸를 하지 않았다. 원래 도쿄 출신이라 그럴 때 어떻게 대응해야 하는지 정도는 터득하고 있었다. 그런데도 혈기 있는 젊은이다운 말은 물론이고 평범하게 말로 되갚아주는 것조차 삼간 것은, 상대가 되지 않는다고 그쪽을 경멸하고 있었기 때문일까, 아니면 무서워서 뭐라고 할 배짱이 없었기 때문일까? 나는 전자였다고 말하고 싶다. 하지만 사실은 아무래도 후자인 것 같다. 아무튼 양쪽이 섞여 있었다는 것이 가장 온당한 것처럼 보인다. 세상에는 경멸하면서도 무서워하는 것이 얼마든지 있다. 모순은 아니다.

49

 그거야 어느 쪽이든 상관없지만 내가 그 욕지거리를 듣고도 얌전히 흘려버릴 생각임을 간파한 갱부들은 재미있다는 듯이 와 하고 웃었다. 내가 얌전히 있을수록 웃음소리는 크게 울렸을 것임에 틀림없다. 광산을 나가면 세상 사람들이 상대해주지 않는 것에 대한 보복으로 마침 광산에 흘러든 평범한 사람을 이거 잘됐다 하며 조롱하는 것이다. 내 입장에서 보면 사회에 대한 갱부들의 원망을 내 몸 하나로 받아낸 셈이다. 광산에 들어오기 전까지는 나야말로 사회에 나가 제대로 살아갈 수 없는 몸이라고만 생각하고 있었다. 그런데 한바에 들어와보니 나와 같은 사람은 동료로 받아들여주지 않겠다는 듯이 취급했다. 나는 보통 사회와 갱부 사회 사이에 보기 좋게 끼어버린 신세가 되었다. 그러므로 그 열네댓 명의 웃음소리가 얼굴이 화끈해지도록 정면에서 일어났을 때는 슬프기보다는, 창피하다기보다는, 따분하다기보다는 한심할 정도로 인정 없는 놈들만 모였다고 생각했다.
 교육을 받지 못했을 거라는 것은 처음부터 알고 있었다. 교육을 받지 못했다면 감당할 수 없을 만큼의 무리한 기대는 하지 않는 게 옳겠지만, 아무리 갱부라고 해도 어머니 배 속에서 갖고 태어난 인간다운 구석은 있을 거라는 정도는 알고 있었으므로 상황에 어울리지 않은 그 웃음소리를 듣자마자 이 짐승 같은 놈들, 이라고 생각했다. 화가 났을 때 속된 말로 하는 짐승 같은 놈이 아니다. 인간으로 볼 수 없다는 의미의 짐승 같은 놈이다. 지금은 숱한 경험을 쌓아 짐승과의 거리도 상당히 줄어들었으므로 그 정도 일쯤, 하고 둔한 신경으로 상대해주지 않을지도 모르지만, 아무튼 19년밖에 쓰지 않은 새롭고 부드러운 머리에는 그 못된 웃음소리가 짜릿하게 들려왔으므로 애달픈 일이다. 그 생각을 할 때마다 정말로 가엾고 애처로운 그때의 신경계통을 그대로 풀솜에 싸서 소중히 보관해두고 싶다.

악의로 가득 찬 웃음소리가 드디어 잦아들었다.

"넌 어디서 왔냐?"

누군가 이렇게 물었다. 그 질문을 하는 자는 내게서 가장 가까운 곳에 앉아 있었으므로 그 목소리가 어디서 나왔는지는 확실히 알 수 있었다. 엷은 노란색 수건 같은 허리끈을 허리뼈 위에 두르고 뒤를 향해 책상다리로 앉은 채 얼굴만 비스듬히 이쪽을 향하고 있었다. 그 한쪽 눈은 날 때부터 아래눈꺼풀이 뒤집어진 데다 결막이 온통 충혈되어 있었다.

"저는 도쿄에서 왔습니다."

이렇게 대답했더니 뒤집어진 눈꺼풀이 살 없는 볼을 움푹 들어가게 하며 우롱하는 웃음을 흘리면서 세 사람 건너에 있는 갱부에게 살짝 턱으로 지시했다. 그러자 그 신호를 받은 거지 중 같은 풍채의 갱부가 대신 이렇게 말했다.

"저, 라는 걸 보니…… 서생이로군. 대충 유녀라도 데리고 놀다가 쫓겨난 거겠지. 뻔뻔한 놈이군. 도대체가 요즘 서생이라는 놈들은 풍기가 문란해서 못쓰겠단 말이거든. 그런 놈이 견딜 수 있겠어? 얼른 돌아가. 그렇게 말라비틀어진 팔로 할 수 있는 일이 아니야."

나는 잠자코 있었다. 너무 잠자코 있어 김이 샌 탓인지 왁자지껄하게 놀리던 소리도 조금 잦아들었다. 그때 한 갱부, 이 사람은 평범한 얼굴이었다. 세상에 나가도 보통으로 통할 정도로 이목구비를 제대로 갖추고 있었다. 나는 놀림을 당하면서도 눈을 들어 시커먼 덩어리를 볼 때마다 사람 수, 옷, 거칠고 난폭한 정도 등을 하나하나 마음속에 담고 있었다. 그런데 처음에는 모두의 얼굴이 전체적으로 뼈와 눈으로 생긴 데다 동물적인 욕망의 기름이 떠 있는 곳만 눈에 들어와 이 사람 저 사람 다 별 차이가 없는 것처럼 여겨졌다. 그게 세 번 네 번 거듭되어 네 명 다섯 명의 인상을 구별할 수 있게 되자 그 갱부만이 유달리 눈에 띄었다. 나이는 아직 서른이 안 되었을 것이다. 힘이 세 보이는 체격이었다. 눈썹과 코가 만나는 곳이 한층 안쪽으로 들어가 있어 시종 코안경에 눌려 있는 것처럼 보였다. 거기에 짜증이 붙어 있는 것 같았는데, 그 때문에 거칠고 난폭한 정도가 오히려 줄어든다고 해도 좋을 특징이었다. 그 갱부가 그때 처음으로 말을 걸어왔다.

50

"이런 데는 왜 왔나? 와봤자 소용없어. 돈을 벌 수 있는 곳이 아니야. 여기 있는 놈들은 다 밥줄이 끊긴 사람들뿐이지. 얼른 돌아가는 게 좋을 거야. 돌아가서 신문배달이라도 하라고. 이래 봬도 원래는 나도 학교에 다녔는데, 방탕하게 보내다가 결국 굿길 밥을 먹게 되었지. 나처럼 되면 그걸로 끝장이야. 돌아가고 싶어도 돌아갈 수가 없어. 그러니 지금 도쿄로 돌아가서 신문배달이나 하라고. 서생은 도저히 한 달도 못 버텨. 나쁜 말은 안 할 테니까 돌아가. 알겠지?"

비교적 진지한 충고였다. 그렇게 충고를 하는 동안에는 그 대단하던 거칠고 사나운 무리도 말참견을 하지 않고 얌전히 듣고 있었다. 그 기세로 충고가 끝난 뒤에도 일시적으로 조용했다. 하지만 그것은 그 갱부에게 다소의 세력이 있어서 그 세력에 대한 조심스러움 때문인지도 모른다고 생각했다. 그때 나는 어쩐지 마음속으로 유쾌했다. 그 갱부도, 다른 갱부들도 인상에 약간의 차이는 있었지만, 역시 같은 굴에서 콕콕 광석을 캐고 있어서일 것이다. 그런 기술에는 좋고 나쁨이 있을 리 없다. 그렇다면 그 남자의 세력은 바로 글을 읽을 줄 알고 세상 물정을 알며 분별력이 있는, 말하자면 교육을 받은 덕분임에 틀림없었다.

나는 지금 그토록 무시당하고 있었다. 거의 최하층 노동자에게조차 동료로 대우받지 못하는, 짐승보다 못한 사람으로서 많은 사람들의 모욕을 받고 있었다. 하지만 일단 그 사회에 고개를 들이밀고 거친 사람들 중의 한 사람이 된다면 한 달 두 달 살아가는 중에 그 남자 정도의 세력을 얻을 수 있을지도 모른다. 할 수 있을 것이다. 할 수 있을 게 분명하다고 느꼈다. 그러므로 누가 뭐라고 해도 돌아가지 않겠다, 이 사회에서 반드시 어엿한 사람이 되어 보이겠다. ……아주 과감하게 하찮은 생각을 했지만, 지금 봐도 논리는 다소 설득력이 있었던 것 같다. 그래서 그 갱부의 충고에는 삼가 귀를 기울였는데, 그렇다고 그쪽 주문대로 그럼 돌아가겠습니다, 라고 대답하지는 않았다. 그러는 동안 잠깐 잠잠하던 조롱의 혓바닥이 다시 움직이기 시작했다.

"있겠다고 하면 그렇게 해주겠지만, 여기에는 규칙이 있으니까 잘 알아두라고."

한 사람이 이렇게 말했다.

"어떤 규칙입니까?"

"바보 같기는. 십장도 있고 의형제도 있잖아."

그가 아주 큰 소리로 대답했다.

"십장이란 어떤 사람입니까?"

나는 이렇게 질문해봤다. 사실은 너무 딱딱거려서 잠자코 있을까 하는 생각도 했지만, 혹시라도 규칙을 어겨 나중에 호된 일을 당할까 봐 살짝 물어본 것이다. 그러자 다른 갱부가 바로 대답을 했다.

"참 한심한 놈일세. 십장도 모른단 말이야? 십장도 의형제도 모르면서 갱부가 되겠다니, 한참 잘못 생각한 거야. 얼른 돌아가."

"십장도 의형제도 있으니까, 돈을 벌려고 해도 그렇게는 잘 안 될 거야. 돌아가."

"돈을 벌 수 있을 것 같아? 돌아가는 게 좋을걸."

"돌아가."

"돌아가."

자꾸만 돌아가라고 했다. 게다가 실제로 나를 위해 돌아가라고 한 게 아니었다. 동료로 받아주지 않을 테니까 나가라는 것이었다. 필시 돈을 벌고 싶겠지만 그렇게는 안 돼, 우리만이 돈을 벌 수 있는 일이니까 포기하고 얼른 돌아가라는 것이었다. 따라서 어디로 돌아가라고도 말하지 않았다. 강바닥이든 굴속이든 상관없으니 아무 데로든 돌아가라는 것이었다. 나는 입을 다물고 있었다.

51

그런 상황이 이대로 계속되면 어떤 사태에 이르게 될지 걱정되었다. 적은 그 이로리 주위에만 있는 게 아니었다. 조금 전에 잠깐 말한 것처럼 건너편에도 검은 덩어리가 큰 원을 이루고 있었다. 이쪽 덩어리만으로도 힘에 겨운데 저쪽 세력까지 가세하면 큰일이었다. 이렇게 되자 인간은 누가 됐든 적이라는 생각이 들었다. 나는 조롱을 당하면서도 때때로 곁눈질로 미래의 적, 멀리에 있지만 슬슬 몰려올 것 같은 미래의 적을 보고 있었다. 이처럼 내 마음이 전후좌우로 뿔뿔이 흩어지고 게다가 확실히 분리할 수도 없는 것이라 그 대상의 뒤를 쫓아 돌아다니는 것만큼 힘든 일도 없다. 잘은 몰라도 적을 만나면 그 적을 삼키는 게 제일이다. 삼키지 못한다면 적에게 삼켜지는 게 낫다. 만약 둘 다 어렵다면 인연을 뚝 끊고 독립자존의 태도로 적을 보는 게 좋다. 적과 융합할 수도 없고, 적의 세력 범위 밖으로 마음을 가져갈 수도 없고, 게다가 적의 엉덩이 냄새를 맡아야 한다면 엄청난 손해다. 따라서 가장 하등이다. 나는 이따금 이런 경우를 만나 여러 가지 활로를 연구해봤지만, 연구한 만큼은 마음이 하는 말을 듣지 않았다. 그러 므로 여기서 말하는 세 가지 방책은 모두 부처의 공허한 설법이다. 만 약 설명을 하지 않아도 다 알고 있는 진부한 설이라면 말할수록 촌뜨 기가 될 뿐이다. 아무래도 정식 학문을 하지 않으면 이런 데서 취사선 택의 구별이 잘 되지 않아 곤란하다.

내가 사방팔방에 신경을 쓰며 자신의 존재를 최고도로 축소시켜 놀 라고 있자니 할멈의 목소리가 들렸다.

"진지 좀 드시게."

어느새 할멈이 들어왔는지 내 영혼이 비둘기 알처럼 작아져 한껏 위축되어 있었으므로 식사를 하라는 소리가 귀에 들어올 때까지도 전 혀 눈치채지 못하고 있었다. 돌아보니 벗겨진 밥상 위에 이 빠진 밥공 기가 놓여 있었다. 조그만 나무 밥통도 올려져 있었다. 젓가락은 붉은 색과 노란색으로 나뉘어 칠해져 있었는데, 노란색 옻칠이 반쯤 벗겨 져 나무가 그대로 드러나 있었다. 반찬으로는 실국수처럼 썬 곤약 한 접시가 놓여 있었다. 나는 눈을 내리뜨고 그 밥상을 보자마자 몹시 먹 고 싶었다. 사실 아침부터 물 한 방울 입에 넣지 않았다. 위는 완전히 비어 있었다. 만약 비어 있지 않다면 어제 먹은 아게만주와 고구마만 남아 있을 것이다. 밥을 구경한 지 이틀이나 되었으므로 아무리 영혼 이 위축되어 있는 그때라도 나무 밥통을 보자마자 식욕이 목구멍까지 맹렬하게 밀고 올라왔다.

그래서 놀림이나 말참견을 신경 쓸 여유도 없이, 체면이고 나발이 고 다 버린 채 돌연 나무 밥통에서 주걱으로 밥을 퍼서 공기에 가득 담았다. 그런 수고조차 귀찮게 여겨질 정도로 몹시 기다려졌는데, 예 의 그 벗겨진 젓가락을 집어 들고 공기에서 밥을 떠올리려다 엥, 하고 깜짝 놀랐다. 조금도 떠지지 않았다. 손가락 사이에 힘을 주어 젓가락을 바닥까지 푹 찔러 넣고 이번에는, 하며 들어 올려보았으나 역시 실패였다. 밥은 젓가락 끝에서 주르르 떨어져 결코 밥공기 가장자리에서 올라오려고 하지 않았다. 지난 19년 동안 한 번도 경험해보지 못한 일이라 너무나도 신기해서 그 실패를 두어 번 반복한 후 젓가락질을 멈추고 왜 그럴까, 하고 생각했다. 아마 여우에게 홀린 듯했을 것이다. 보고 있던 갱부들이 또다시 와 하고 웃기 시작했다. 나는 그 소리를 듣자마자 얼른 밥공기를 입에 댔다. 그리고 윤기 없는 밥을 한 입 쓸어 넣었다. 그러자 웃음소리보다는, 갱부보다는, 공복보다는, 세 치 혀 위에만 영혼이 깃들었다고 생각될 만큼 이상한 맛이 났다. 도저히 밥이라고 할 수 없었다. 그야말로 벽토(壁土)였다. 그 벽토가 침에 녹아 입 안 가득 퍼졌을 때의 기분은 뭐라 말할 수가 없었다.

"낯짝 좀 보라고. 꼴좋구먼."

한 사람이 말했다.

"축일도 아닌데 이밥을 기대하다니. 그러니까 돌아가라는데도 말이야."

다른 사람이 말했다.

"안남미[1] 맛도 모르면서 갱부가 되려고 하다니, 애당초 잘못 생각한 거야."

또 다른 사람이 말했다.

---

1 막부 말기부터 메이지 시대 이후에 걸쳐 중국이나 동남아시아에서 수입된 쌀의 속칭. '벽토'라고 한 것처럼 당시의 수입쌀은 일본인의 미각에 맞지 않았다. 그 때문에 속칭은 오랫동안 멸시적으로 사용되었다.

52

나는 조롱을 받으며 어쩔 줄 모르면서 안남미를 삼켰다. 한 입만 먹고 그만둘까도 생각했지만 애써 담은 것을 먹지 않으면 안 될 것 같아 다시 놀림을 받으면서 곰쓸개를 먹는 기분으로 밥공기에 담은 것만은 싹싹 쓸어 배 속에 집어넣었다. 결코 식욕 때문은 아니었다. 어제 먹은 아게만주나 찐 고구마가 얼마나 훌륭한 음식이었는지 모를 정도였다. 내가 안남미 맛을 몰랐던 것은 태어나서 그때 처음 먹어봤기 때문이다.

이런 식으로 밥공기에 담은 것만은 그럭저럭 해치웠지만, 무리를 해가며 한 공기 더 퍼 담을 생각은 들지 않았으므로 곤약만 먹고 젓가락을 놓기로 했다. 그렇게까지 참아가며 싫은 것을 억지로 입에 넣고서도 젓가락을 놓자마자 실컷 조롱을 당했다. 그때는 상당히 괴로운 일이라고 생각했지만, 그 후 하루에 세 번씩은 반드시 그 안남미를 먹지 않을 수 없는 처지가 되자 그런 벽토에도 익숙해져 이른바 이밥과 마찬가지로 인류가 먹을 수 있는 것, 아니, 먹어야 할 맛 좋은 음식으로 이해하게 되고 나서는 벗겨진 밥상에 주저했던 당시가 오히려 부끄러웠다. 갱부들의 놀림도 아주 나쁜 것만은 아니었다. 이제 와 생각해보면 경험이 없는 그런 귀족적인 갱부가 한 공기의 안남미에 괴로워하는 모습을 본다면 어쩌면 나라도 웃을지 모른다. 놀리지는 않더라도 선의로 웃을 만큼의 가치는 충분히 있는 일이라고 생각한다. 사람은 이래저래 변하는 법이다.

안남미 얘기만 해서 송구하니 이제 그만하겠지만, 그때의 내 실패에 대한 냉담한 비판을 그냥 그대로 내버려두었다면 언제까지 계속되었을지 모른다. 그때 느닷없이 쇠 대야를 두드리는 소리가 들려왔다. 한 번이 아니었다. 두 번 세 번 들리다가 재쟁, 쟁그랑 하고 사이를 두고 박자를 맞추면서 두드리고 있었다. 그러자 이번에는 노동요를 부르는 소리가 들려왔다. 물론 순수한 노동요는 아니었지만, 내가 알고 있는 한 노동요라고 하는 게 가장 비슷할 것 같았다. 그러자 냉담한 비판은 대번에 그쳤다. 죽은 듯이 조용해진 산 공기에 재쟁, 쟁그랑 하고 울리는 가운데 누군가 장단에 맞춰 이상한 노래를 부르며 다가오고 있었다.

"잔보다!"

한 사람이 무릎을 치며 큰 소리로 말했다.

"잔보다, 잔보다."

그러자 사람들이 각자 이렇게 말했고, 시커먼 덩어리가 뿔뿔이 흩어져 창가로 갔다. 나는 잔보가 뭔지 몰랐지만, 모두의 주의가 나를 떠나는 것과 동시에 갑자기 긴장이 풀린 탓인지 잔보를 보고 싶다는 여유가 생겼고, 그런 여유 덕에 힘도 났다. 곰곰이 생각해보건대 인간의 마음은 물 같은 것으로, 밀려오면 빠지고 빠지면 밀려온다. 시종

손을 대지 않고 스모를 하며 살아간다고 해도 좋을 것이다. 그래서 모두가 자리에서 일어난 후에 나도 일어났다. 그리고 역시 창가로 걸어갔다. 아래쪽은 막혀서 시커먼 머리 위로 발돋움을 해서 내려다보니 비스듬히 구부러진 건너편 돌담 모퉁이에서 남색 통소매 옷을 입은 사내 둘이 나왔다. 그 뒤에 두 명이 더 나왔다. 모두가 쇠 대야를 찌부러뜨려 얄팍하게 요발처럼 만든 것을 양손에 하나씩 들고 있었다. 아하, 저걸 두드리는구나 하고 생각한 순간 두 사내가 양손을 재쟁 하고 마주쳤다. 조화롭지 못한 소리가 깎아지른 듯이 우뚝 선 돌담에 부딪치고 뒤쪽의 민둥산에 울려 아직 그치지 않은 사이에 쟁그랑 하고 울리며 또 한 무리가 뒤따라 모습을 드러냈다. 그런가 싶었는데 또 나타났다. 이번에는 쇠 대야를 갖고 있지 않았다. 대신에 노동요, 조금 전에 노동요라고 말했다. 하지만 그때 그들이 지른 소리는 노동요라기보다는 오히려 나니와부시에 가까웠는데, 함성을 지르는 듯한 이상야릇한 가락이었다.

53

"이봐, 긴(金) 공(公) 없나?"

검은 머리 하나가 외쳤다. 뒤를 보고 있어 얼굴은 보이지 않았다.

"그래, 긴 공한테 보여줘."

그러자 누군가 바로 그 말에 응했다. 그 말이 끝나자마자 대여섯 개의 검은 머리가 줄줄이 이쪽을 보았다. 나는 또 무슨 말인가 들을 각오로 어쩔 수 없이 지금까지와 같은 자세로 서 있었다. 그러나 신기하게도 돌아본 눈들은 나를 향하고 있지 않았다. 널찍한 방구석으로 멀리 간 모양이어서 뭐가 있나 하고 나도 따라 고개를 돌렸더니 누군가 누워 있었다. 얇은 이불을 덮고 한 사람이 누워 있었다.

"이봐, 긴슈(金州)."

한 사람이 큰 소리로 말했지만 누워 있는 사람은 아무런 대답을 하지 않았다.

"이봐, 긴슈, 일어나게."

고함을 지르듯이 불렀지만 아직 아무런 대답도 하지 않았으므로 세 사람이 결국 창가를 떠나 데리러 갔다. 둘러쓰고 있는 이불을 거칠게 걷자 폭이 좁은 띠를 두른 사람이 보였다.

"일어나라니까, 얼른 일어나게. 좋은 걸 보여줄 테니."

동시에 이런 소리도 들렸다. 드러누워 있던 사내가 곧 두 사람의 어깨에 의지해 일어났다. 그리고 이쪽으로 향했다. 바로 그 찰나, 그 얼굴을 얼핏 본 것만으로 나는 순간 오싹 소름이 돋았다. 그 사람은 쉬려고 누워 있는 사람이 아니었다. 엄연한 병자였다. 게다가 혼자서는 일어날 수도 없는 중증 환자였다. 나이는 쉰에 가까워 보였다. 수염은 며칠째 깎지 않았는지 제멋대로 덥수룩하게 자라 있었다. 아무리 거칠고 난폭한 사람이라도 이렇게 초췌해지면 가엾어진다. 너무 가엾어진 나머지 오히려 무서워진다. 내가 그 얼굴을 얼핏 봤을 때 너무나 가엾은 나머지 정말 무섭다고 느꼈다.

병자는 두 사람의 부축을 받고 매달리듯이, 말을 듣지 않는 다리를 옮겨 창가로 다가갔다. 그 모습을 보고 있던 창가의 많은 사람들은 정말 재미있다는 듯이 와 하고 소리를 질렀다.

"이봐, 긴슈, 얼른 오게. 지금 잔보가 지나가는 참이야. 얼른 와서 보게."

"난 잔보 같은 거 보고 싶지 않아."

병자는 억지로 끌려오면서 관심이 없다는 듯한 목소리로 대답했는데, 보고 싶네 마네 할 것도 없었다. 순식간에 창의 미닫이문 귀퉁이로 밀어붙였기 때문이다.

그런 사정에 개의치 않고 잔보는 재쟁, 쟁그랑 하며 돌담 쪽에 나타났다. 행렬이 아직 끝나지 않았나 하고 다시 발돋움을 하고 내려다봤을 때 나는 다시 전율했다. 쇠 대야와 쇠 대야 사이로 변변찮은 사각

의 관이 공중에 매달린 채 산길을 올라가고 있었다. 위는 흰색 옥양목
으로 싸고 가느다란 삼나무 통나무를 질러 양끝을, 물 한 짐이라도 부
탁받은 것처럼 가차 없이 메고 있었다. 이쪽에서 보면 그걸 메고 있는
사람까지 예의 그 노동요를 쾌활하게 부르고 있는 것 같았다. ……나
는 그때 처음으로 잔보의 의미를 알았다. 평생 무슨 일이 있어도 결코
잊을 수 없을 만큼 통절하게 이해했다. 잔보는 장례식이었다. 갱부, 시
추, 호리코, 야마이치에 한해서 집행되는, 또는 집행되지 않으면 안 되
는 일종의 장례식이었다. 불경을 나니와부시처럼 노래하며 쇠 대야가
찌그러질 만큼 장단을 맞춰 한 짐의 물처럼 관을 메고, 마지막으로 다
죽어가는 병자를 억지로 끌고 와 싫다는데도 밀어붙여서까지 보여주
는 장례식이었다. 정말 순진함의 극치이자 냉혹함의 극치였다.

"긴슈, 어떤가? 봤나, 재미있지 않은가?"

"그래, 봤으니까 자리로 데려다 눕혀주게. 제발 부탁이네."

병자가 이렇게 부탁했다.

"영차, 영차."

조금 전의 두 사내는 다시 병자를 양쪽에서 부축하고 종종걸음으로
이불이 깔려 있는 곳까지 데려갔다.

54

그때 우중충하게 흐린 하늘이 가루가 되어 떨어지는 것 같은 비가 내리기 시작했다. 잔보는 그 빗속을 요란한 소리와 함께 마을 쪽으로 내려갔다.

"또 비로군그래."

많은 사람들이 이렇게 말하며 창문을 닫고 각자 이로리 옆으로 돌아갔다. 그 혼잡한 틈을 타고 나도 어느새 거칠고 난폭한 사람들 사이로 들어가 불 가까이까지 다가갈 수 있었다. 그것은 우연히 그렇게 된 것이기도 하고 또 고의로 한 행동이기도 했다. 왜냐하면 불기가 없으면 몹시 추웠기 때문이다. 겹옷 하나로는 도저히 견딜 수 없는 산속이었다. 게다가 비까지 내리기 시작했다. 비라고 할 수도 있고 안개라고도 할 수 있는 아주 작은 빗방울이었지만, 사방의 민둥산을 뒤덮을 정도로 자욱한 데다 뻥 뚫린 하늘을 온통 뒤덮으며 흥건하게 떨어지고 있어서 건물 안에 있어도 쌀겨보다 작은 습기가 모공을 통해 배 속으로 스며드는 듯했다. 불기가 없으면 도저히 견딜 수 없었다.

내가 적당한 자리를 차지하고 다소나마 이로리의 잔열을 얼굴에 쬐고 있자니 이번에는 뜻밖에 관심 밖으로 밀려나 생각보다 놀림을 받지 않을 수 있었다. 그건 내가 먼저 거칠고 난폭한 사람들 사이로 들어갔기 때문에 그쪽에서도 평소처럼 거칠고 난폭한 사람으로 대해야 할 놈이라고 인정해준 것인지 아니면 조금 전의 장례식으로 문득 생각이 변한 결과 나를 잠시 잊어버린 것인지, 또는 놀려줄 거리가 다한 것인지, 아니면 악담을 하는 데 지친 것인지…… 아무튼 자리를 옮기고 나자 내 마음은 비교적 편해졌다. 그리고 이로리를 둘러싸고는 온통 잔보 이야기뿐이었다. 여러 가지 목소리가 이런 말을 했다.

"저 잔보는 어디서 나온 걸까?"

"어디서 나온 잔보야?"

"어쩌면 구로이치 조(組)일지도 몰라. 그런 느낌이 들거든."

"잔보를 하면 대체 어디로 가는 거지?"

"절이지 뭐."

"누굴 바보로 아는 거야? 절 다음에 어디로 가는지를 묻는 거잖아?"

"맞아, 절에 머물러 있을 리는 없지. 어딘가로 가는 게 틀림없다고."

"그러니까 그다음에 어디로 가느냐고 묻는 거잖아? 여전히 이런 곳일까?"

"그야 인간의 영혼이 가는 데겠지, 대충 비슷한 곳일 거야."

"나도 그렇게 생각해. 가는 거라면 아무래도 다른 곳으로 갈 리는 없으니까."

"지옥이 됐든 극락이 됐든 밥은 먹겠지."

"여자도 있을까?"

"여자 없는 나라가 세상천지에 어디 있겠나?"

대충 이런 이야기였는데 듣고 있자니 뒤죽박죽이었다. 그래서 처음에는 농담이라고 생각했다. 웃어도 될 거라고 생각하여 입꼬리를 씰룩거리며 잠깐 상황을 살폈을 정도다. 그런데 웃고 싶은 것은 나뿐, 이로리를 둘러싸고 있는 얼굴은 모두 조각해놓은 것처럼 딱딱하게 굳어 있었다. 그들은 아주 진지하게 미래라는 큰 문제를 논하고 있었던 것이다. 실로 거짓으로 보일 만큼의 열성이 각자의 눈썹 사이에서 보였다. 그때 그 모습을 일별하고 조금 전에 웃고 싶었던 나는 순식간에 생각이 변했다. 앞뒤 생각 없는 무모한 그 사람들이, 칸델라¹를 들고 굿길 안으로 들어가면 두 번 다시 햇빛을 못 본다고 생각하는 사람들이, 인간 기계이자 기계 짐승이라고도 해야 할 그 거칠고 난폭한 사람들이 그렇게까지 미래를 걱정하고 있으리라고는 전혀 예상하지 못했다. 그러고 보면 세상에는 미래를 보증해주는 종교라는 게 필요할 것이다. 실제로 내가 눈을 들어 이로리 둘레에 책상다리를 하고 나란히 앉아 있는 사람들을 둘러보았을 때는 조심스럽게 위축당한 것도 더해져 70퍼센트쯤 터지려던 웃음을 갑자기 거두었다는 자각은 물론 없었다. 다만 요세에서 만담을 듣는다는 생각으로 눈을 뜨고 봤더니 코앞에 비사문천(毘沙門天)²이 많이 있어 이런, 하고 위엄을 갖추지 않으면 안 될 것 같은 기분이었다. 한마디로 말하자면 그때 처음으로 진지한 종교심의 씨앗을 보고 반수반인(半獸半人) 앞에서도 엄숙한 마음이 들었을 것이다. 그런 주제에 나는 아직도 종교심이라는 것을 갖고 있지 않다.

1 네덜란드어 Kandelaar. 양철 기름통에 석유 또는 종유(種油)를 넣고 심지에 불을 붙이는 조명기구로, 광산에서는 에도 시대부터 오로지 이 휴대용 석유등이 사용되었다.
2 불법을 수호하고 복덕을 준다고 하며 칠보(七寶)를 곁들인 갑옷을 입고 있다. 그 모습이 용맹하여 갱부의 거칠고 난폭한 표정과 불심을 비사문천에 비유한 것이다.

55

　그때 조금 전의 병자가 건너편 구석에서 으음 하고 신음하기 시작
했다. 신음소리에 물론 특별한 의미가 있었던 것은 아니다. 그저 병자
의 평범한 신음소리에 지나지 않았지만 잔보의 미래에 신경 쓰고 있
는 사람들에게는 일종의 수상한 울림처럼 생각되었을 것이다. 다들
눈과 눈을 마주쳤다.
　"긴 공, 괴로운가?"
　한 사람이 큰 소리로 물었다.
　"응."
　병자는 그저 이렇게만 대답했다. 신음소리인지 대답인지 분명하지
않았다. 그러자 또 한 갱부가 역시 이로리 옆에 앉은 채 큰 목소리로
위로했다.
　"그렇게 마누라 걱정만 하지 말게. 어차피 빼앗긴 거니까. 이제 와
서 끙끙 앓아봐야 무슨 소용이 있겠나? 저당 잡힌 마누랄세. 찾아오
지 못하면 어디로 가버리는 건 당연한 일이네."

위로를 하는 건지 악담을 퍼붓는 건지 의심스러울 정도였다. 갱부의 입장에서 보자면 어느 쪽이나 마찬가지였으리라. 병자는 그저 응, 하고 대답, 아니 대답도 되지 않는 말을 희미하게 했을 뿐이다. 그래서 사람들은 말조차 주고받을 수 없는 상태의 위로를 그만두고 이로리 주위에서만 혀를 놀리고 있었다. 하지만 화제는 아직 긴 씨를 벗어나지 않았다.

"뭐 병에만 걸리지 않았다면 긴 공도 마누라를 뺏기지 않았을 텐데 말이야. 따지고 보면 역시 자기 잘못이지."

한 사람이 긴 씨의 병을 마치 죄악처럼 이렇게 평하자마자 누군가 거기에 동의하고 나섰다.

"맞아. 자기가 병에 들어 돈을 빌렸고, 그 돈을 못 갚아서 마누라를 저당 잡힌 거고, 그러니 솔직히 말해서 불평할 수도 없는 거지 뭐."

"얼마에 저당 잡힌 건데?"

"5료(兩[1])."

누군가가 간결하게 대답했다.

"그래서 이치(市)라는 놈이 나가야로 내려가 긴슈와 교대한 거로군, 하하하하."

나는 이로리 옆에 앉아 있는 것이 고통스러웠다. 등 쪽은 오슬오슬 추운데도 겨드랑이 밑으로 땀이 배어 나왔다.

"긴슈도 빨리 나아서 마누라를 찾아오면 좋을 텐데 말이야."

"다시 이치하고 교대한단 말인가? 정말 어처구니없군그래."

"그보다는 왕창 벌어서 좀 더 값나가는 걸[2] 저당 잡는 게 낫지 않겠

1 에도 시대의 화폐 단위. 1871년 5월에 정부는 종래의 돈 1료를 1엔으로 전환했지만 이후에도 일부 서민들 사이에는 료라는 단위를 사용하는 습관이 남아 있었다.

나?"

"하긴 그렇군."

한 사람이 이렇게 말한 것을 신호로 다들 와 하고 웃었다. 나는 그 웃음 속에 둘러싸였지만 도저히 웃을 수 없어서 고개를 숙이고 말았다. 내려다보니 무릎을 나란히 하고 단정히 앉아 있었다. 한심하다는 생각이 들어 책상다리로 바꿔 앉아보았다. 하지만 마음은 책상다리를 할 만큼 편하지가 않았다.

그러는 중에 점차 날이 저물어갔다. 시간이 지났을 뿐 아니라 산에 둘러싸여 있어서인지 날도 빨리 어두워졌다. 잠자코 있자니 낙숫물 떨어지는 소리도 들리지 않는 것 같았으므로 어쩌면 비도 진작 그쳤는지 몰랐다. 그러나 그토록 어두웠으므로 역시 내리고 있었다고 하는 편이 합당할 것이다. 창문은 물론 닫혀 있었다. 창밖의 상황은 알 수가 없었다. 하지만 어둡고 축축한 공기가 장지를 넘어 이로리 주위 전체로 덮쳐왔다. 늘어서 있는 열네댓 명의 얼굴이 점차 희미해졌다. 동시에 이로리 한가운데에 산처럼 지펴놓은 숯의 빛깔이 달아올라 조금씩 붉게 떠오르는 것 같았다. 마치 내가 굴속으로 빠져들고, 그에 반해 불은 굴속에서 점차 밀려 올라오는, 대충 그런 느낌이었다. 그때 방 전체가 일시에 환해졌다. 쳐다보니 전등[3]이 켜져 있었다.

2 여기서는 마누라보다 예쁜 여자를 의미한다.
3 아시오마치의 광업소 사택에 전기가 들어온 것은 1905년이다.

56

"밥이라도 먹세."

한 사람이 말하자 다들 잊고 있던 것을 생각해낸 것처럼 말했다.

"밥 먹고 다시 교대로군."

"오늘은 좀 춥네."

"아직도 비가 내리나?"

"글쎄, 밖에 나가서 하늘 좀 보고 오게."

제각각 이렇게 떠들어대면서 일어나 계단을 내려갔다. 나는 널찍한 방에 혼자 남겨졌다. 나 외에는 병자인 긴 씨뿐이었다. 긴 씨는 여전히 희미한 신음소리를 내고 있는 것 같았다. 책상다리로 앉은 나는 이로리 앞으로 손을 내밀어 불을 쬐면서 고개를 돌려 긴 씨 쪽을 쳐다봤다. 머리가 이불 밖으로 나와 있지 않았다. 발도 들어가 있었다. 긴 씨의 몸은 한 장의 이불 안에서 작고 평평하게 되어 있었다. 가여울 정도로 조그맣고 납작하게 보였다. 그러는 사이에 신음소리도 그럭저럭 그친 것 같아 다시 고개를 돌려 이로리 안을 응시했다.

그런데 어쩐지 긴 씨가 마음에 걸려 견딜 수 없어 다시 고개를 돌렸다. 이불 안의 긴 씨는 여전히 조그맣고 납작했다. 그리고 죽은 듯이 조용했다. 살아 있는지 죽었는지, 그저 조용하기만 했다. 신음소리도 그리 기분 좋은 것은 아니었지만, 그렇게 죽은 듯이 조용하니 더욱 걱정이 되었다. 너무 걱정된 나머지 무서워져서 살짝 일어났다가 뭐 괜찮겠지, 사람이 그렇게 갑자기 죽지는 않을 거야, 하며 마음을 다잡고 다시 엉덩이를 바닥에 붙였다.

그때 아래에서 두세 명이 계단으로 우당탕 올라왔다. 벌써 밥을 다 먹은 걸까, 아무리 그래도 너무 빠른데, 하며 올라오는 계단을 잠깐 보고 있자니 생각지도 못한 사람이 나타났다. 검정색인지 감색인지 분명하지 않은 통소매 옷을 입고 있었다. 아래는 직인이 입는 모모히키[1]를 입었는데 색은 역시 같은 감색이었다. 그리고 칸델라를 들고 있었다. 그뿐 아니라 두 사람 다 진흙투성이에 흠뻑 젖어 있었다. 그리고 말을 하지 않았다. 우뚝 선 채 날카로운 시선으로 나를 쳐다봤다. 강도로밖에 생각되지 않았다. 곧 칸델라를 내던지고는 단추를 풀고 통소매 옷을 벗었다. 작업용 바지도 벗었다. 벽에 걸려 있는 히로소데[2]를 속옷 위에 걸치고 엉덩이 뒤로 허리끈을 빙 두르면서 역시 말없이 둘 다 쿵쿵거리며 내려갔다. 그러자 또 한 사람이 올라왔다. 이번에 올라온 사람도 젖어 있었다. 진흙투성이였다. 칸델라를 내던졌다. 옷을 갈아입었다. 쿵쾅거리며 내려갔다. 다시 또 올라왔다. 이런 식으로 교대로, 교대로, 하여튼 상당히 올라왔다. 모두 올라오면서 눈동자를 빛내며 한 번은 반드시 나를 쳐다봤다. 그중에는 이렇게 말한 사람도

1 통이 좁은 바지 모양의 남자용 작업복.
2 소맷부리의 아래쪽을 꿰매지 않은 일본 옷.

있었다.

"너 신참 맞지?"

"예."

나는 이렇게만 대답했다. 다행히 이번에는 조금 전처럼 함부로 놀림을 당하지 않고 무난하게 끝났다. 차례로 올라오는 사람들은 다들 서둘러 내려갔기 때문에 놀릴 틈이 없었을 것이다. 그 대신 한 번씩은 반드시 나를 노려보았다. 이럭저럭하는 사이에 올라오는 사람도 끊겼으므로 마침내 나는 편안한 마음으로 이로리의 숯이 벌겋게 달아오르는 것을 바라보며 이런저런 생각을 하기 시작했다. 물론 정리되지 않는, 또한 생각하면 할수록 한심해지는 생각이지만 불을 바라보고 있으니 숯 안에서 그런 망상이 아물아물 타올라 어쩔 수 없었다. 마침내 내 영혼이 붉은 숯불 속으로 빠져나가 불기에 흔들리면서 무턱대고 춤을 추는 듯한 이상한 마음이 들었을 때였다.

"피곤할 테니 이제 주무시구랴."

갑자기 이런 소리가 들렸다.

57

돌아보니 조금 전의 할멈이 서 있었다. 여전히 다스키를 걸친 상태였다. 언제 올라온 것인지 나는 전혀 눈치채지 못하고 있었다. 내 영혼이 거침없이 불 속을 돌아다니며 쓰야코(艶子) 씨가 되기도 하고 스미에(澄江) 씨가 되기도 하고 아버지가 되기도 하고 긴 씨가 되기도 하고, 히후[1]며 히사시가미[2]며 붉은 담요며 신음소리며 아게만주며 게곤 폭포며 무수한 환영이 이로리 안에서 미친 듯이 춤을 추며 피어오르는 불기운 속에서 쫓고 쫓기며 양지에 떠오른 먼지로 여겨질 만큼 엄청나게 나오는 가운데 퍼뜩 정신을 차렸으므로 눈앞에 있는 할멈이 신기할 정도로 이상했다.

"예."

하지만 자라는 주의만은 분명히 귀에 들렸으므로 나는 이렇게만 대

---

1 두루마기 비슷한 겉옷으로 에도 시대에는 풍류인이 입었으나 나중에는 일본 옷에 받쳐 입는 여성용 코트가 되었다.

2 속발의 한 가지로 앞머리를 쑥 내밀게 하여 묶는 머리 모양. 20세기에 들어 등장했고 다이쇼 초기에 걸쳐 유행했다. 또한 여학생 사이에 유행했으므로 여학생의 별칭이 되기도 했다.

답했다.

그러자 할멈은 뒤쪽의 벽장을 가리키며 말했다.

"이불은 저기 있으니까 혼자 꺼내 덮으시구랴. 한 장에 3전이라오. 추우니까 두 장은 필요할 거요."

"예."

다시 이렇게만 대답했더니 할멈은 더 이상 아무 말도 하지 않고 내려갔다. 나는 자도 좋다는 허락을 받았으므로 정식으로 누워도 핀잔을 들을 염려는 없을 거라 생각하고 할멈이 말한 대로 벽장을 열어보니 이불이 있었다. 이불이 잔뜩 있었다. 그러나 어쩐지 좀 더러운 것들뿐이었다. 집에서 깔고 자던 것과는 비교할 수도 없는 것이었다. 나는 가장 위에 올려져 있는 것 두 장을 살며시 내렸다. 그리고 전등 빛에 비춰보았다. 천은 연한 노란색이었다. 무늬는 흰색이었다. 게다가 온통 때에 절어 60퍼센트쯤 변색되어 있었는데, 흰색은 평소 같으면 참기 힘들었을 정도로 흐리멍덩하게 변해 있었다. 그리고 굉장히 딱딱했다. 이제 막 찐, 긴 네모꼴로 납작하게 만든 떡을 옥양목으로 싼 것처럼 솜은 솜대로 뭉쳐 있어 이불보와는 완전히 따로 놀 만큼 단단했다.

나는 그 이불을 다다미 위에 평평하게 깔았다. 그리고 남은 한 장을 평평하게 덮었다. 그런 다음 셔츠만 입고 그 사이로 들어갔다. 눅눅한 속을 헤치고 들어가 두 발을 쭉 뻗었더니 발뒤꿈치가 다다미 위로 나갔으므로 다시 살짝 오므렸다. 뻗을 때도 오므릴 때도 평소처럼 가볍고 유연하게 되지는 않았다. 두두둑 하는 소리가 날 만큼 관절이 갑갑하게 굳어서 움직이려 들지 않았다. 가만히 이불 속에서 무릎을 쭉 펴고 있으니 나른한 것을 넘어 묵직했다. 허벅지 아래를 잘라내고 대신 철근이 들어간 의족을 붙여놓은 것처럼 묵직했다. 마치 감각이 있는 두 개의 막대기 같았다. 나는 차갑고 묵직한 다리를 걱정하여 머리를 이불 속으로 밀어 넣었다. 적어도 머리만이라도 따뜻하게 하면 다리도 거기에 따라줄 것이라는 덧없는 바람에서 나온 궁여지책이었다.

하지만 역시 지쳐 있었다. 추위보다는, 다리보다는, 이불에서 나는 냄새보다는, 번민보다는, 염세보다는 지쳐 있었다. 실로 죽는 것이 편할 정도로 기진맥진한 상태였다. 그래서 눕자마자, 다다미 밖으로 나간 발을 오므리고 머리를 이불 속으로 밀어 넣는 동작을 끝냈다고 생각하자마자 잠에 빠져들었다. 세상모르고 쿨쿨 자고 말았다. 그 이후의 일은 내 일이면서도 결국 쓸 수가 없다.

그때 누가 느닷없이 등을 바늘로 찔렀다. 꿈속에서 찔린 것인지, 깨어 있는 상태에서 찔린 것인지, 느낌이 굉장히 애매했다. 그러므로 그것만이라면 바늘이건 가시건 개의치 않았을 것이다. 생시의 바늘을 꿈속으로 끌어들이고 꿈속의 가시를 정체를 알 수 없는 잠자리 밑에 묻어버리면 그만이다. 그런데 그렇게 되지가 않았다. 찔렸다고 생각하면서도 바늘을 잊어버릴 정도로 잠에 빠져들 만하면 다시 한번 따끔하게 찔렸기 때문이다.

58

이번에는 눈을 크게 떴다. 그때 다시 따끔했다. 이런, 하고 놀라자마자 다시 따끔하게 찔렸다. 이거 큰일이라고 가까스로 깨닫기 시작했을 때 팔짝 뛰어오를 만큼 격렬하게 허벅지 언저리를 찔렸다. 나는 그제야 보통의 인간으로 돌아왔다. 그리고 몸 전체의 구석구석이 따끔따끔한 것을 깨달았다. 그래서 살짝 셔츠 사이로 손을 넣어 등을 쓰다듬어보니 온통 까칠까칠했다. 처음에 손가락 끝이 피부에 닿았을 때는 심한 피부병에 걸린 것이 틀림없다고 생각했다. 그런데 손가락을 피부에 댄 채 5에서 10센티미터쯤 당겨보니 뭔가 후드득 떨어졌다. 예삿일이 아니구나 싶어 순식간에 벌떡 일어나 셔츠 한 장만 걸친 보기 흉한 모습이지만 이로리 옆으로 가서 엄지와 검지로 집은 쌀알 크기쯤 되는 것을 살펴보니 이상하게 생긴 벌레였다.

사실 그때까지만 해도 빈대[1]를 본 적이 없었으므로 그것이 정말 빈대인지는 단언할 수 없었지만, 어쩐지 빈대 같다고 직감했다. 그런 상

---

1 메이지 유신을 전후하여 외국의 선박, 화물과 함께 들어와 번식했다.

스러운 데에 직감이라는 두 글자를 남용해서 송구하지만, 달리 표현할 말이 없으니 어쩔 수 없이 그 고상한 말을 사용할 수밖에 없다. 그런데 그 벌레를 살펴보다가 굉장히 밉살스럽다는 생각이 들었다. 이로리 테두리에 올려놓고 엄지손톱으로 꾹 짓눌렀더니 말로 표현할 수 없는 풋내가 났다. 그 풋내를 맡자 어쩐지 기분이 좋아졌다. ……나는 그런 추한 일을 진지하게 쓰지 않으면 안 될 만큼 제정신이 아니었다. 솔직히 말하자면 그 풋내를 맡기까지는 원한을 푼 것 같은 기분이 들지 않았다. 그러므로 잡아서 짓눌러 죽이고, 잡아서 짓눌러 죽이고, 짓눌러 죽일 때마다 엄지손톱을 코로 가져가 냄새를 맡았다. 그러자 냄새가 코 안에 가득 찼다. 당장이라도 눈물이 날 것 같았다. 정말 비참했다. 그런데도 손톱을 코로 가져가 냄새를 맡으면 유쾌했다.

그때 아래층에서 사람들이 한꺼번에 와 하고 웃는 소리가 들려왔다. 나는 벌레 죽이기를 뚝 멈췄다. 널찍한 방을 둘러봤지만 아무도 없었다. 긴 씨만이 납작해진 채 조용히 자고 있었다. 머리도 다리도 보이지 않았다. 그 외에 한 사람이 더 있었다. 하지만 처음 봤을 때는 사람이 아닌 줄 알았다. 건너편 기둥 중간쯤에서 창틀까지 돛으로 쓰는 두꺼운 무명천 같은 것을 허옇게 걸쳐놓고 그 안에 싸여 있었기 때문에 어쩐지 무서운 느낌이 들었다. 하지만 자세히 보니 그 허연 것 안에서 검은 것이 비스듬히 나와 있었다. 그것은 사람의 밤송이 머리였다. ……널찍한 방에는 나와 그 두 사람 말고는 아무도 없었다. 다만 전등은 환하게 켜져 있었다. 무척 조용하다고 생각한 순간 다시 아래층에서 와 하는 웃음소리가 들려왔다. 조금 전 사람들이거나 작업을 끝내고 돌아온 사람들이 잔뜩 모여 시시덕거리고 있음에 틀림없었다.

나는 멍하니 이불이 있는 곳으로 돌아갔다. 그리고 알몸이 되어 셔츠를 털고는 머리맡에 있는 옷을 입은 다음 허리띠로 묶고, 마지막에는 깔려 있는 이불을 정성껏 개어 벽장에 넣었다. 그리고 나서는 어떻게 해야 좋을지 몰랐다. 시간이 어떻게 되었는지, 날은 아직도 도무지 샐 것 같지가 않았다. 팔짱을 끼고 서서 생각하고 있자니 발등이 또 근질근질했다. 나는 참지 못하고 "이런 젠장" 하며 두어 번 발을 굴렀다. 그러고 나서 오른발 발등으로 왼발 위를 비비고 왼발 발등으로 오른발 위를 비비며 어디, 이래도 해볼래, 하며 이를 갈았다. 그러나 밖으로 뛰어나갈 수도 없고 잘 용기도 없고 그렇다고 아래로 내려가 무리 속으로 비집고 들어갈 힘은 애초부터 없었다. 조금 전 악담을 들었던 일을 떠올리면 빈대가 차라리 나았다. 날이 새면 좋겠다, 날이 새면 좋겠다고 생각하면서 나는 밖으로 나 있는 창 쪽으로 걸어갔다.

창가에 기둥이 있었다. 나는 그 기둥에 기대고 섰다. 등을 대고 엉거주춤 선 채 발바닥으로 몸을 지탱하고 있으니 양발이 다다미의 결을 따라 주르르 미끄러져 점점 멀어졌다. 그러면 다시 똑바로 섰다. 또 주르르 미끄러졌다. 다시 똑바로 섰다. 하여간 그런 짓을 되풀이하고 있었다. 다행히 빈대는 나오지 않았다. 아래층에서 때때로 와 하고 웃는 소리가 들려왔다.

59

앉지도 서지도 못한다는 말이 있지만 그것을 실제로 경험한 것은 그때가 처음이었다. 앉아 있다고도 서 있다고도 할 수 없는 동작을 하며 어정쩡하게 마음을 달래고 있었다. 그런데 그런 움직임을 끈기 있게 언제까지 하고 있었는지는 기억이 나지 않는다. 그렇지 않아도 지쳐 있었던 데다 다시 손발을 피곤하게 하여 어떤 빈대도 방해할 수 없을 만큼 기진맥진해 있었기에 비로소 잠이 들었을 것이다. 날이 새고 보니 나는 미끄러져 내린 기둥 밑에 발만 뻗고 등을 둥글게 구부린 채 쭈그리고 앉아 있었다.

그토록 괴롭던 빈대도 이삼일 지나자 묘하게도 점차 아프지 않게 되었다. 사실 한 달쯤 지나자 빈대가 아무리 많아도 마치 쌀알이라도 줄줄이 나뒹굴고 있는 것쯤으로 생각되어 밤에도 푹 잘 수 있게 되었다. 하긴 빈대도 날이 갈수록 조심스러워하게 된다고 한다. 새로 온 손님에게는 온몸에 모여들어 밤새 괴롭히는데, 조금 참고 있으면 빈대 쪽에서 정나미가 떨어지는지 그다지 달라붙지 않게 된다고 한다.

매일 먹는 인간의 살이 자연스럽게 질리게 되기 때문이라는 사람도 있었고, 그게 아니라 살에 그만큼의 품격이 생겨 굿길 냄새가 나기 때문에 벌레도 두 손 든 거라는 사람도 있었다.

그러고 보니 빈대와 갱부는 성질이 아주 비슷했다. 아마 갱부만이 아닌 일반 사람들의 경향과 빈대는 역시 똑같은 심리에 지배당하고 있을 것이다. 그러므로 그 해석은 인간과 버러지를 개괄하는 데 흥미로운 점이 있어 철학자가 아주 기뻐할 만한 아름다운 것이지만, 내 생각을 말하자면 전혀 그렇지 않은 것 같다. 벌레 쪽에서 사양한다거나 분에 넘치는 소리를 하는 게 아니라 뜯기는 인간 쪽에서 습관이 된 결과 무신경해지는 거라고 생각한다. 벌레는 여전히 뜯어 먹고 있지만 뜯겨도 아무렇지 않게 된 것임에 틀림없다. 하지만 뜯겨도 느끼지 못하는 것과, 뜯기지 않아서 느끼지 않는 것은 그 내용이 다르지만 결과는 같기 때문에 이는 실제로 논의를 해도 그다지 도움이 되지 않는 이야기다.

그런 쓸데없는 이야기는 아무래도 좋다고 생각하고, 눈을 떠보니 날이 훤히 새 있었다. 아래층은 벌써 왁자지껄했다. 기뻤다. 창문으로 머리를 내밀고 보니 또 비가 내리고 있었다. 하지만 확실히 내리는 것은 아니었다. 짙은 구름이 실이 되지 못하고, 실이 된 것만 가늘게 땅으로 떨어지는 모습이었다. 그러므로 무턱대고 자욱하지는 않았다. 점차 비에 가까워지고, 그러면서 실 사이가 들여다보였다. 그렇다고 해봐야 보이는 것은 산뿐이었다. 게다가 풀도 나무도 아주 드문, 습기를 머금을 것이 없는 산이었다. 여름 해가 내리쬐기라도 하면 산속이라도 필시 더울 거라고 생각될 만큼 붉게 벗겨진 채 나를 빙 둘러싸고 있었다. 그리고 남김없이 비에 젖어 있었다. 습기를 머금지 못하는 것이 젖어 있었으므로 마치 질그릇에 안개를 뿌린 것처럼 아무리 젖어도 부족한 느낌이었다. 그런데도 춥다는 느낌이 들었다. 그래서 내민 머리를 되돌리려고 하는데 얼핏 뭔가 눈에 띄었다. ……수건을 뒤집어쓰고 허리에 짚을 둘렀으며, 통소매 옷을 입은 사내 두어 명이 건너편 돌담 아래에 나타났다. 어제 잔보가 지난 길을 반대 방향으로 걸어오고 있었다. 멀리서 보니 너무나도 기운이 없는 모습이라 딱할 정도로 불쌍했다.

나도 오늘 아침부터 저렇게 되는 건가, 하고 퍼뜩 정신을 차리고 보니 남의 일로 여겨지지 않을 만큼 건너편으로 가는 수건의 모습, 비에 젖은 수건의 모습이 비참했다. 그러자 빗줄기 사이로 또 낡은 모자가 나타났다. 그 뒤로 또 통소매를 입은 사람이 나타났다. 잘은 모르나 아침 당번인 갱부가 굿길에 들어가는 시간일 것이다. 나는 드디어 창밖으로 내민 얼굴을 끌어들였다. 그러자 아래층에서 대여섯 명이 한꺼번에 우르르 계단으로 올라왔다. 왔구나 싶었으나 어쩔 수 없었으므로 양손을 품속에 넣은 채 기둥에 기대고 있었다. 대여섯 명은 순식간에 똑같은 옷으로 갈아입고 내려갔다. 뒤따라 또 올라왔다. 또 통소매 옷으로 갈아입고 내려갔다. 결국 한바에 있는 당번은 다 나가고 없는 모양이었다.

60

이렇게 한바 전체가 움직이기 시작하자 나도 한가하게 있을 수만은 없었다. 그렇다고 세수를 하라거나 밥을 먹으라고 말해주러 온 사람도 없었다. 아무리 도련님이라 해도 할 일이 없어 너무 따분해 곤란했으므로 과감하게 어슬렁어슬렁 아래층으로 내려갔다. 물론 마음은 진정되지 않았지만 태도만은 마치 여관에 묵으며 팁을 놓고 나온 손님 같았다. 아무리 송구하게 생각해도 나는 그 이외의 태도를 취할 수 없으므로 완전히 순진한 총각이었다. 내려가서는 다스키를 걸친 채 짚신 한 켤레를 들고 안쪽에서 뛰어나오는 예의 그 할멈과 딱 마주쳤다.

"세수는 어디서 합니까?"

"저기."

할멈은 잠깐 나를 보자마자 이렇게 내뱉고는 문간으로 가버렸다. 전혀 상대해주지 않았다. 나는 저기가 어디인지 짐작할 수 없었지만 아무튼 할멈이 나온 방향일 거라고 생각하고 안쪽으로 걸어갔다. 그랬더니 큼직한 부엌이 나왔다. 한가운데에 네 말들이 커다란 술통을 반으로 잘라놓은 듯한 밥통이 놓여 있었다. 그 안에 안남미로 지은 밥이 가득 들어 있을 거라 생각하니, ……아무튼 내가 하루에 세끼씩 한달을 먹어도 다 먹을 수 없을 만큼의 안남미 밥을 보자 먹기 전부터 질리고 말았다.

세수할 곳도 찾아냈다. 부엌에서 내려가 기다란 개수대 앞에 서서 차가운 물로 뺨을 어루만지며 세수하는 시늉만 냈다. 이 마당에 정성껏 세수를 한다는 것이 우습게 여겨졌기 때문이다. 그것이 한발 더 나아가면 세수를 하지 않아도 되는 거라는 식으로 배짱이 좋아질 것이다. 어제의 붉은 담요와 꼬맹이는 바로 그런 순서를 밟아 진화한 것임에 틀림없다.

드디어 자력으로 세수를 했다. 밥은 어떻게 되는 건가 싶어 다시 어슬렁어슬렁 부엌으로 올라왔다. 다행히 그때 할멈이 밖에서 돌아와 밥상을 차려주었다. 고맙게도 미소시루[1]가 있었으므로 안남미 밥에 대충 부어서 쓸어 넣었기 때문에 이번에는 벽토 맛을 안 봐도 되었다. 그러자 할멈은 젓가락을 놓기도 전에 재촉해댔다.

"하쓰(初) 씨가 굿길로 데려가준다고 기다리고 있으니까 식사가 끝나면 빨리 나가시게."

사실은 한 공기 더 먹지 않으면 몸이 버티지 못할 거라고 생각하던 참이었는데, 그렇게 재촉당하고 보니 한 그릇을 더 담을 수가 없었다.

"아, 네, 그렇습니까?"

나는 이렇게 대답하고 벌떡 일어섰다. 바깥으로 나가보니 과연 입구의 계단에 한 사람이 앉아 있었다.

"너야, 굿길에 간다는 사람이?"

1 일본식 된장인 미소를 풀고 두어 가지 채소를 넣어 묽게 끓인 국.

내 얼굴을 보고 돌이라도 부술 듯한 기세로 물어왔다.

"예."

순순히 대답했다.

"그럼 같이 가지."

"이런 차림으로도 괜찮을까요?"

공손하게 되물었다.

"안 되지, 안 돼. 그런 차림으로 어떻게 들어가겠어? 여기 십장한테 한 벌 빌려온 게 있으니까 이걸 입어."

이렇게 말하며 예의 통소매 옷을 내던졌다.

"그게 위야. 이게 모모히키고. 자."

다시 모모히키를 던져주었다. 집어 들고 보니 눅눅했다. 군데군데 진흙이 묻어 있었다. 바탕은 두꺼운 무명 같았다. 나도 결국 주인이 해주는 작업복을 입는 처지가 되었구나 하고 생각하면서 비백 무늬 옷을 벗고 위아래 모두 감색 옷으로 갈아입었다. 언뜻 보면 내각의 심부름꾼² 같지만, 기분을 말하자면 사환에 임명되었을 때보다 훨씬 기운이 빠졌다. 이것으로 준비가 다 된 것이라 생각하고 봉당으로 내려섰다.

"잠깐 기다려."

하쓰 씨가 다시 대장부다운 기풍의 목소리로 말했다.

---

2 하급 관리를 말한다. 위아래로 감색 작업복을 입은 모습에서 감색 제복을 입은 하급 관원을 연상한 것이다.

61

"이걸 엉덩이에 대."

하쓰 씨가 내준 것을 보니 산다라봇치[1] 같은, 짚을 넣어서 만든 방석에 끈을 단 기묘한 것이었다. 나는 하쓰 씨가 말하는 대로 그걸 엉덩이에 묶었다.

"그게 아테시코[2]야. 알았어? 그리고 이건 정이고. 이걸 허리춤에 찔러……"

하쓰 씨가 내민 정을 받아 들고 보니, 길이가 45센티미터쯤 되는 쇠막대인데 끝이 좀 뾰족했다. 그걸 허리에 꽂았다.

"내친김에 이것도 찔러둬. 좀 무거울 거야. 괜찮겠어? 확실히 받지 않으면 다친다."

역시 무거웠다. 이런 망치를 찔러 넣고 용케 굴속에서 걸어 다니는

---

1 쌀섬의 위아래에 대는, 짚으로 엮은 동그란 덮개.
2 광부나 벌목꾼이 엉덩이에 대는 깔개. 가죽으로 만든 엉덩이 깔개를 말하는 아테시카(当尻皮)의 사투리일 것이다.

구나 하고 생각했다.

"어때, 무겁지?"

"예."

"그래도 그건 가벼운 편이야. 무거운 건 3킬로그램이나 되거든. ……됐어? 찔러 넣었어? 거기서 잠깐 허리를 흔들어봐. 괜찮아? 괜찮으면 이걸 들어." 그는 칸델라를 내밀다가 다시 말했다. "잠깐만. 칸델라를 들기 전에 일단 짚신을 신어."

새 짚신이 입구에 놓여 있었다. 조금 전에 할멈이 들고 있던 것이 아마 이것이었을 것이다. 나는 맨발에 짚신을 신었다. 끈을 발뒤꿈치에 걸고 힘껏 당겼다가 야단을 맞았다.

"얼빠진 놈. 그렇게 당기는 놈이 어디 있어? 발가락 사이를 더 느슨하게 해."

야단을 맞으면서 그럭저럭 신을 수 있었다.

"자, 드디어 이것으로 끝이야."

하쓰 씨는 만주가사(饅頭笠)[3]와 칸델라를 건넸다. 만주가사인지 다케노코가사(筍笠)[4]인지는 모르겠으나 어쩐지 징역 사는 사람이 쓰는 삿갓 같았다. 순순히 그 삿갓을 썼다. 그런 다음 칸델라를 들었다. 칸델라는 들기 좋게 만들어져 있었다. 모양은 두 홉들이 석유통이라고 할 만한 것인데, 거기에 기름을 넣는 구멍과 심지를 빼내는 구멍이 뚫려 있었다. 게다가 가늘고 긴 관이 붙어 있는데 그 관의 끝을 살짝 옆으로 구부리면 바로 불룩한 손잡이 모양이 되었다. 그 손잡이에 엄지를 끼워 넣고 그 엄지의 힘으로 들기 때문에 손가락 다섯 개 대신 하

3 만주 모양의 삿갓.
4 죽순 껍질로 엮어서 만든 삿갓.

나로 들 수 있어 아주 실용적이었다.

"이렇게 끼우는 거야."

하쓰 씨가 황밤[5] 같은 엄지를 칸델라의 구멍 속에 끼워 넣었다. 보기 좋게 끼워졌다.

"이렇게."

하쓰 씨는 손가락 하나로 칸델라를 괘종시계의 추처럼 두어 번 흔들어 보였다. 좀처럼 떨어지지 않았다. 그래서 나도 똑같이 장단을 맞춰 흔들어 보였는데 역시 떨어지지 않았다.

"그래. 꽤 요령이 좋은데. 그럼 가지, 괜찮지?"

"예, 괜찮습니다."

나는 하쓰 씨를 따라 밖으로 나갔다. 그런데 비가 내리고 있었다. 제일 먼저 삿갓에 떨어졌다. 고개를 들고 하늘을 살피려고 했더니 턱과 입과 코에 뚝뚝 떨어졌다. 그러고 나서는 어깨에 떨어졌다. 발에도 떨어졌다. 조금 걸어갔더니 온몸이 축축해지고 피부로 스며든 습기가 피부의 열기에 데워졌다. 그러나 비가 더 차서 몸의 열기가 점점 식어가는 듯했지만, 비탈길에 이르자 하쓰 씨가 마구 서둘렀으므로 비에 젖으면서도 모공에서 비를 튕겨낼 기세로 드디어 굿길 입구에 다다랐다.

입구는 일단 철로의 큰 터널 같은 것이라고 해도 좋을 것이다. 반원형의 꼭대기는 높이가 3.5미터쯤 되었다. 안에서 레일이 나오는 것도 철로의 터널과 비슷했다. 그건 전차가 다니는 길이라고 했다. 나는 입구에 서서 안쪽을 들여다보았다. 안쪽은 어두웠다.

5 말려서 껍질과 보늬를 벗긴 밤.

62

"어때, 여기가 지옥의 입구야. 들어갈 수 있겠어?"

하쓰 씨가 이렇게 물었다. 어딘가 조롱하는 듯한 어조를 띠고 있었다. 조금 전에 한바를 나와 여기까지 오는 도중에도 여기저기 나가야에서 창으로 머리를 내밀고 제각각 떠들어댔다.

"어제 온 놈이로군."

"신참이야."

단순히 산속에 갇혀 있는 사람이 신기한 것에 드러내는 호기심만은 아닌 것 같았다. 그 말의 깊은 곳에는 아마 조롱하는 의미가 들어 있었을 것이다. 부연해서 설명하자면, 먼저 너도 결국 이런 데까지 굴러 들어왔구나, 깨소금 맛이다, 꼴좋게 됐군, 하는 뜻이다. 또는 안됐지만 와도 별 소용없다, 그렇게 연약한 몸으로 무슨 일을 할 수 있겠어, 하는 뜻이기도 하다. 그러므로 '어제 온 놈이로군', '신참이야'라고 떠들어대는 것 안에는 내가 그들과 똑같은 고통을 맛보지 않으면 안 될 만큼 전락한 것을 유쾌하게 느끼는 것과 함께 도저히 그 고통을 견딜 수 없는 놈이라는 경멸까지 포함되어 있었다. 그들은 남을 자신들과 같은 정도로 끌어내리고 갈채를 보내고 있을 뿐 아니라 일단 끌어내린 사람을 다시 한번 차서 발밑으로 떨어뜨리고, 전락은 같은 정도지만 그 전락에 견디는 힘은 자신들이 더 위라는 자신감을 넌지시 내비치며 만족해하는 것 같았다. 나는 '어제 온 놈'이라는 말을 들을 때마다 징역 사는 사람이 쓰는 것 같은 삿갓으로 얼굴을 반쯤 가린 채 굿길 입구까지 온 것이다. 거기서 하쓰 씨가 다시 조롱을 했기 때문에 나는 약간 부루퉁한 얼굴로 대답했다.

"들어갈 수 있고말고요. 전차까지 다니고 있지 않습니까?"

그러자 하쓰 씨가 말했다.

"뭐, 들어갈 수 있다고? 호기를 부리는군."

여기서 '들어갈 수 없습니다'라고 두 손을 들었다가는 '그것 보라고' 하며 곧바로 깔보고 나올 게 뻔했다. 어떻게 되든 어쩔 수 없는 일이었으므로 그다지 후회도 하지 않았다. 하쓰 씨가 느닷없이 굿길 안으로 뛰어들었다. 나도 따라서 들어갔다. 들어가 보니 생각했던 것보다 급속히 어두워졌다. 어쩐지 발밑이 무서워지기 시작한 데는 질리고 말았다. 밖이라면 비가 내린다고 해도 환한 법이다. 게다가 레일위는 모르겠지만 그 양쪽은 굉장히 질퍽거렸다. 그런데도 하쓰 씨는 화난 사람처럼 빠르게 걸었다. 나도 지지 않겠다는 마음으로 빠르게 걸었다.

"굿길 안에서 얌전히 있지 않으면 스노코에 내던져지니까 조심해야 해."

이렇게 말하며 하쓰 씨는 돌연 어두운 데서 발을 멈췄다. 하쓰 씨의 허리에는 정이 있었다. 3킬로그램짜리 망치가 있었다. 나는 어둠 속에서 몸을 웅크리고 대답했다.

"예."

"좋아, 알았단 말이지? 살아서 나갈 생각이라면 건방지게 굿길 같은 곳엔 들어오지 않는 게 좋아."

이는 하쓰 씨가 등을 보이고 걷기 시작했을 때 반쯤 혼잣말처럼 한 말이었다. 나는 적잖이 놀랐다. 굿길 안은 반향이 강하기에 하쓰 씨의 말이 내 귀에 웅웅 울리며 되돌아왔다. 과연 하쓰 씨가 말한 대로라면 대단한 곳으로 들어온 셈이었다. 실은 죽은 것과 마찬가지인 직업이기에 갱부가 될 생각도 해본 것인데 정말 죽는다면, 정말 이렇게 무서운 일이라면, 스노코에 내던져진다면, ……스코노란 대체 어떤 곳일까, 하는 생각이 들기 시작했다.

"스노코란 어떤 곳입니까?"

"뭐?"

하쓰 씨가 뒤를 돌아보았다.

"스노코란 어떤 곳을 말하는 겁니까?"

"굴이야."

"예?"

"굴. ……광석을 처넣어 한꺼번에 아래로 내려보내는 굴이지. 광석하고 함께 내던져져보라고……"

말을 끊고 다시 성큼성큼 걸어갔다.

63

나는 잠깐 멈춰 서 있었다. 돌아보니 입구가 조그만 달처럼 보였다. 들어올 때는 이게 굿길이라면 하고 생각했다. 이야기를 듣고 상상한 정도까지는 아니라고 생각했다. 그런데 하쓰 씨의 위협을 받고 나자 그렇게 평범하던 터널도 크게 달라 보였다. 징역 사는 사람이 쓰는 것 같은 삿갓을 때리는 차가운 비가 그리워졌다. 그래서 돌아보니 입구가 조그만 달처럼 보였다. 조그만 달처럼 보일 만큼 깊이 들어왔구나 하고 돌아보고 나서야 비로소 깨달았다. 아무리 흐려도 역시 밖이 그리웠다. 시커먼 천장이 위에서 내리누르는 듯하면 아무래도 기분이 나쁜 법이다. 게다가 그 천장이 점점 낮아지는 것처럼 느껴졌다. 그런가 하면 레일을 옆으로 꺾어 오른쪽으로 돌아 들어갔다. 길게 뻗쳐 있는 내리막길이었다. 이제 입구는 보이지 않았다. 돌아봐도 깜깜한 어둠뿐이었다. 조그만 달 같은 속세의 창은 가차 없이 탁 닫혔고, 하쓰 씨와 나는 점점 아래로 내려갔다. 내려가면서 손을 뻗어 벽을 만져보니 비에 젖은 것처럼 축축했다.

"어때, 따라올 수 있겠어?"

하쓰 씨가 물었다.

"예."

얌전히 대답했다.

"조금만 가면 지옥의 3초메[1]가 나올 거야."

이 말이 끝나고 다시 둘 다 입을 다물었다. 그때 앞쪽에서 불빛 한 점이 보였다. 어둠 속 검은 고양이의 한쪽 눈처럼 빛나고 있었다. 칸델라의 불빛이라면 깜박거릴 텐데 미동도 하지 않았다. 거리도 제대로 알 수 없었다. 방향도 똑바로는 아니었지만 아무튼 보였다. 만약 굿길 안이 외길이라면 하쓰 씨도 나도 그 불빛을 향해 나아가는 것임에 틀림없었다. 나는 아무 얘기도 듣지 못했지만 대충 그곳이 지옥의 3초메일 거라고 생각하고 들어갔다. 그러자 드디어 길게 뻗은 내리막길이 끝났다. 길은 평평하게 그쪽으로 돌아 들어갔다. 그 막다른 곳에 예의 그 불이 켜져 있었다. 조금 전에는 눈 아래로 보였지만 지금은 눈과 거의 비슷한 지점까지 왔다. 거리도 가까워졌다.

"드디어 3초메에 도착했다."

하쓰 씨가 이렇게 말했다. 도착하고 보니 굿길은 다다미 네다섯 장 넓이로 펼쳐져 있고 거기에 파출소 정도의 작은 가건물이 있었다. 그리고 그 안에 전등이 켜져 있었다. 양복을 입은 관리 두 사람이 탁자를 사이에 두고 의자에 앉아 있었다. 밖에는 제1경비소라고 적혀 있었다. 이곳이 갱부의 출입이나 노동 시간 등을 체크하는 곳이라는 것은 나중에야 듣고 알았다. 하지만 당시에는 무슨 설비인지 전혀 몰라

---

1 일반적으로 무서운 곳을 비유하여 '지옥의 1초메(一丁目)'라고 하는데 여기서는 그것을 더욱 강조한 것이다. 1초메는 1가(街) 정도의 의미다.

서 예닐곱 명의 갱부가 거무칙칙한 얼굴로 말없이 경비소 앞에 늘어서 있는 것이 의아했다. 이는 시간을 정해놓고 교대하기 위한 것이었다. 나는 허리에 정과 망치를 꽂고 칸델라까지 들고 있었지만 갱부 지원자로서 굿길의 상황을 보러 들어왔을 뿐 아직 견습생으로도 채용되지 않아 기다릴 필요가 없는 모양인지 곧바로 그 경비소 앞을 지나칠수 있었다. 그때 하쓰 씨가 경비소의 유리창 안으로 머리를 넣고 잠깐 관리에게 양해를 구했는데, 관리는 특별히 내 쪽에 시선조차 주지 않았다. 대신 서 있던 갱부들 모두 나를 쳐다봤다. 하지만 관리 앞이라 조심스러워서 그랬는지 말 한마디 건네는 자가 없었다.

경비소를 지나자마자 굿길 안의 상황은 갑작스럽게 변했다. 지금까지는 서서 걸어도, 발돋움을 해도 닿을 것 같지 않던 천장이 갑자기 낮아져 똑바로 걸으면 때때로 머리에 닿을 것 같았다. 6센티미터만 더 낮았다면 바위에 부딪쳐 미간에서 피가 날 것 같았으므로 솔밭을 걷는 것처럼 허리를 곧추 펴고 멋대로 갈 수가 없었다. 무서워서 가급적 고개를 어깨 안으로 움츠린 채 하쓰 씨 뒤에 딱 붙어 갔다. 당연히 칸델라는 조금 전에 이미 켠 상태였다.

64

그런데 1미터 앞에서 하쓰 씨가 갑자기 기는 자세를 취했다. 이런, 미끄러져서 넘어졌나, 하고 뒤에서 부딪칠 뻔한 것을 다리에 힘을 주어 버텼다. 이 정도로 버티지 않으면 내리막길이라 앞으로 고꾸라질 염려가 있었다. 허리 위를 약간 뒤로 젖히듯이 하며 하쓰 씨가 일어나기를 기다리고 있어도 하쓰 씨는 좀처럼 일어나지 않았다. 여전히 기어가고 있었다.

"무슨 일 있습니까?"

뒤에서 물었다. 하쓰 씨는 대답도 하지 않았다. ……어라, 어디 다치기라도 한 게 아닐까, 다시 한번 물어보자…… 그러자 하쓰 씨는 태연하게 걸어가기 시작했다.

"아무 일 없었습니까?"

"기어."

"예?"

"기란 말이야."

하쓰 씨의 목소리는 점점 멀어졌다. 그 목소리에 나는 미심쩍은 생각이 들었다. 아무리 반대쪽을 보고 있더라도 보통 때 같으면 분명히 들려야 할 거리에서 말하는데도 갑작스럽게 목소리가 기어들었다. 목소리가 작은 게 아니었다. 평소의 하쓰 씨 목소리였지만 자루 안에 갇힌 듯이 모호해졌다. 그게 예삿일이 아니라는 것은 알았지만 빛을 비춰 보고서야 그 이유를 알 수 있었다. 지금까지는 아무렇지 않게 걸을 수 있었던 굿길이 그곳에서 갑작스럽게 좁아져 기어야만 지날 수 있었던 것이다. 그 좁은 입구에서 하쓰 씨의 발 두 개가 나와 있었다. 하쓰 씨는 지금 막 몸을 집어넣은 참이었다. 나와 있던 발 하나가 곧 들어갔다. 보고 있는 사이에 또 하나가 들어갔다. 그래서 나도 엎드려 기지 않을 도리가 없을 것 같다고 체념했다. 하쓰 씨가 "기어"라고 말한 것도 결코 무리가 아니어서 가르쳐준 대로 기었다.

그런데 오른손에는 칸델라를 들고 있었다. 왼손 손바닥만 망설이지 않고 얼음 같은 흙인지 바위인지 점토인지 모를 곳에 착 댔을 때는 추위가 위팔을 타고 어깻죽지에서 심장으로 뛰어든 것 같았다. 칸델라를 바닥에 닿지 않게 하려고 하자 오른손이 거의 얼굴에 닿을 것 같아 무척 불편했다. 어떻게 해야 좋을지 몰라 그 자세 그대로 가만히 있었다. 그리고 오른손에 매달려 있는 칸델라를 바라보았다. 그때 천장에서 물방울이 똑똑 떨어졌다. 칸델라의 불이 지지직 하는 소리를 냈다. 그을음이 턱에서 뺨으로 올라왔다. 눈에도 들어갔다. 그래도 그 불을 응시하고 있었다. 그러자 먼 데서 깡깡 하는 소리가 들려왔다.

갱부가 작업을 하고 있음에 틀림없었지만, 얼마나 떨어져 있는지 어떤 방향인지는 전혀 짐작할 수 없었다. 동서남북이 있는 세상의 소리가 아니었다. 어쨌든 나는 그 자세로 두세 걸음 걷기 시작했다. 물

론 불편하기는 했지만 걸을 수 없을 정도는 아니었다. 다만 이따금 물
방울이 떨어져 칸델라가 지직 하고 소리를 내는 것이 마음에 걸렸다.
믿을 것은 칸델라뿐이었다. 그 칸델라가 물방울 때문에 지지직 하고
소리를 내며 꺼질 것 같았다. 그러다가도 다시 밝아졌다. 아, 다행이
다, 하고 안심했을 때 또 물방울이 뚝뚝 떨어졌다. 지지직 소리를 냈
다. 꺼질 것 같았다. 몹시 불안했다. 사실 지금까지도 물방울은 시종
떨어지고 있었을 테지만 불이 허리 아래쪽에 있었으므로 전혀 모르고
있었을 것이다. 불이 귀에 가까워져 지지직 하는 소리가 들리게 된 후
로는 갑자기 신경이 예민해졌다. 그러므로 기어가는 것이 더욱 느려
졌다. 게다가 아직 세 걸음밖에 가지 않았다. 그때 돌연 하쓰 씨의 목
소리가 들렸다.

"이봐, 이제 적당히 나와. 뭘 그렇게 꾸물거리고 있는 거야. ……빨
리 가지 않으면 해가 진단 말이야."

어둠 속에서 하쓰 씨는 확실히 해가 진다고 말했다.

65

　나는 기어가면서 울대뼈의 각도가 날카로워질 정도로 턱을 내밀고 하쓰 씨 쪽을 보았다. 그러자 2미터쯤 건너편에 곰의 굴 같은 것이 있고, 그 굴에서 하쓰 씨의 얼굴, 아니 얼굴 같은 것이 나와 있었다. 내가 너무 시간을 끌어서 하쓰 씨가 쭈그리고 앉아 이쪽을 들여다보고 있었다. 그 2미터를 어떻게 빠져나갔는지 지금은 제대로 기억하고 있지 않다. 아무튼 되도록 빨리 굴까지 가서 고개만 내밀자 하쓰 씨는 이미 얼굴을 거두고 굴 바깥에 서 있었다. 두 발이 내 코앞에 보였다. 나는 아, 기쁘다, 하며 좁은 데서 빠져나왔다.

　"뭘 한 거야?"

　"너무 좁아서요."

　"좁아서 놀랐다면 굿길에는 한 발짝도 들어가지 못해. 아무리 얼뜨기라도 육지 같은 지면이 없다는 것 정도는 알고 있을 거 아냐."

　하쓰 씨는 분명히 굿길 안은 육지 같은 지면이 없는 곳이라고 말했다. 그 사람은 이따금 생각지도 못한 말을 하기 때문에 이번에도 분

명히, 라고 단서를 붙여 그 확실성을 보증해두는 것이다. 뭔가 변명을
할 때마다 하쓰 씨로부터 여지없이 당했기 때문에 나는 대체로 입을
다물고 있었지만 그때는 그만 이렇게 말하고 말았다.

"하지만 칸델라가 꺼질 것 같아 걱정되었거든요."

그러자 하쓰 씨는 내 코앞으로 칸델라를 들이대며 찬찬히 내 얼굴
을 살피기 시작했다. 그리고 명령을 내렸다.

"어디 꺼봐."

"왜요?"

"왜고 뭐고, 어디 한번 꺼보라고."

"불어서요?"

그러자 하쓰 씨가 큰 소리로 웃었다.

나는 깜짝 놀라 희한하다는 표정을 지었다.

"농담이 아니야. 뭐가 들어 있을 것 같아? 종유(種油)¹야. 물방울 정
도로 꺼지지 않는단 말이야."

나는 그 말에 겨우 안심했다.

"안심했어? 하하하하."

하쓰 씨가 다시 웃었다. 하쓰 씨가 웃을 때마다 굿길 안이 온통 울
렸다. 그 울림이 잦아들자 전보다 배는 조용해졌다. 그때 깡깡 하고
어디선가 정과 망치를 사용하는 소리가 들려왔다.

"들리지?"

하쓰 씨가 턱으로 신호를 했다.

"들립니다."

귀를 쫑긋 세우고 있자니 곧바로 재촉해 왔다.

---

1 씨앗에서 짜낸 기름. 특히 유채의 씨앗에서 짜낸 기름을 이른다.

"자, 가자. 이번에는 뒤처지지 말고 잘 따라와."

하쓰 씨는 꽤 기분이 좋아 보였다. 그것은 내가 무조건적으로 하쓰 씨에게 당하고 있는 탓이라고 생각했다. 아무리 호되게 꾸지람을 받는다 하더라도 하쓰 씨의 기분이 좋을 때는 그래도 괜찮았다. 이렇게 되면 득이 되는 일이 곧 괜찮다는 의미가 된다. 나는 그렇게까지 전락하여 염치없이 하쓰 씨의 엉덩이 냄새를 맡으며 따라갔더니 길이 왼쪽으로 꺾어지고 다시 험한 내리막길이 되었다.

"이봐, 내려간다."

하쓰 씨가 뒤도 돌아보지 않고 말했다. 그때 나는 왠지 모르게 도쿄의 인력거꾼을 떠올리고[2] 힘든 가운데서도 우습다고 생각했다. 하쓰 씨는 그런 줄도 모르고 내려가기 시작했다. 나도 지지 않고 내려갔다. 길은 지면을 깎아 계단처럼 만들어져 있었다. 약 8미터 간격으로 꺾여 있지만, 계산해보니 아타고사마(愛宕樣)[3]의 높이쯤 될 것 같았다. 열심히 함께 내려갔다. 다 내려가서 휴우 하고 숨을 내쉬자 어쩐 일인지 그 숨이 고통스러웠다. 깊숙한 굿길 안이라서 공기의 흐름이 좋지 않기 때문이라고만 생각했다. 사실 그때 이미 몸에 느껴졌던 것이다. 그렇게 힘들게 호흡하며 4, 50미터쯤 가자 다시 상황이 변했다.

2 당시 도쿄의 인력거꾼이 내리막길에 당도했을 때 손님의 몸이 앞으로 고꾸라지지 않도록 "자, 내려갑니다"라고 미리 알려주던 말을 떠올렸을 것이다.

3 도쿄의 아타고야마(愛宕山)에 있는 아타고 신사를 말한다. 신사로 오르는 급한 돌계단이 유명하다.

66

이번에는 하쓰 씨가 몸을 뒤로 젖혀 위를 향한 채 손을 짚으며 허리부터 들어갔다. 허리부터 들어가는 기술이 없으면 지나지 못할 정도로 굿길 안의 폭이 좁고 높이도 낮아졌던 것이다.

"이렇게 빠져나가는 거야. 잘 봐두라고."

하쓰 씨가 이렇게 말했나 싶었는데 몸통도 머리도 줄줄 빠져나가 보이지 않게 되었다. 역시 숙련된 기술은 대단한 것이라 생각하면서 나도 일단 발만 앞으로 내밀고 짚신으로 슬쩍 더듬어보았다. 그런데 완전히 허공에 떠 있는 것 같고 발을 놓을 만한 데가 전혀 없었다. 잘은 모르겠으나 굴 저쪽은 푹 꺼진 곳이거나 아니면 상당히 경사가 급한 내리막일 것 같았다. 그러므로 머리부터 먼저 넣으면 앞으로 고꾸라져 다치기만 할 뿐이고 또 발을 함부로 내밀면 앞으로 넘어지기 십상이었다. 그래서 다리를 막대기처럼 앞으로 뻗은 다음 손은 뒤쪽을 짚었다. 그런데 그 동작이 아주 잘못되었는지 손을 짚자마자 엉덩방아를 찧고 말았다. 털썩 하는 소리가 났다. 아테시코를 타고 둔부에

약한 느낌이 전해졌다. 그만큼 강하게 엉덩방아를 찧은 것 같았다. 나는 아뿔싸 하고 생각하면서도 곧장 두 발을 앞으로 내밀었다. 스르르 하고 30센티미터쯤 축 늘어뜨렸지만 아직 아무 데도 닿지 않았다. 하는 수 없이 이번에는 손을 앞으로 옮기며 허리를 밀어내듯이 발을 뻗었다. 그러자 허벅지 부근까지 미끄러져 내려 짚신 바닥이 가까스로 딱딱한 것에 닿았다. 나는 확인하기 위해 딱딱한 것을 발바닥으로 탁탁 밟아보았다. 괜찮다면 손을 떼고 그 딱딱한 것 위에 내려설 요량이었다.

"왜 발만 동동거리는 거야? 괜찮으니까 힘을 꽉 주고 내려서. 그렇게 패기가 없어서야 어디."

아래에서 하쓰 씨의 목소리가 들렸다. 야단을 맞음과 동시에 내 몸의 위쪽은 굴을 빠져나가 똑바로 섰다.

"꼭 지우산 요괴 같군그래."

하쓰 씨가 내 얼굴을 보고 이렇게 말했다. 나는 지우산 요괴가 뭘 말하는 건지 몰라 특별히 웃을 기분도 들지 않았다.

"그렇습니까?"

그래서 그저 이렇게 진지하게 말했다. 묘하게도 그 대답이 재미있었던 모양인지 하쓰 씨가 다시 큰 소리로 웃었다. 그리고 그때부터 태도가 바뀌어 전보다는 다소 친절해졌다. 우연한 일이 어느 순간 다른 사람의 마음에 들게 될지도 모르는 일이다. 오히려 마음에 들어야겠다는 생각에서 하는 일은 대체로 소용없는 것 같다. 꾸미지 않고 자연스럽게 나오는 말을 능가하는 아첨꾼을 아직 본 적이 없다. 나도 무엇보다 자신을 보호하겠다는 마음에서 그 후 이런저런 사람의 비위를 맞추려고 해봤지만 아무래도 좋은 결과가 나오지 않았다. 상대가 아무리 바보라도 언젠가 들통 나기 때문에 무서운 것이다. 준비해둔 대답 중에서 그 지우산 요괴에 대한 대답만큼 성공한 경우는 거의 없었다. 애를 써서 실패하는 것은 어리석은 일이라는 걸 깨달은 후로는 숙명론자의 입장에서 교제하고 있다. 다만 곤란한 것은 연설과 글이다. 그것은 애써 준비하지 않으면 실패한다. 또 아무리 애를 써도 실패한다. 결국은 같은 일이지만, 애를 쓴 실패는 사람들 마음에 들지 않아도 자신의 약점이 드러나지 않기 때문에 아무튼 준비를 하고 나서 하기로 하고 있다. 언젠가는 하쓰 씨의 마음에 드는 연설을 한다거나 글을 써보고 싶기는 하지만, ……아무래도 무시당할 것 같아 아직도 하지 않고 있다. ……여기서는 쓸데없는 일이므로 이 정도로 해두고 다시 하쓰 씨 이야기를 계속하기로 하겠다.

그때 하쓰 씨가 아래에서 나를 보고 웃으면서 말했다.

"이봐, 그렇게 심각한 체하지 말고 빨리 내려와. 해가 짧으니까."

굿길 안에서 칸델라에 불을 붙인 하쓰 씨는 분명히 해가 짧다고 말했다.

67

    내가 흙으로 된 계단을 2, 3미터 내려가 하쓰 씨가 서 있는 곳까지 가자 그는 오른쪽으로 꺾었다. 다시 계단이 8미터쯤 이어져 있었다. 그 계단을 다 내려가자 이번에는 왼쪽으로 꺾었다. 그러자 다시 계단이 나왔다. 오른쪽으로 꺾기도 하고 왼쪽으로 꺾기도 하며 번개를 그리듯 지그재그로 걸었다. ⋯⋯대체 몇 백 미터나 내려갔는지 알 수 없었다. 처음 가본 길이기도 하고, 특히 캄캄한 굴속이라 내게는 굉장히 길게 느껴졌다. 드디어 계단을 다 내려가 세상과의 인연이 상당히 멀어졌다고 생각했더니 갑자기 다다미 대여섯 장 크기의 방이 나왔다.

    방이라고 해도 갱을 잘라 넓게 한 것으로 위아래가 점차 좁아지고 가운데가 불룩해서 마치 술독에라도 빠진 꼴이었다. 나중에 안 것이지만, 그곳을 작업장이라고 했다. 기사의 감정으로 광맥이 있다고 판단되면 그곳을 파서 넓히고 작업장으로 삼는 것이다. 그러므로 당연히 통로보다 넓은 것인데, 그 작업장을 갱부 세 명이 한 조를 이루어 청부를 받아 일한다. 2주일로 어림잡은 작업이 나흘에 끝나는 경우도 있고 기껏해야 닷새면 끝날 거라고 예상한 일이 보름 이상이나 걸리는 경우도 있다. 그러므로 굿길 안에 길이 생기고 길옆에서 구리 광맥이 발견되면 그곳만을 죽어라고 파기 때문에 전차가 지나는 굿길 입구야말로 평평하기도 하고 또 외길이기도 하지만 아래로 꺾어져 제1경비소 부근에서부터는 오른쪽으로도 왼쪽으로도 샛길이 생겨나고 곳곳에 작업장이 생긴다.

그 작업장을 닫으면 다시 구리 광맥을 찾아서 파나가기 때문에 굿길 안은 좁은 길투성이고 또 어두운 갱투성이다. 마치 개미가 땅속을 종횡으로 뚫고 가는 것과 같을 것이다. 또는 좀이 책을 갉아먹는 것에 비유해도 별 지장이 없을 것이다. 즉 인간이 땅속에서 구리를 먹고 다 먹으면 또 구리를 찾아내 먹으러 가기 때문에 수많은 길이 마구 생겨났던 것이다. 그러므로 아무리 굿길 안을 지나도 그저 지나기만 할 뿐 작업장으로 가지 않으면 갱부를 만날 수 없다. 깡깡 하는 소리는 들리지만 그 소리만으로는 무척 쓸쓸하다. 나는 하쓰 씨를 따라 굿길로 들어가기는 했지만, 그저 굿길의 모습을 보는 것이 첫 번째 목적이었기 때문인지 길을 돌아 작업장에는 들르지 않은 모양으로 갱부가 일하는 모습은 그 계단 아래로 내려가서야 볼 수 있었다. ……번개를 그리듯 지그재그로 계단을 내려갈 때는 자꾸 내려가기만 했고 아무리 내려가도 끝나지 않을 뿐 아니라 개미 새끼 하나 보이지 않아 무척 불안했다. 그러다 처음으로 작업장에 가서 사람을 만나니 아주 기뻤다.

들여다보니 통나무 위에 걸터앉아 있었다. 모두 세 명이었다. 통나무는 요쓰야 통나무[1]로, 레일의 침목쯤 되는 것이라 상당히 무거웠다.

---

[1] 에도 시대부터 다이쇼 시대까지 다카이도마치(高井戸町)를 중심으로 생산되던 삼나무 통나무로, 껍질을 벗기고 상어 가죽으로 닦아낸 것.

어떻게 거기까지 가져왔는지 도저히 상상이 가지 않았다. 조금 넓어
지면 천장이 무너지는 것을 막기 위한 버팀목으로 쓰기 위해, 갱내의
목수에 해당하는 시추가 그것이 필요한 작업장에 놓고 가는 것이라고
했다. 그 위에 두 사람이 걸터앉았고 나머지 한 사람은 통나무를 향해
쭈그리고 앉아 있었다. 그리고 세 사람 사이에는 조그만 나무 종지가
있었다. 엎어져 있었다. 한 사람이 그 종지를 위에서 누르고 있었다.
세 사람이 묘한 소리로 외치기 시작했다. 누르고 있던 종지를 순식간
에 들어올렸다. 그 아래에서 주사위가 나왔다. ……그때 나와 하쓰 씨
가 들어간 것이다.

세 사람은 다 같이 눈을 들어 나와 하쓰 씨를 쳐다봤다. 칸델라가
흙벽에 꽂혀 있었다. 침침한 불빛이 날카롭게 빛나는 세 사람의 안구
를 비추었다. 빛난 것은 실제로 안구뿐이었다. 갱은 원래부터 어두웠
다. 환하지 않으면 안 되는 불빛도 침침했다. 거무칙칙하게 타오르며
연기를 뿜어내는 곳은 탁한 액체가 움직이고 있는 것처럼 보였다. 탁
한 곳의 끝이 시커멓게 되어 연기로 변하자마자 그 연기가 어두운 것
안으로 빨려 들어갔다. 그러므로 갱내가 희미하게 흐려 보였다. 그리
고 움직이고 있었다.

68

칸델라는 세 사람의 머리 위에 꽂혀 있었다. 그러므로 세 사람 가운데 비교적 확실히 보인 것은 머리뿐이었다. 그런데 세 사람 모두 머리가 까맸기 때문에 결국 보이지 않는 것이나 마찬가지였다. 게다가 세 사람 다 한데 모여 있었으므로 더욱 이상했는데, 내가 들어가자마자세 사람의 머리가 순식간에 떨어졌다. 그 틈으로 종지가 보였고, 종지 아래로 주사위가 보였던 것이다. 잘 모르는 얼굴들이었다. 한 남자는 광대뼈 한 군데와 콧방울 한구석만 불빛이 비쳤다. 다음 남자는 이마와 눈썹 절반에 빛을 받고 있었다. 나머지 한 사람은 전체가 흐릿했다. 단지 내가 갖고 있던 칸델라를 1.2미터에서 1.5미터 앞에서 정면으로 받고 있었을 뿐이다. ……세 사람은 그 자세로 날카롭게 응시했다. 내 쪽을.

가까스로 사람을 만나 아, 기쁘다, 하고 생각한 나는 그 세 쌍의 눈동자를 보자마자 무심코 뚝 멈춰 섰다.

"너는……"

한 사람이 이렇게 말하려다가 말을 끊었다. 나머지 두 사람은 아직 입을 열지 않았다. 나도 멈춰 선 채 대답하지 않았다. ……대답할 수 없었다.

그러자 하쓰 씨가 기세 좋게 대답해주었다.

"신참이야."

사실을 고백하자면 세 사람의 눈동자가 빛나며 "너는……" 하고 물었을 때는 하쓰 씨 옆에 있다는 것도 잊고 그저 이런, 하고 생각했다. 그 자리에 못 박힌다는 것은 이런 때를 두고 하는 말일 것이다. 그 자리에 못 박힌 채 몸이 딱딱하게 굳어질 때 "신참이야" 하는 목소리가 들렸다. 그 목소리가 내 왼쪽 귀 바로 뒤에서 나와 건너편으로 빠져나갔을 때야 아참, 하쓰 씨가 있었지, 하는 생각이 떠올랐다. 그 때문에 굳어지기 시작하던 손발도 원래대로 돌아갔다. 나는 한 발 옆으로 물러나 있었다. 하쓰 씨를 앞으로 나오게 할 생각이었다. 내 의도대로 하쓰 씨가 앞으로 나왔다.

"여전히 벌이고 있구먼."

하쓰 씨는 칸델라를 든 채 위에서 세 사람의 한가운데에 나뒹굴고 있는 종지와 주사위를 내려다보았다.

"어때, 들어오겠나?"

"아니, 그만두겠네. 오늘은 안내해야 하니까."

하쓰 씨는 끼지 않았다. 곧 요쓰야 통나무 위에 어이차 하고 걸터앉았다.

"좀 쉬었다 갈까?"

하쓰 씨는 이렇게 말하며 내 쪽을 봤다. 그 자리에 못 박힐 만큼 무서웠던 나는 갑자기 기쁜 마음에 힘이 솟았다. 하쓰 씨 옆에 앉았다.

그제야 비로소 아테시코의 효과를 알았다. 좋은 느낌으로 엉덩이가 없혔고 그 부분에 부드러운 느낌이 전해졌다. 또한 차갑지 않아서 좋았다. 사실 조금 전부터 눈이 좀 부셨다. ……부신 건지 부시지 않은 건지 갱내에서는 잘 알 수 없었지만, 아무튼 좋은 기분은 아니었다. 그런데 이렇게 엉덩이를 붙이고 앉으니 아주 편했다. 네 명이서 여러 가지 이야기를 나눴다.

"히로모토(廣本)에 새로운 색시가 왔는데 알고 있나?"

"응, 알고 있네."

"아직 안 갔나?"

"안 갔네, 자넨?"

"나 말인가, 난…… 하하하하."

이렇게 웃은 사람은 내가 들어왔을 때 얼굴 전체가 흐릿하게 보였던 사내였다. 지금도 흐릿하게 보였다. 그 증거로 그는 웃어도 웃지 않아도 얼굴 윤곽이 거의 같았다.

"발 한번 빠르군."

하쓰 씨도 약간 웃었다.

"굿길에 들어오면 언제 죽을지 모르니까 말이야. 누구나 그렇지 않나?"

한 사람이 이렇게 대답했다. 그때 또 한 사람이 말했다.

"서로 죽지 않을 때의 일이지."

그 어조에는 묘하게 영탄의 뜻이 담겨 있었다. 나는 너무 갑작스럽다고 생각했다.

69

그러고 있을 때 잠깐 사이를 두고 옆에 있던 사내가 불쑥 내게 말을
걸었다.

"넌 어디서 온 거냐?"

"도쿄입니다."

"여기 와서 돈을 벌려고 해봐야 소용없어."

다른 사람이 곧장 이렇게 말했다. 나는 조조 씨를 만나자마자 여러
차례나 돈을 벌 수 있다는 말을 듣고 놀랐지만, 한바에 오자마자 이번
에는 반대로 돈을 벌 수 없다고 연달아 타박을 해댔기 때문에 아주 난
감했다. 그러나 땅속에서는 설마 그런 말이 나오지 않겠지 하고 여기
까지 내려왔는데 사람을 만나자마자 바로 돈을 벌 수 없다는 말을 거
듭 들어야 했다. 너무 어이가 없어서 어떻게든 대답을 할까 하는 생각
도 해봤지만 섣불리 말했다가는 붙잡히기만 할 것 같아서 그만두기로
했다. 그렇다고 아무 대답도 하지 않으면 또 윽박지르고 나올 것이다.
그래서 이렇게 말했다.

"왜 돈을 못 버는 건데요?"

"이 구리 광산에는 신이 있어. 아무리 돈을 모아서 나가려고 해도 소용없지. 돈은 반드시 이곳으로 돌아오거든."

"무슨 신입니까?"

이렇게 물어봤다.

"달마(達磨)[1]야."

이렇게 말하며 네 사람 다 재미있다는 듯이 웃었다. 나는 잠자코 있었다. 그러자 네 사람은 나를 제쳐두고 열심히 달마 이야기를 시작했다. 한 10분쯤 계속되었을 것이다. 그사이에 나는 다른 것을 생각하고 있었다. 이런저런 일을 생각하다가 가장 심각하게 생각한 것은 내가 이런 흙투성이 옷을 입고 깜깜한 갱내에 쭈그리고 있는 것을 쓰야코 씨나 스미에 씨가 본다면 어떻게 생각할까 하는 문제였다. 가여워할까, 울까, 아니면 한심하다며 정나미가 떨어진다고 할까 하고 생각했다. 가여워하며 울 것임에 틀림없다는 결론을 어렵지 않게 내릴 수 있었다. 그래서 한 번만이라도 그 모습을 두 사람에게 보여주고 싶다는 마음이 들었다. 그리고 어젯밤 이로리 옆에서 실컷 무시당한 일을 떠올리고 그 모습을 두 사람에게 보여주었다면 하고 생각했다.

그러다 이번에는 정반대로 두 사람 다 옆에 있지 않아서 다행이라고 생각했다. 만약 봤다면 하고 상상하며 눈앞에 패기 없고 심하게 괴롭힘을 당하는 내 모습과 두 명의 하이칼라[2] 여성을 그려봤더니 너무나도 창피해서 겨드랑이에서 땀이 날 것 같았다. 그걸로 보면 갱부로

---

1 여기서는 매춘부를 의미한다. 매춘부가 달마 인형(오뚝이)처럼 자빠졌다가 곧장 일어나는 데서 나온 신소리다. 일반적으로 달마라고 하면 달마대사 외에 오뚝이처럼 손발 없이 둥글게 만든 달마대사 인형(행운을 비는 물건)을 말하는데 속되게는 매춘부라는 뜻도 있다.

전락했다는 사실 자체는 그다지 마음에 걸리지 않았을 뿐 아니라 조금은 자랑스럽기까지 했으나 다만 이제 막 갱부가 되어 말발이 서지 않는 점만은 여자에게 보여주고 싶지 않았던 것이다. 체면을 잃은 모습은 누구에게나 숨기고 싶지만 특히 여자에게는 숨기고 싶다. 여자는 나에게 의지할 만큼 약한 존재로, 나를 의지해오는 만큼 나는 어디까지나 역량이 있는 남자라는 증거를 보여주고 싶은 것이다.

결혼 전의 남자는 특히 그런 마음이 강한 것 같다. 인간은 아무리 궁할 때라도 때로는 꾸며 보이는 법이다. 내가 아테시코를 엉덩이에 깔고 깊숙한 갱내에서 칸델라를 든 채 쉬고 있을 때 생각한 것은 완전히 연극 같은 것이었다. 어떤 의미에서 보자면 그것은 고통의 휴식이다. 공공연한 휴식이라고도 할 수 있는 연극은 전적으로 여기에서 발전한 것이라고 생각한다. 나는 발전하지 않은 연극의 주인공을 마음속으로 연기하고 낙담하면서 자랑스러워하고 있었다.

그때 돌연 폐를 꿰뚫고 지나갔다고 여길 만큼 큰 소리가 들렸다. 그 소리가 내 발밑에서 난 것인지 머리 위에서 난 것인지, 아니면 엉덩이를 걸친 통나무와 시커먼 천장까지 한꺼번에 펄쩍 뛰어올랐기 때문인지 알 수 없었다. 내 목과 손발이 한꺼번에 움직였다. 툇마루에 정강이를 늘어뜨리고 무릎을 탁 치면 무릎 아래가 휙 튀어 오르는 경우가 있다. 그때 내 몸의 움직임이 바로 그것과 비슷했다. 하지만 그것보다

2 문명개화의 시대인 메이지 시대에 유행한 말이다. 서양에서 귀국한 사람 또는 서양풍의 문화를 좋아하는 사람이 주로 옷깃(high collar)을 높이 세운 셔츠를 입은 데서 유래한 말이다. 서양물이 들었다는 의미의 속어로 탄생했다가 나중에는 일반적으로 널리 사용하는 말이 되었다. 서양물이 들거나 유행을 좇으며 새로운 것을 좋아하는 것 또는 그런 사람이나 모습, 요컨대 서양식의 머리 모양이나 복장, 사고방식을 의미했다가 나중에는 새롭고 세련된 것이라는 일반적인 의미로도 쓰였다.

는 배 이상으로 격렬한 느낌이 들었다. 몸뿐만이 아니라 정신까지 그랬다. 상대 없이 한창 혼자 설치고 있다가 공중제비를 돌고는 금세 정신을 차렸다. 소리는 아직 계속되고 있었다. 낙뢰를 흙 속에 묻어 자유로운 울림을 속박한 것처럼 주저하고 초조해하고 음울해하고 막히고 바위에 부딪히고 싸이고 심하게 부딪치고 뒤집히고 출구를 잃고 큰 소리로 울부짖고 있었다.

70

"놀라면 쓰나."

하쓰 씨가 말했다. 그리고 일어섰다. 나도 일어섰다. 세 갱부도 일어
섰다.

"얼마 안 남았어. 해치우자고."

그들은 이렇게 말하며 정을 집어 들었다. 하쓰 씨와 나는 작업장을
나왔다. 그때 연기가 닥쳐왔다. 화약 냄새가 눈, 코, 입으로 들어왔다.
숨이 막힐 듯 고통스러워 뒤로 고개를 돌렸더니 작업장에서는 캉캉
하고 벌써 일을 시작하고 있었다.

"뭔가요?"

고통스러운 가운데도 하쓰 씨에게 물어봤다. 사실 조금 전의 소리
가 귀를 때렸을 때 이거 갱내에서 엄청난 폭발이 일어난 게 틀림없으
므로 대피하지 않으면 목숨이 위험하다는 생각까지 했는데 하쓰 씨는
점점 더 깊숙이 들어갈 태세였다. 그러므로 어쩐지 무서운 느낌이 들
었지만 어쨌든 자유롭게 행동할 처지가 아니고 물론 정신도 독립적인

기상을 갖추고 있지 못했으므로, 아무리 선배라도 도망쳐야 할 때는 도망칠 거라 생각하여 안심하고 뒤를 따라갔더니 저쪽에서 숨이 막힐 것 같은 연기가 몰려온 것이다. 이거 함부로 깊이 들어갈 수는 없겠다 싶어 뒤를 돌아보자마자 조금 전의 갱부들이 이미 연기 속에서 깡깡 하고 광석을 깨는 소리가 들려왔고, 그럼 역시 안심해도 되는 건가 하고 의심스러운 나머지 그렇게 물어봤던 것이다. 그러자 하쓰 씨는 연기 속에서 두세 번 기침을 하며 가르쳐주었다.

"놀라지 않아도 돼. 다이너마이트야."

"괜찮은 건가요?"

"괜찮지 않을지도 모르지만 굿길에 들어선 이상 어쩔 수 없지. 다이너마이트가 무서우면 굿길에는 하루도 들어올 수 없을 테니까."

나는 입을 다물었다. 하쓰 씨는 연기를 헤치며 척척 빠져나갔다. 그 역시 괴롭지 않은 건 아닐 테지만 일단 신참인 나에게 기세를 보이기 위해서가 아닐까 생각했다. 아니면 연기는 갱에서 갱으로 빠져나가고, 육지에서라면 대체로 맑아졌을 시간인데도 길이 어두워 언제까지고 연기가 들어차 있는 것처럼 느껴져 숨이 막힌다고 느끼는 것인지도 몰랐다. 그렇다면 내가 잘못한 셈이다.

아무튼 고통스러운 것을 참고 따라갔다. 또 사람이 겨우 빠져나갈 만큼 좁은 굴을 빠져나가 6, 7미터씩 되는 계단을 오른쪽으로, 왼쪽으로 꺾어 다 내려가자 길이 두 갈래로 갈라졌다. 그 샛길의 막다른 곳에서 댕그랑댕그랑하는 소리가 들렸다. 깊은 우물에 돌멩이를 던졌을 때와 비슷한 소리였지만 보통의 우물보다 훨씬 깊은 것 같았다. 왜냐하면 떨어지는 동안 벽에 부딪히며 나는 소리가 아주 맑고 깨끗했을 뿐 아니라 상당히 길게 이어졌기 때문이다. 마지막에 댕그랑하고 울리는 소리는 깊은 바닥에서 나왔고, 다 나올 때까지는 상당한 시간이 걸렸다. 하지만 외줄기 길을 똑바로 위로 빠져나올 뿐 달리 빠져나갈 길이 없기 때문에 아무리 시간을 잡아먹는다고 해도 반드시 나왔다. 도중에 소리가 사라질 것 같으면 벽의 반향이 거들어 바닥에서 나온 그만큼의 소리가 아무리 어렴풋이 멀다고 해도 새지 않고 위까지 올라왔다. ……대충 이런 소리였다. 댕그랑댕그랑. 댕그랑댕그랑……

하쓰 씨가 멈췄다.

"들려?"

"들립니다."

"스노코에 광석을 떨어뜨리는 거야."

"아, 예……"

"이왕 왔으니까 스노코를 보여주지."

갑자기 생각난 것처럼 이렇게 말한 하쓰 씨는 기세 좋게 한 발을 뒤로 물리고 짚신의 뒤축을 돌렸다. 내가 귀에 정신이 팔려 대답을 하기도 전에 하쓰 씨는 오른쪽으로 꺾었다. 나도 뒤따라 어둠 속으로 들어갔다.

71

꺾어져 들어간 길은 불과 1미터쯤 가면 끝났다. 거기서 다시 오른쪽으로 돌아가자 2미터도 못 미쳐 앞이 갑자기 희미하게 밝았고 가로세로로 넓혀 있었다. 그 안에 거무스름한 그림자 두 개가 있었다. 우리가 그 옆까지 다가가자 거무스름한 그림자 하나가 왼발과 함께 힘껏 앞으로 내민 힘을 뒤로 빼면서 커다란 키를 비스듬히 던졌다. 키는 발판 위에 떨어졌다. 댕그랑, 댕그랑 하는 소리가 멀어져갔다. 30센티미터 앞에 커다란 굴이 있었다. 넓이는 다다미 두 장 크기쯤 되었을 것이다. 호리코가 키에 담긴 광석 조각들을 스노코에 던져 넣는 참이었다. 막다른 벽은 우뚝 서 있었다. 희미한 칸델라 불빛을 받아 색조차 분명히 알 수 없는 위쪽은 온통 젖어 있어 그 부분만 반짝반짝 빛나고 있었다.

"들여다봐."

하쓰 씨가 말했다. 굴 앞에는 판자가 1미터쯤 깔려 있었다. 나는 판자의 3분의 1 지점까지 나아갔다.

"좀 더 가봐."

하쓰 씨가 뒤에서 재촉했다. 나는 주저했다. 거기만 해도 발판이 빠지면 어디까지 떨어질지 알 수 없었다. 30센티미터쯤 앞으로 더 나아간다면 만일의 경우 뛰어서 지면으로 물러나야 할 때는 그만큼 늦어질 것이다. 30센티미터는 아무것도 아닌 것 같지만 여기서는 거의 평지의 20미터에 해당한다. 나는 아무래도 망설이지 않을 수 없었다.

"더 가봐. 되게 쪼잔한 놈이군. 그래서야 호리코 일을 할 수 있겠어?"

이건 하쓰 씨의 목소리가 아니었다. 거무스름한 그림자 하나가 말했을 것이다. 나는 돌아보지 않았다. 하지만 여전히 발은 앞으로 내밀지 않았다. 그저 시선만 물기로 빛나는 건너편의 침침한 벽을 따라 아래로 점차 내리자 2미터 정도는 그럭저럭 보였지만 그 아래는 아주 깜깜했다. 아주 깜깜해서 시선이 어디까지 닿았는지 알 수 없었다. 그저 깊다고 생각하면 한없이 깊을 따름이었다. 떨어지면 큰일이라고 신경을 쓰고 있자니 누가 뒤에서 등을 미는 것 같았다. 발은 여전히 원래의 자리를 지키고 있었다.

"이봐, 방해하지 말고 좀 비켜."

누가 이렇게 말해서 돌아보자 한 호리코가 묵직한 가마니를 안고서 있었다. 가마니 크기는 쌀가마니의 절반밖에 되지 않았다. 그러나 양손으로 밑바닥을 받치고 얼마간 허리로 버티면서 몹시 힘을 주고 있는 것으로 보아 상당히 무거운 것 같았다. 나는 그것을 보고 얼른 옆으로 비켰다. 그리고 비교적 안전한, 판자가 부러져도 별 어려움 없이 지면으로 뛰어내릴 수 있을 만한 거리까지 물러났다. 호리코는 가마니 때문에 눈앞이 막혀 있어 필시 위험할 거라고 생각했으나 뜻밖에도 묵직한 발을 가차 없이 뻗으며 앞으로 나아갔다. 가장자리의 60센티미터 앞까지 나아가 발을 모았으므로 거기서 멈추겠거니 하며 보고 있자니 더 나아갔다. 남은 거리는 30센티미터밖에 되지 않았다. 그 30센티미터에서 다시 15센티미터쯤 더 나아갔다. 그리고 좌우의 다리를 나란히 했다. 끙 하는 소리를 냈다. 가슴과 허리가 동시에 앞으로 나아갔다. 위험했다. 앞으로 고꾸라졌다고 생각한 순간 묵직한 가마니가 공중제비를 하더니 호리코의 손을 떠났다. 호리코는 원래의 자리에 버티고 서 있었다. 떨어진 가마니는 잠깐 아무 소리도 내지 않았다. 그런가 싶더니 멀리서 털썩 하는 소리가 들렸다. 가마니가 바닥에 떨어진 모양이었다.

"어때, 저렇게 할 수 있겠어?"

하쓰 씨가 물었다.

"글쎄요."

나는 고개를 갸웃하며 송구스러워했다. 그때 하쓰 씨가 이런 이야기를 들려주었다.

"뭘 하든 배울 필요가 있는 법이야. 해보기 전에는 만만한 게 없거든. 네가 호리코가 된다고 해도 무섭다며 바로 눈앞에 던진다고 해보라고. 다 판자 위에 떨어지고 정작 굴에는 하나도 안 들어가겠지. 그리고 광석의 무게에 끌려가니까 오히려 위험하지. 저렇게 힘껏 가슴으로 밀어내지 않으면 말이야……"

이렇게 말하는데 다른 사내가 끼어들었다.

"두세 번 스노코에 떨어져보기 전에는 모르지. 하하하하."

72

원래의 길로 되돌아와 50미터쯤 가자 호리코는 오른쪽으로 꺾었다. 하쓰 씨와 나는 똑바로 내리막길을 내려갔다. 다 내려가 8, 9미터쯤 평평한 길을 가로지르듯 막다른 곳에 이르러 하쓰 씨가 걸음을 멈췄다.

"이봐, 더 내려갈 수 있겠어?"

실은 상당히 전부터 더는 내려갈 수 없는 상태였다. 하지만 중도에 두 손을 들고 만다면 퇴짜를 당할 게 뻔했으므로 참고 또 참으며 여기까지 온 것이다. 하지만 내심 머지않아 밑바닥에 도착하겠지, 라는 정도의 예상은 하고 있었다. 그런데 상대가 발길을 뚝 멈추고 일단락 지은 다음 더 내려갈 생각이 있느냐고 정식으로 물은 걸로 봐서 아직 내려가야 할 길이 1, 2백 미터는 결코 아니라는 이야기가 된다. ……어둡긴 했으나 나는 하쓰 씨의 얼굴을 보며 생각했다. 실례를 무릅쓸까 하고 생각했다. 이런 때의 거취는 전적으로 상대의 의향에 따라 결정된다. 아무리 어리석거나 영리하다고 해도 마찬가지다. 그러므로 내

가슴에 묻기보다는 하쓰 씨의 안색을 살펴 판단하는 것이 더 빠른 방법이다. 즉 내 성격보다는 주위의 사정이 운명을 결정하는 경우인 것이다. 성격이 수준 이하로 하락하는 경우다. 평생 쌓아왔다고 자신하는 성격이 엉망진창으로 무너지는 경우 중에서도 가장 두드러진 예다. ……내 무성격론은 여기서 나온 것이기도 하다.

이미 말한 대로 나는 하쓰 씨의 얼굴을 살폈다. 그러자 내려가지 않겠느냐는 친밀한 애정도, 내려가는 게 너에게 도움이 될 거라는 충고의 뜻도 보이지 않았다. 반드시 내려가보라는 위협도 드러나지 않았다. 물론 내려가려고 안달하는 기색도 없었다. 그저 내려갈 수 없을 거라는 모욕의 기색만 있었다. 그건 아무래도 좋았다. 하지만 그런 기색의 이면에는 퇴짜라는 절실한 문제가 숨어 있다. 그 경우 퇴짜를 당하는 것은 명예나 품성을 잃는 것보다 큰 사건이다. 나는 질식하는 한이 있더라도 내려가지 않으면 안 되었다.

"내려가죠."

과감하게 말했다. 하쓰 씨는 뜻밖이라는 표정이었다.

"그럼 내려가지. 그 대신 좀 위험할 거야."

하쓰 씨는 이렇게 말하며 동의의 뜻을 표했다. 물론 위험할 것이다. 90도 각도로 깎아지른 병풍 같은 굴을 똑바로 내려가는 것이므로 원숭이나 할 수 있는 일이었다. 사다리가 걸쳐져 있었다. 경사고 뭐고 없었다. 내려다보니 이쪽 벽에 딱 붙여 봉을 공중에 늘어뜨려놓은 것 같았으나 그 끝이 잘 보이지 않았다. 어디까지 이어져 있는지 어디에 묶여 있는지 전혀 알 수 없었다.

"그럼 내가 먼저 내려갈 테니까, 조심해서 내려와."

하쓰 씨가 말했다. 그가 이렇게 공손하게 말할 줄은 상상도 하지 못했다. 아마 얌전히 "내려가죠"라고 대답했기에 얼마간 연민의 감정이 일었을 것이다. 이윽고 하쓰 씨는 몸을 뒤로 빙 돌리더니 정식으로 굴 쪽으로 엉덩이를 향했다. 그리고 몸을 웅크렸다. 그런가 싶더니 발부터 점점 내려갔다. 결국에는 얼굴만 남았다. 곧 얼굴마저 사라졌다. 얼굴이 나와 있는 동안에는 그나마 안심하고 있었지만, 검은 머리가 끝까지 굴속으로 쑥 들어갔을 때는 별수 없이 걱정되기도 하고 불안하기도 해서 가만히 있을 수 없었으므로 발돋움을 해서 위에서 내려다보았다. 하쓰 씨는 내려갔다. 검은 머리와 칸델라의 불빛만 보였다. 그때 나는 어쩐지 무서운 가운데서도 이렇게 생각했다. 하쓰 씨의 모습이 보일 때 내려가지 않으면 내려가지 못할지도 모른다. 체면을 구기는 일이 벌어질 것이다. 빨리 내려가는 게 좋겠다. 이렇게 마음먹고 돌연 뒤로 돌아 하쓰 씨처럼 무릎을 바닥에 붙이고 손으로 미끄러져 내려가면서 짚신 바닥으로 사다리의 디딤판을 찾았다.

73

양손으로 첫 번째 디딤판을 잡고 다리를 적당한 곳에 걸쳤더니 등
이 새우등처럼 구부러졌다. 그러고 나서 슬슬 발을 뻗었다. 똑바로 서
자 칸델라의 불빛이 가슴께에 있었다. 가만히 있으면 그을리고 말 것
이다. 하는 수 없이 한 발을 내렸다. 그에 따라 손도 다시 잡지 않으면
안 되었다. 내리려고 하자 손가락으로 들고 있던 칸델라가 엉뚱한 데
서 난감하게 움직였다. 함부로 흔들었다가는 옷이 타버릴 것 같았다.
신중을 기하면 벽에 부딪혀 불이 꺼질 것 같았다. 손잡이에 엄지를 끼
우고 추처럼 움직였을 때는 아주 간편한 물건이라고 생각했는데 이렇
게 되고 보니 무척 거추장스러웠다.

게다가 사다리의 폭이 좁았다. 디딤판과 디딤판 사이의 간격은 무
척 길었다. 한 단을 내려가는 데 보통 때보다 배는 힘들었다. 게다가
공포까지 더해졌다. 그리고 손을 고쳐 잡을 때마다 디딤판인 나무가
몹시 미끄러웠다. 코를 가까이 들이대듯이 희미한 불빛에 비춰보니
온통 점토가 붙어 있었다. 오르내릴 때 짚신에서 묻었을 것이다. 사다

리의 중간에서 머리를 옆으로 내밀고 밑을 내려다보았다. 내려다보지 말았어야 했는데 그만 보고 말았다. 그러자 갑자기 머리가 빙글빙글 돌면서 꽉 쥔 손이 흔들렸다.

죽을지도 모른다는 생각이 들었다. 죽으면 큰일이라며 매달린 채 돌연 눈을 감았다. 커다란 비눗방울이 빙글빙글 흩날리는 가운데 하쓰 씨가 내려갔다. 솔직히 말하자면 아래를 내려다봤을 때에야 하쓰 씨의 모습이 보이는 거지, 감은 눈앞에 흩날리는 비눗방울 속에 하쓰 씨의 모습이 있을 리 없었다. 하지만 실제로 있었다. 그리고 내려갔다. 정말 신기했다. 지금 생각하면 현기증이 나기 전에 힐끗 하쓰 씨를 봤을 테지만, 흔들거려 당황한 나머지 죽는 게 무서웠으므로 하쓰 씨의 모습이 망막에 비친 채 잊혔다가 디딤판에 매달려 눈을 감자마자 되살아났을 것이다.

다만 그런 일이 이론적으로 가능한 것인지 어떤지는 모르겠다. 당시에는 제정신이 아니었다. 굴속은 어둡고 목숨은 아깝고 머리는 혼란스러웠다. 살아 있는지 죽었는지조차 분명하지 않았다. 그때 하쓰 씨가 내려갔다. 내 눈 속에서 내려간 것인지 발 아래쪽에서 실제로 내려간 것인지 뒤죽박죽이었다. 그런데 신기하게도 눈을 뜨자마자 다시 아래를 내려다보았다. 그러자 여전히 하쓰 씨가 내려가고 있었다. 게다가 깎아지른 벽의 건너편을 내려가고 있는 것 같았다. 이번에는 두 번째인지라 떨어질 만큼 현기증이 나지는 않아 눈여겨보니 실제로 건너편으로 내려가고 있었다. 의아하다고 생각했다. 그때 칸델라가 다시 지지직 하는 소리를 냈다. 보증을 받은 불빛이지만 이렇게 되자 다시 불안해졌다. 하쓰 씨는 척척 나아가는 것 같았다. 이렇게 된 바에는 나도 전속력으로 내려가는 것이 낫겠다고 생각했다. 그래서 미끌

미끌한 디딤판을 고쳐 잡고 또 잡으며 가까스로 10미터쯤 내려가자 발이 흙에 닿았다.

밟아보니 역시 흙이었다. 다시 한번 확인하기 위해 손을 떼지 않고 발밑을 살펴보니 사다리가 완전히 바닥에 닿아 있었다. 밟고 있는 흙도 폭이 30센티미터쯤에서 끊어져 있었다. 나머지는 아래로 뻥 뚫려 있는 굴이었다. 그 대신 이번에는 건너편에 다른 사다리가 달려 있었다. 손을 뻗으면 닿을 만하게 걸쳐 있었다. 어쩔 수 없이 다시 그 사다리로 옮아갔다. 그리고 되도록 빨리 내려갔다. 길이는 위의 것과 같았다. 그런데 반대 방향에 또 사다리가 걸쳐 있었다. 아무래도 다른 방도가 없었다. 다시 옮아갔다. 그것도 간신히 다 내려가자 새로운 사다리가 전처럼 건너편에 걸쳐 있었다. 도무지 끝이 없는 것 같았다. 여섯 번째 사다리까지 내려갔을 때는 손이 얼얼하고 발이 떨리기 시작하고 이상한 숨이 새어 나왔다. 아래를 내려다봐도 하쓰 씨의 모습은 진작 사라지고 없었다. 보면 볼수록 칠흑같이 깜깜했다. 칸델라에 물이 떨어져 지지직 소리가 났다. 짚신 안으로 물이 스며들었다.

　잠깐 쉬고 있었더니 손이 빠질 것 같았다. 내려가기 시작하자 발을 헛디딜 것 같았다. 하지만 내려갈 수 있을 만큼 내려가지 않으면 거꾸로 고꾸라져 머리가 깨질 거라고 생각하자 그럭저럭 한 단 한 단 내려갈 힘이 나도 모르게 샘솟았다. 그 힘이 어디서 나오는지는 도저히 알 수 없었다. 그러나 그때는 한꺼번에 나오지 않고 조금씩 팔과 배와 다리로 배어나오듯이 나왔으므로 정확히 자각하고 있었다. 마치 시험 전날 밤을 새워서 피곤한데도 꾸벅꾸벅 졸다가 눈을 뜨면 다시 5, 6페이지는 읽을 수 있는 것과 같은 이치라고 생각했다. 그렇게 공부할 때는 뭘 읽었는지 모르지만 아무튼 다 읽기는 하는 것과 마찬가지로 나도 분명히 내려갔다고 단언하기는 힘들어도 어쨌든 내려간 것만은 명백했다. 미리 읽어둔 책의 내용은 잊어먹어도 페이지 수는 기억하고 있는 것처럼 사다리 수만은 명확히 기억하고 있었다. 정확히 열다섯 개였다. 열다섯 개를 다 내려가도 하쓰 씨가 보이지 않아 덜컥했다. 그러나 다행히 외길이었으므로 가슴을 두근거리면서도 좁은 굴을 기어 나가니 드디어 하쓰 씨가 있었다. 게다가 전처럼 심하게 불평을 늘어놓지도 않았다.

"어때, 힘들었지?"

이렇게 물어주었다.

"힘들었습니다."

나는 정말 힘들었으므로 이렇게 대답했다.

"조금만 더 가면 돼, 참아야지, 어때?"

다시 하쓰 씨가 격려해주었다.

"또 사다리가 있는 겁니까?"

나는 이렇게 물었다.

"하하하하, 이제 사다리는 없어. 괜찮아."

하쓰 씨는 호의적인 웃음을 흘렸다. 그래서 나도 이왕 참을 바에는, 하며 체념하고 다시 하쓰 씨의 꽁무니를 따라갔더니 다시 내리막길이었다. 그렇게 내려가는 길에는 물이 고여 있었다. 철벅철벅하는 소리가 났다. 칸델라의 불빛에 비춰보니 도쿄 시타야[1] 부근의 도랑이 넘친 것처럼 엷은 쥐색으로 출렁거렸다. 그 흙탕물이 또 굉장히 차가웠다. 발가락 사이가 떨어져 나갈 것 같았다. 하지만 온통 물이라 기껏 물에서 빼낸 발을 끔찍하게도 다시 물속에 담글 수밖에 없었다. 한쪽 발을 들어 올리면 해오라기처럼 그대로 서 있고 싶었다. 그래도 하는 수 없으니 짚신 바닥을 디디면 철벅하는 소리가 나자마자 물가에서 물고기의 비늘 같은 물결이 일었다. 그 한쪽이 칸델라의 불빛에 반짝반짝 빛나나 싶으면 곧바로 잔잔하던 원래의 모습으로 돌아갔다. 기껏 잔잔

1 저지대여서 침수에 의한 재해가 빈발했다. 1906년에도 1월과 7월에 호우에 의한 홍수가 시타야를 덮쳤다.

해진 물결 위를 다시 철벅하고 밟아 망쳐놓았다. 물고기의 비늘이 다시 빛났다. 이런 식으로 안쪽으로, 안쪽으로 들어가니 물은 점점 깊어졌다.

그곳을 다 빠져나가면 마른 곳으로 나갈 수 있는지도 장담할 수 없는 목적지를 향해 빙글 돌아가니 발등을 적시던 물이 갑자기 정강이까지 차올랐다. 그다음에는, 하고 참으며 오른쪽으로 꺾어들자 다리가 푹 꺼지면서 무릎까지 잠겨버렸다. 이렇게 되자 움직일 때마다 첨벙첨벙하는 소리가 났다. 무릎으로 가르는 물결이 소용돌이치며 흘러갔다. 그 소용돌이가 점차 허벅지까지 올라왔다. 정말 위험하다고 생각했다. 물이 솟아나는 이유가 있을 것이므로 경우에 따라서는 당장이라도 갱내에 가득 차지 않을까 하는 생각을 하자 갑자기 허리에서 배 속까지 차가워졌다. 그런데도 하쓰 씨는 물러설 생각도 없이 재빠르게 흙탕물을 헤치고 나아갔다.

"괜찮은 건가요?"

뒤에서 이렇게 물었지만 하쓰 씨는 별다른 대꾸도 하지 않고 여전히 첨벙첨벙 물을 가르며 나아갔다. 아무리 구리 광산이라고 해도 물에 잠겨 있으면 일을 할 수 없을 터였다. 이렇게 물이 찰랑거리는 것을 보면 무슨 이변이라도 일어난 것이거나 아니면 폐광된 것임에 틀림없었다. 어찌 되었건 이건 재난이라는 생각이 들어 불안감에 휩싸인 채 다시 한번 하쓰 씨에게 물어볼까 하는 생각을 하는 중에 물은 결국 허리까지 차고 말았다.

75

"더 들어가는 건가요?"

더 이상 견딜 수 없었으므로 나는 이렇게 물으며 뒤에서 하쓰 씨를 불러 세웠다. 그 목소리는 결코 평범하지 않았다. 제 몸을 걱정한 나머지 목숨이 입에서 튀어나온 것과 같은 것이었다. 그러므로 아주 절박한 순간이라면 단말마의 비명이 되었겠지만 아직 하쓰 씨 앞이라는 사실을 의식할 만한 여유가 있었으므로 일단 공포의 질문으로 모습을 바꾼 것일 뿐이었다. 그 목소리를 들었을 때는 그렇게 대단하던 하쓰 씨도 물속에 잠긴 채 돌아보았다. 칸델라를 높이 쳐들었다. 눈동자를 고정시키니 하쓰 씨의 미간에 팔자가 새겨졌다. 그런데도 입가에는 웃음이 떠돌았다.

"왜 그래? 두 손 든 거야?"

"아뇨, 이 물이……"

나는 허리께를 끔찍하다는 듯이 바라보았다. 하쓰 씨는 털끝만치도 놀라지 않았다. 여전히 싱글벙글 웃고 있었다. 홍수가 난 길을 웃을 걷어붙이고 재미있다는 듯이 긴니는 깃처럼 보였다. 나도 그것으로 의심이 풀렸지만 원래가 겁쟁이인지라 만약을 위해 다시 한번 물었다.

"괜찮을까요?"

그러자 하쓰 씨는 점점 더 유쾌한 표정을 짓다가 이윽고 진지해졌다.

"8번 갱이야. 여기가 제일 밑바닥이지. 물이 있는 건 당연한 거야. 그렇게 겁먹을 필요 없어. 아무렇지 않으니까 이쪽으로 와."

이렇게 말하며 좀처럼 뜻을 굽히지 않았으므로 나는 어쩔 수 없이 가랑이까지 적시며 따라갔다. 그렇지 않아도 어두운 갱내였으므로 과장해서 비유하자면 머리부터 어둠 속에 젖어 있다고 형용해도 좋을 것이다. 게다가 진짜 물, 그것도 갱과 같은 색의 물에 젖어 있어 기분은 배나 나빴다. 거기다 물은 복사뼈에서부터 점점 위로 올라왔다. 지금은 허리까지 잠겼다. 그런 데다 움직일 때마다 물결이 일었기 때문에 실제로는 그 위까지 젖었다. 그리고 경우에 따라서는 젖은 곳이 채 마르기도 전에 젖은 데보다 더 높은 데까지 물결이 올라왔으므로 조금씩 위로 젖어가 결국은 배까지 차가워졌다. 갱이라서 머리부터 차가워지고 물이라 배까지 차가워지는 등 이중으로 차가워진 채 아무것도 모르는 곳을 해삼처럼 따라갔다. 그러자 오른쪽에 굴이 있고, 동굴처럼 깊숙이 열려 있는 데서 물이 흘러나왔다. 그리고 그 안에서 깡깡하는 소리가 들렸다. 작업장임에 틀림없었다. 하쓰 씨가 굴 앞에 선 채 물었다.

"이보라고. 이런 밑바닥에서 일하는 사람도 있잖아. 너도 할 수 있겠어?"

나는 가슴이 물에 잠길 때까지 구부려 동굴 안을 들여다보았다. 그러자 안쪽 전체가 희미하게 밝았다. 밝다고는 해도 뚜렷한 데가 없고 종잡을 수 없었다. 넓은 곳에 희미한 불을 억지로 켜놓아 빛이 제대로 퍼지지 못하기 때문에 애써 켜둔 불이 어둠에 압도되어 막연하게 흐릿한 상태였다. 그중에서도 한층 시커먼 것이 비스듬히 바위에 딱 들러붙어 있는 곳 언저리에서 깡깡 하는 소리가 들려왔다. 동굴의 사면에 울려 빠져나갈 곳이 없어 난처한 나머지 물에 부딪쳐 튕겨 나온 소리가 한꺼번에 굴 입구에서 쏟아져 나왔다. 천장이 어두운 것에 비해 물에는 빛이 있었다.

"들어가볼래?"

하쓰 씨가 물었다. 나는 오싹하게 한기를 느꼈다.

"들어가지 않아도 됩니다."

내가 대답했다.

"그럼 그만두지 뭐. 하지만 그만두는 건 오늘뿐이야."

하쓰 씨는 이렇게 단서를 붙이고 나서 일단 내 얼굴을 찬찬히 쳐다봤다. 아니나 다를까 나는 걸려들고 말았다.

"내일부터 여기서 일하는 건가요? 일하게 되면 몇 시간이나 물에 잠겨 있으면, ……꼭 잠겨 있어야 하는 겁니까?"

"글쎄."

생각하던 하쓰 씨가 설명해주었다.

"하루 3교대[1]니까."

하루 3교대니까 한 번에 8시간 일하게 된다. 나는 검은 물 위에 시선을 떨어뜨렸다.

---

1 갱부들의 노동 시간이 3교대제 8시간이 된 것은 1900년 무렵으로 짐작된다. 그 이전에는 4교대 6시간이었다.

76

"괜찮아. 걱정 안 해도 돼."

하쓰 씨가 돌연 위로해주었다. 가엾다는 생각이 들었을 것이다.

"그래도 8시간은 일해야 하죠?"

"그거야 정해진 시간만큼 일하는 건 아주 당연하지. 하지만 걱정할 필요 없어."

"그건 왜죠?"

"그냥 그런 줄 알아."

하쓰 씨는 걷기 시작했다. 나도 잠자코 걸었다. 물속을 첨벙첨벙 소리를 내며 두세 걸음 걸었을 때 하쓰 씨가 느닷없이 돌아보았다.

"신참은 대체로 2번 갱이나 3번 갱에서 일해. 상황을 잘 알아야 여기까지 내려올 수 있거든."

하쓰 씨는 이렇게 말하며 히죽히죽 웃었다. 나도 히죽히죽 웃었다.

"안심했어?"

하쓰 씨가 다시 물었다.

"예."

다른 도리가 없었으므로 그렇게 대답해두었다. 하쓰 씨는 아주 득
의양양했다. 때마침 철벅철벅 움직이던 물이 갑자기 무릎까지 내려갔
다. 발끝으로 더듬어보니 계단이 있었다. 하나, 둘, 헤아려보니 세 번
째 계단에서 물이 복사뼈까지 내려갔다. 그리고 평평하게 이어져 있
었다. 의외로 빨리 높은 데로 나왔기 때문에 무척 기뻤다. 거기서부터
는 아주 순조롭게 나아갈 수 있어 기뻤고, 돌면 돌수록 길이 말라갔
다. 끝내는 철벅거리는 소리가 나지 않는 곳이 나왔다. 그때 하쓰 씨
가 기계를 볼 생각이 있느냐고 물었다. 그것은 곳곳의 스노코에 떨어
진 광석을 모아 제1갱으로 올리고, 거기에서 전차로 굿길 밖으로 옮
기는 장치를 말하는 거라는 이야기를 듣고 나는 처음부터 아예 거절
했다.

아무리 재미있게 운전하는 기계라도 내일의 나에게 필요 없는 것은
볼 생각이 들지 않았다. 기계를 보지 않기로 하면 이것으로 일단 갱내
의 모습은 대충 구경한 셈이었다. 그래서 안내를 맡은 하쓰 씨는 이제
돌아가자고 말했다. 고시키리¹까지 물에 잠기는 것은 제아무리 하쓰
씨라 해도 한 번으로 질렸는지 돌아갈 때는 비교적 젖지 않는 길을 택
했다. 그래도 20미터 정도는 장딴지까지 물이 차올랐다. 그 20미터를
지날 때 상황을 모르는 나는 조금 전의 그곳으로 다시 왔다고 생각하
고, 오는 길에 배꼽 근처까지 얼어붙을 것 같았던 일을 떠올리며 이제
나저제나 하고 마음 졸이며 차가운 발을 옮겼다. 그런데 일이 좋은 쪽
으로만 어긋나, 가면 갈수록 물이 얕아졌다. 발이 가벼워졌다. 결국은
다시 마른 길로 나왔다.

1 작업복의 일종으로 허리 부근까지만 내려오는 짧은 옷.

"이제 끝난 건가요?"

내가 하쓰 씨에게 물었다. 하쓰 씨는 웃고만 있었다. 그때는 나도 유쾌했지만, 잠시 후 예의 그 사다리 밑이 나왔다. 물이 가슴께까지 차는 것은 참을 수 있지만 이 사다리는…… 적어도 돌아가는 길만이 라도 좋으니 피하고 싶었으나 역시 바로 그곳이 나왔던 것이다. 나는 촉(蜀)의 잔도(棧道)²라는 말을 들어 기억하고 있었다. 그 사다리는 잔 도를 거꾸로 늘어뜨려 미련 없이 경사의 각도를 제거해버린 것 같았 다. 그곳에 이르자 발이 앞으로 나아가지 않았다. 돌연 각기병에라도 걸린 것 같은 기분이 들었는데, 뜻하지 않게 뒤에서 내 허리를 잡아당 겼다. 하쓰 씨가 잡아당긴 거라고 생각하는 독자도 있을지 모르겠지 만 그런 게 아니다. 그런 기분이 들었던 것이고, 군이 형용하자면 산 증(疝症)³이 잡아당긴 것이라고 하면 될 것이다. 아무튼 허리를 펼 수 없었다. 그렇다고 거꾸로 늘어뜨려진 잔도의 저주라고 싸잡아 단언할 생각은 없다. 안내를 맡은 하쓰 씨의 기분이 조금 전부터 상당히 좋았 기 때문에 상대의 관대한 동정에 기어오른 나머지 분발하겠다는 마음 이 점차 느슨해진 것도 분명한 사실이다. 어쨌든 걸을 수 없게 되었다.

"어때, 걸을 수 있을 것 같지 않군그래. 완전히 구부정한 자세야. 좀 쉬는 게 좋겠어. 나는 놀러 갔다가 올 테니까."

허리 언저리를 보고 있던 하쓰 씨는 이렇게만 말하고 어두운 곳을 지나 어딘가로 가버렸다.

---

2 촉도(蜀道)라고 한다. 진(秦)에서 촉(蜀), 즉 중국 쓰촨성(四川省)으로 들어가는 험준한 길을 말하는데, 절벽에 나무가 어우러져 만들어진 길이 구불구불 이어져 험한 길의 명소가 되었다. 잔 도는 험한 벼랑 같은 곳에 선반처럼 달아서 낸 길을 말한다.

3 생식기와 고환이 붓고 아픈 병증으로, 아랫배가 땅기며 통증이 있고 소변과 대변이 막히기 도 한다.

77

그러고 나자 나는 당연히 혼자가 되었다. 엉덩이를 땅바닥에 붙이고 털썩 주저앉았다. 아테시코는 그런 때에 굉장히 편했다. 덕분에 바위에 닿아 뼈가 아프거나 진흙에 옷이 더럽혀질 염려가 없는 만큼 비참한 상황 속에서도 아직 기뻐할 만한 데가 있었다. 그리고 딱딱하게 굽은 등을 벽에 기댔다. 그 이상은 손가락 하나 까딱하기 싫었다. 그저 그 자세 그대로 맞은편 벽을 쳐다보고 있었다. 몸을 움직이지 않으니 마음도 움직이지 않은 건지 마음이 움직이지 않으니 몸이 게으름을 피우는 것인지, 아무튼 양쪽이 서로 양보하여 생사의 갈림길에서 방황하고 있었던 모양인지 한동안 만사가 명료하지 않았다.

처음에는 제발 아주 적은 양이라도 좋으니 맑은 공기를 마시고 싶었으나 점점 마음이 어두워졌다. 그리고 갱내가 어둡다는 사실도 잊어버렸다. 어디가 어딘지 알 수 없는 몽롱함 속에서 모든 게 하나가 되어 적당히 합해졌다. 그러나 결코 잔 게 아니었다. 괴괴한 가운데 의식이 희박해졌을 뿐이다. 하지만 그 희박한 의식은 열 배의 물에 녹인 속된 마음이므로 아무리 불투명해도 제정신은 잃지 않는다. 마치 직접 마주하는 대신 전화로 이야기하는 정도, 혹은 그보다 약간 불명료한 정도다. 그처럼 수평 이하로 의식이 가라앉는 것은, 속세의 태양이 너무 강렬해서 곤란한 내게는, 번민의 해열제를 한꺼번에 복용하지 않으면 안 되는 내게는, 신경섬유의 끝까지 미친 과도한 자극을 흩어지게 하지 않으면 안 되는 내게는, 필요하고 원했으며 이상적인 것이었다. 조조 씨를 따라 걸어오면서 공상으로 그린 갱부 생활보다는 확실히 더 나은 천국이었다.

만약 가출이 자멸의 첫 번째 일이라면 그 경계는 자멸의 몇 번째인지는 모르겠지만 아무튼 종점을 떠난 지 얼마 안 된 역이었다. 하쓰 씨가 나를 두고 가버린 잠깐의 휴식 시간에 뜻밖에도 자멸 직전까지 끌려들어 어떤 심정이었을 것 같은가? 솔직히 말하자면 기뻤다. 그러나 기쁘다는 자각은 열 배의 물에 녹여 섞인 제정신 속에 유리되어 있었으므로 다른 속된 마음과 마찬가지로 극렬하지는 않았다. 역시 희박했다. 하지만 자각은 확실히 있었다. 제정신을 잃지 않은 사람이 기쁘다는 자각만 놓칠 리가 없다. 내 정신 상태는 활동 구역이 좁아진 불구자의 심리 상태와는 다르다. 일반 활동을 마음껏 할 수 있는 자유의 세계는 원래대로 존재하지만 활동 그 자체의 강도가 완전히 약해졌을 뿐이기 때문에 평소의 나와 그때의 나 사이에는 그저 농담의 차이만 존재한다. 가장 옅은 생애 속에 옅은 기쁨이 있었다.

만약 그 상태가 한 시간 동안 계속되었다면 나는 그 한 시간 동안 만족했을 것이다. 하루 동안 계속되었다면 하루 동안 만족했을 것임에 틀림없다. 만약 백 년 동안 계속되었다고 해도 역시 기뻤을 것이다. 그런데…… 여기서 또 새로운 마음의 활발한 작용에 직면했다.

왜냐하면 공교롭게도 그 상태가 내 희망대로 같은 곳에 머물러주지 않았기 때문이다. 움직여갔다. 기름이 떨어지기 시작한 남포등 불빛처럼 움직였다. 의식을 숫자로 나타내면 평소 10이었던 것이 지금은 5가 되어 멈춰 있었다. 잠시 후에는 4가 되었다. 3이 되었다. 그대로 가면 언젠가 한 번은 0이 되고 만다. 나는 그 경과에 따라 옅어져가면서 변화하는 기쁨을 자각하고 있었다. 그 경과에 따라 옅게 변화하는 자각의 정도만큼 자각하고 있었다. 기쁨은 어디까지나 기쁜 일임에 틀림없다. 그러므로 이치로 따지자면 의식이 어디까지 내려가려고 하든 나는 기쁘다고만 생각하며 만족하는 것 외에 다른 길이 없을 것이다. 그런데 점점 내려가 드디어 0에 가까워졌을 때 돌연 어둠 속에서 튀어나왔다. 이러다 죽겠구나 하는 생각이 튀어나왔다. 바로 이어서 죽으면 큰일이다 하는 생각이 튀어나왔다. 동시에 눈을 딱 떴다.

78

발끝이 끊어질 것 같았다. 무릎에서 허리까지 피는 통하지만 얼어 붙어 있었다. 배에는 물이라도 찬 것 같았다. 가슴 위는 사람 같았다. 눈을 떴을 때 눈을 뜨기 전의 일을 생각하자 '죽겠구나, 죽으면 큰일 이다'라고 한 것까지 차례로 이어지다가 거기서 뚝 끊겼다. 끊긴 다음 은 바로 눈을 뜬 동작이었다. 즉 '죽겠구나'라는 것에서 생명의 방향 전환을 했고, 그러고 나서의 첫 번째 동작이 눈을 뜬 것이므로 그 둘 은 완전히 떨어져 있었다. 그런데 완전히 이어져 있었다. 이어져 있는 증거는 눈을 뜨고 주위를 둘러보았을 때 '죽겠구나……'라는 목소리 가 아직 귀에 남아 있었다는 점이다. 분명히 남아 있었다. 나는 목소 리니 귀니 하는 글자를 사용했지만 그것은 달리 형용할 수가 없기 때 문이다. 결코 형용이 아니다. 실제로 '죽겠구나……'라고 주의를 준 사 람이 있었다고밖에 생각할 수 없었다. 하지만 물론 사람이 있었을 리 없다. 그렇다고 신…… 신은 정말 싫다.

역시 내가 내 마음에 서둘러 떠올렸을 뿐이겠지만, 그만큼 사람이 죽는 것을 걱정하고 있으리라고는 꿈에도 생각하지 못했다. 그러므로 자살 같은 건 할 수 없을 것이다. 그럴 때는 영혼의 작용 방법이 평소와 다르기 때문에 나 자신의 본능에 지배당하지만 전혀 자각하지 못하는 법이다. 조심해야 할 일이라고 생각한다. 조금 전 같은 경우도 해석하기에 따라서는 신이 도와주었다고 할 수도 있다. 자신의 그림자처럼 잠시도 떨어지지 않고 따라다니고 있는, 연인인 경우가 많은 것 같은데, 그들의 영혼이 구해준 것이라고도 할 수 있다. 젊은 나이였는데도 내가 그 목소리를 쓰야코 씨라고도 스미에 씨라고도 해석하지 않은 것은, 자만심이 강한 것에 비하면 기특한 일이다. 나는 천성적으로 그렇게까지 시적이지 않았을 것이다.

그때 하쓰 씨가 불쑥 돌아왔다. 하쓰 씨를 보자마자 내 의식은 더욱 명료해졌다. 지금부터 거꾸로 매달린 예의 그 잔도를 올라가야 한다는 것도, 내일부터 정과 망치로 깡깡 치며 일을 해야 한다는 것도, 안남미도 빈대도 잔보도 달마도 일시에 깨닫고, 그리고 마지막으로 자신의 전락을 가장 명확하게 의식했다.

"기분은 좀 나아졌어?"

"예, 조금 나아진 것 같습니다."

"그럼 슬슬 올라가볼까?"

이렇게 말하기에 고맙다는 말을 하고 서 있으니 하쓰 씨가 기세 좋게 사다리를 붙잡고 한 발을 올려놓았다.

"올라가는 건 좀 힘들 거야. 그런 줄 알고 따라와."

하쓰 씨가 돌아보고는 이렇게 주의를 주면서 올라가기 시작했다. 어쩐지 으스스한 기분이 들어 아래에서 위를 올려다보니 하쓰 씨가 올라가고 있었다. 원숭이처럼 올라가고 있었다. 천천히 올라갈 기색은 전혀 보이지 않았다. 빨리 올라가지 않으면 다시 내버려두고 가버릴까 염려되었다. 나도 과감하게 오르기 시작했다. 그런데 두세 단도 오르지 않았을 때 아니나 다를까 질리고 말았다. 하쓰 씨가 말한 대로 굉장히 힘들었던 것이다. 완전히 지쳐 있었기 때문만은 아니다. 내려갈 때는 가슴 위가 비교적 앞을 향했기 때문에 얼마간 등의 무게를 사다리에 기댈 수 있었다. 하지만 올라갈 때는 정반대로 자칫하면 몸이 뒤로 젖혀졌다. 젖혀진 무게는 두 손으로 버텨야 했으므로 한 단을 오를 때마다 위팔에서 어깨에 걸쳐 필요 이상의 부담이 가중되었다. 그뿐 아니라 손바닥과 다섯 손가락으로 사다리 전체를 붙잡아야 했다. 그런데 앞서 말한 대로 그것이 미끌미끌했다. 사다리 하나 올라가는 것도 쉬운 일이 아니었다. 그런데 그것이 열다섯 개나 되었다. 하쓰 씨의 모습은 진작 사라지고 없었다. 손을 놓치기라도 하면 시커먼 어둠 속으로 거꾸로 곤두박질칠 것이다. 놓치지 않으려고 하면 어깨가 빠질 것만 같았다. 나는 일곱 번째 사다리의 중간쯤에서 화염과 같은 숨을 내뱉으며 노동의 어려움을 절감했다. 그러자 뜨거운 눈물이 눈 안 가득 차올랐다.

79

두어 번 아래위의 눈꺼풀을 붙였다 뗐다 해보았지만 시야는 여전히 뿌옜다. 15센티미터도 떨어지지 않은 벽조차 분간이 안 됐다. 손등으로 문질러보려고 해도 얄궂게도 두 손 다 뗄 수가 없는 처지였다. 분했다. 어째서 이렇게 원숭이 흉내를 내야 할 만큼 전락해버린 걸까? 쓰러질 것 같은 몸을 되도록 앞쪽으로 엎드리며 사다리에 기댈 수 있을 만큼 기대고서 생각했다. 쉬었다고 해석하는 것이 적당할지도 모르겠다. 그저 도중에 멈춘 거라고 잘라 말해도 좋다. 아무튼 움직이지 않게 되었다. 다시 움직일 수 없게 되었다. 가만히 서 있었다. 칸델라가 지지직 하는 소리를 내는 것도, 발바닥에 차가운 물이 스며드는 것도 전혀 의식하지 못했다. 따라서 몇 분이 지났는지도 전혀 느껴지지 않았다. 그러자 또 뜨거운 눈물이 흘렀다. 의외로 정신이 또렷한데도 눈만은 뿌옜졌다. 아무리 눈을 깜박거려도 소용없었다. 뜨거운 물속에 눈동자를 담그고 있는 것 같았다. 울적했다. 애가 탔다. 부아가 났다. 심하게 흥분했다. 그리고 몸은 생각처럼 말을 듣지 않았다.

나는 이를 악물고 두 손으로 쥔 사다리를 두어 번 흔들어댔다. 물론 꿈쩍도 하지 않았다. 차라리 손을 놓아버릴까? 거꾸로 떨어져 머리부터 박살 나는 편이 빨리 결말이 나서 좋을 것이다. 걷잡을 수 없이 죽고 싶은 마음이 일었다. ……사다리 밑에서는 죽으면 큰일이라며 벌떡 일어난 사람이 사다리 중간까지 와서 갑자기 굵고 짧은 무분별한 마음으로 완전히 죽을 마음을 먹게 된 것은 내 생애의 심리 변화 현상 중에서 가장 기억할 만한 일이다. 나는 심리학자가 아니라 그런 변화를 어떻게 설명해야 좋을지 모르지만, 심리학자는 오히려 실제 경험이 부족한 것처럼 보이기도 하니 조잡하지만 일단 내 어리석은 생각만 적어 참고로 하고 싶다.

엉덩이에 아테시코를 깔고 쉬었을 때는 처음부터 쉴 각오였다. 그러므로 마음은 차분했다. 자극도 적었다. 그런 상태에서 벽에 기대고 있자니 그 상태가 완만하게 진행되기 때문에 자연스레 정신이 점점 아득해졌다. 영혼이 점차 가라앉았다. 그런 경우 정신운동의 방향은 늘 정해진 것으로, 반드시 적극에서 출발하여 점차 소극으로 다가가는 경로를 취하는 것이 보통이다. 그런데 그 보통의 경로를 다 가서 막다른 곳에 이르기 직전에서야 영혼이 갈라져 두 가지 행동을 한다. 첫 번째는 순풍에 돛 단 듯한 기세로 그 밑바닥까지 흘러든다. 그러면 그대로 죽는다. 그렇지 않으면 죽음 직전까지 가서 갑자기 반대 방향으로 튀어나온다. 소극을 향해 나아가는 사람이 돌연 반대로 적극의 꼭대기로 돌아온다. 그러면 순식간에 생명이 확실해진다. 내가 사다리 밑에서 경험한 것은 그 두 번째에 해당한다. 그러므로 죽음에 다가가면서 좋은 기분으로 삼도천(三途川)[1] 앞까지 간 사람이 순로(順路)를 터벅터벅 돌아오는 과정을 생략한 채 불쑥 속세의 한가운데에 출현한 것이다. 나는 그것을 죽다 살아난 경험이라고 명명하고 있다.

그런데 사다리 중간에서는 그것과 정반대의 현상을 경험했다. 나는 하쓰 씨 뒤를 따라 올라가지 않으면 안 되었다. 그러나 하쓰 씨는 오래전부터 보이지 않았다. 마음이 초조하고 조마조마하고 손은 뗄 수가 없었다. 나는 원숭이보다 열등했다. 한심했다. 괴로웠다. ……만사가 통절하기 짝이 없었다. 자각의 강도가 점차 심해질 뿐이었다. 그러므로 그 경우 정신운동의 방향은 소극에서 적극을 향해 꼭대기까지 올라간 상태였다. 그런데 그 상태가 언제까지고 진행되어 흥분이 극에 달하면 역시 두 가지 현상이 작용하는데, 특히 재미있다고 생각한 것은 그 한 가지, 즉 적극의 정점에서 공중제비를 돌아 영혼이 소극의 말단에 불쑥 나타나는 영험이다. 알기 쉽게 말하자면 살아 있다는 사실이 아주 명료해지자마자 목숨을 버리려고 결심하는 현상을 말하는 것이다. 나는 그것을 삶의 정점에서 죽음으로 들어가는 작용이라고 명명하고 있다. 그 작용은 모순처럼 보이지만 실제로는 모순이든 뭐든 영혼의 천성이라 의외로 자연스럽게 행해지는 것이다. 말보다는 증거라고, 울컥하여 죽는 자는 깨끗이 죽지만 위축되어 죽임을 당하는 자는 아무래도 제대로 죽을 수 없다. 다른 사람이야 어떻든 간에 그런 내가 좋은 증거다. 사다리 중간에서 분하다, 에잇 죽어버리자, 라고 생각했을 때는 손을 놓는 것이 전혀 무섭지 않았다. 물론 전처럼 가슴이 덜컥 내려앉지도 않았다. 그런데 막상 죽으려고 손을 떼려고 했을 때 다시 묘한 정신 작용을 깨달았다.

---

1 사후에 저승으로 가는 길에 있다는 내. 죽은 지 이레째 되는 날 이곳을 건너게 되는데, 생전에 지은 업에 따라 세 가지 다른 여울이 정해진다 한다.

80

나는 원래 소설적인 인간이 아니지만 아직 나이가 어렸으므로 지금까지 들뜬 마음에 자살을 계획했을 때는 언제든지 화려하게 해 보이자는 생각이 있었다. 권총이든 단도든 멋지게, 즉 남들이 칭찬할 수 있도록 죽고 싶다고 생각하고 있었다. 가능하다면 게곤 폭포까지라도 가고 싶다고 생각한 적도 있다. 하지만 무슨 일이 있어도 변소나 창고에서 목을 매는 것은 저속한 일이라며 단념하고 있었다. 그런 허영심이 그때 돌연 고개를 쳐들었다. 어디서 쳐들었는지는 모르지만 아무튼 쳐들었다. 즉 고개를 쳐들 만한 여지가 있었으므로 쳐든 것임에 틀림없으니 내 결심이 아무리 진지한 것이었다고 해도 그다지 절박하지는 않았을 것이다. 그러나 그 정도로 단호하게 실제로 사다리의 디딤판에서 발을 떼어놓으려고 한 순간 머리를 쳐들었을 정도이니 상대도 꽤 큰 세력을 떨치고 있었음에 틀림없다. 그런데 그것은 죽어서 동상이 되고 싶어 하는[1] 정신과 현격한 차이가 있는 것은 아니므로 보통의 인간으로서는 특별히 의아하게 생각할 바람이라고도 생각하지 않지만, 아무튼 그때의 내게는 지나치게 사치스러웠던 것 같다. 그러나 그 사치스러운 마음 때문에 나는 발작성의 성급한 왕생을 단념하고 불민하지만 오늘날까지 살아 있다. 바로 죽기 직전에도 약점을 끌어 안고 있었던 덕분이다.

말하자면 이렇다. ……드디어 죽어버리자고 생각하고 몸을 약간 뒤로 당기고 손에서 힘을 빼려고 했을 때, 어차피 죽을 거면 여기서 죽어봐야 신통치 않다. 잠깐, 잠깐, 여기서 나가서 게곤 폭포까지 가라, 하는 호령, ……호령이라고 하면 이상하지만, 완전히 호령 같은 것이 머릿속에 울려 퍼졌다. 느슨해지려던 손이 자연스럽게 단단히 조여졌다. 흐려진 눈이 갑자기 환해졌다. 칸델라의 불이 타오르고 있었다. 올려다보니 진흙에 젖은 사다리의 디딤판이 어둠 속까지 이어져 있었다. 반드시 올라가야 한다. 만약 도중에 좌절하면 개죽음이다. 어두운 갱내의 아무도 없는 곳에서 햇빛도 보지 못하고 광석처럼 굴러 떨어져 그대로 잊힌다는 것은, 안내를 맡아준 하쓰 씨에게조차 잊힌다는 것은, 만약 발견된다고 해도 반인반수(半人半獸)의 갱부들에게 경멸당하는 것은 분하다. 반드시 끝까지 올라가야 한다. 칸델라는 타오르고 있다. 사다리는 계속되고 있다. 사다리 끝에는 갱이 이어지고 있다. 갱 밖에는 태양이 내리쬐고 있다. 넓은 들이 있다. 높은 산이 있다. 들과 산을 넘어가면 게곤 폭포가 있다. ……무슨 일이 있어도 올라가야 한다.

왼손을 머리 위까지 뻗었다. 미끄러지는 디딤판을 손가락 자국이

---

1 기념 동상의 건설은 물론 서양화의 영향이다. 도쿄 시내에서는 1888년에 야스쿠니 신사 앞에 오무라 마스지로의 동상을 효시로 우에노의 사이고 다카모리, 황거 앞의 구스노기 마사시게 동상 등이 잇따라 세워졌다. 특히 러일전쟁 후에는 동상 건설이 절정을 이루어 수많은 동상이 세워졌다.

남을 만큼 세게 잡았다. 젖은 허리를 힘껏 폈다. 동시에 오른발을 30센티미터쯤 올렸다. 칸델라 불빛은 어둠 속을 세로로 움직여갔다. 갱은 차츰 밝아졌다. 밟고 지나는 디딤판은 점차 어둠 속으로 사라졌다. 내뱉는 숨이 검은 벽에 부딪쳤다. 뜨거운 숨이었다. 그리고 때때로 하얗게 보였다. 다음에는 입을 다물었다. 그러자 콧속에서 소리가 났다. 사다리는 아직 끝나지 않았다. 낭떠러지에서 물이 떨어졌다. 칸델라를 휙 하고 뒤집자 절벽을 스치며 활 모양으로 지지직 하고 꺼지려다가 손의 움직임을 멈춘 데서 자리를 잡자 다시 똑바로 검은 연기를 피워 올렸다. 다시 뒤집었다. 불빛이 비스듬히 움직였다. 사다리가 놓인 30센티미터의 폭을 벗어나 텅 빈 벽이 눈에 들어왔다. 오싹했다. 눈이 아찔했다. 눈을 감고 올랐다. 불빛도 보이지 않고 벽도 보이지 않았다. 어둡기만 했다. 손발이 움직이고 있었다. 움직이는 손발도 보이지 않았다. 손에 닿는 감촉, 발에 닿는 감촉만으로 살아서 간다. 살아서 올라간다. 살아 있다는 것은 오르는 것이고, 오른다는 것은 살아 있다는 것이다. 그래도…… 사다리는 아직 남아 있었다.

그때부터는 거의 정신이 없었다. 스스로 올랐는지 하늘의 도움으로 올랐는지 알 수 없었다. 그저 다 올라가 이제 디딤판도 잡을 사다리도 없다는 사실을 깨달았을 때 갱 안에서 털썩 주저앉았다.

81

"왜 그래? 올라왔구나? 도중에 죽지 않았나 했는데…… 너무 오래 걸려서 말이야. 보러 갈까도 생각했는데 혼자서는 어쩐지 무서운 느낌이 들어서 말이지. 하지만 용케 올라왔구나. 대단해."

기다리다 못해 머뭇거리고 있던 하쓰 씨가 무척 기뻐해주었다. 잘은 모르나 사다리 위에서 상당히 걱정한 모양이었다. 나는 그저 이렇게만 대답했다.

"몸이 안 좋아서 도중에 좀 쉬었습니다."

"몸이 안 좋았다고? 그거 참 난처했겠군. 도중이라니, 사다리 중간에서 말이야?"

"예, 그렇습니다."

"음, 그럼 내일은 작업을 할 수 없겠군."

그 한마디를 들었을 때 나는 에잇 똥이나 처먹어라, 누가 두더지 흉내나 내러 온 줄 알아, 이래 봬도 아름다운 여자가 반한 몸이야, 라고 생각했다. 갱에서 나가면 곧장 게곤 폭포까지 가서 멋지게 죽을 거라고 생각했다. 마지막으로 한시도 이런 짐승을 상대하고 있을 수 없다고 생각했다. 그래서 나는 하쓰 씨를 향해 간단히 말했다.

"괜찮다면 그만 올라가죠?"

하쓰 씨는 의아하다는 표정을 지었다.

"올라가자고? 팔팔하구먼."

나는 '누굴 바보로 아나, 이 까막눈 자식이. 너 사람 잘못 봤어'라고 말해주고 싶었다.

"예."

하지만 말만은 이렇게 공손하게 해두었다.

하쓰 씨는 아직 꾸물거리고 있었다. 놀랐다기보다는 역시 사람을 무시하는 듯한 꾸물거림이었다.

"이봐, 괜찮아? 농담이 아니야. 안색이 안 좋다고."

"그럼 제가 먼저 가지요."

나는 불끈해서 걷기 시작했다.

"안 돼, 안 되지. 먼저 가면 안 되고말고. 뒤따라 와야지."

"그런가요?"

"당연하지. 누굴 바보로 아는 거야? 안내하는 사람을 내버려두고 먼저 가는 놈이 어디 있어? 안 그래?"

하쓰 씨는 나를 뿌리치듯 앞으로 나아갔다. 가나 보다 했더니 갑작스럽게 속력을 내기 시작했다. 허리를 구부리기도 하고 손발을 짚고 기어가기도 하고 등을 삐딱하게 돌리기도 하고 머리만 숙이기도 하고 갱의 모습에 따라 여러 가지로 동작을 바꾸었다. 그리고 굉장히 서둘렀다. 마치 흙 속에서 태어나 구리 광맥 안에서 교육을 받은 사람 같았다. 제기랄, 화가 치밀어 서두르는구나, 하고 나도 지지 않겠다는 생각으로 걷기 시작했다. 하지만 거기에 이르면, 아무리 정신을 바짝 차린다고 해도 소용없었다.

모퉁이를 대여섯 번 돌아 내려가기도 하고 올라가기도 하며 허둥대는 동안 하쓰 씨는 보이지 않게 되었다. 그런가 하면, 어떻게든 해서 어떻게든…… 해서, 해서, 해서, 하는 노래를 불렀다. 하쓰 씨의 모습이 보이지 않는데도 그의 목소리만은 갱 사방으로 울려 퍼졌다가 웅얼웅얼 돌아왔다. 심술궂은 놈이라고 생각했다. 처음에는 따라잡을 테니 두고 보라는 기세로 힘껏 기어가기도 하고 몸을 굽히고 가기도 했다. 하지만 분하게도 하쓰 씨의 노래는 점점 멀어져갔다. 그래서 나는 따라잡는 것은 일단 단념하고 하쓰 씨의 '해서, 해서, 해서'를 길잡이 삼아 나아가기로 했다. 한동안은 그것으로 대충 방향을 짐작할 수 있었지만, 결국에는 그 '해서, 해서, 해서'도 희미해졌다.

결국 전혀 들리지 않게 되었을 때는 망연자실하지 않을 수 없었다. 외길이라면 하쓰 씨 따위를 의지하지 않고 자력으로 햇빛이 닿는 곳까지 걸어 나갈 수 있겠지만, 아무튼 오랫동안 파헤친 갱이라서 마치 땅거미의 근거지처럼 가지각색의 굴이 아주 터무니없는 곳으로 뚫려 있었다. 아무 굴이나 무턱대고 들어갔다가는 또 허리까지 물에 잠기는 곳이나 아니면 잔도를 거꾸로 늘어뜨린 것 같은 곳이 나올 것 같아 쉽사리 발을 들여놓을 수가 없었다.

82

　그래서 나는 어둠 속에 멈춰 서서 칸델라 불빛을 바라보며 생각했다. 들어올 때는 8번 갱까지 내려왔으므로 돌아갈 때는 반드시 전차가 다니는 곳까지 올라가지 않으면 안 된다. 어떤 굴이든 오르막이라면 괜찮을 것이다. 그 대신 내리막이라면 돌아 나와 다시 가기로 하자. 그렇게 헤매다 보면 어딘가의 작업장이 나올 것이다. 그러면 갱부에게 물어보기로 하자. 이렇게 결심하고 동서남북도 제대로 알 수 없는 곳을 적당히 갈팡질팡하고 있었다. 굉장히 마음이 조급해져 숨이 찼지만, 마구 걸었더니 발이 차가운 것만은 나아졌다.

　하지만 좀처럼 나갈 수 없었다. 어쩐지 같은 길을 왔다 갔다 하는 것 같아 복장이 터질 것 같았으므로 벽에 머리를 부딪쳐 깨버리고 싶었다. 어느 쪽을 깨느냐 하면 물론 머리를 깨는 것인데, 얼마간 벽도 깨질 정도의 울화가 치밀었다. 아무래도 걸으면 걸을수록 천장이 방해가 되었다. 좌우의 벽이 방해가 되었다. 짚신 바닥으로 밟는 계단이 방해가 되었다. 갱 전체가 나를 가두고 언제까지고 내보내주지 않는 것이 가장 방해가 되었다. 그 방해물의 한 부분에 머리를 내던져 적어도 금이라도 가게 하자…… 그렇게까지는 하지 않았지만 때때로 생각한 것은 빨리 게곤 폭포에 가고 싶었기 때문이다.

그럭저럭 하는 사이에 맞은편에서 호리코 한 사람이 다가왔다. 낱개의 구리를 스노코로 옮기는 도중인 듯 예의 그 키를 안고 칸델라를 흔들거리며 비척비척 다가왔다. 그 불빛을 봤을 때는 기뻐서 가슴이 몹시 뛰었다. 이제 됐다며 기운을 내서 다가가니 가까이 갈 것도 없이 저쪽에서도 이쪽으로 걸어왔다. 칸델라 두 개가 2미터 거리로 가까워졌을 때 나는 고대했다는 듯이 호리코의 얼굴을 보았다. 그 얼굴이 굉장히 창백했다. 갱 안에서조차 심상치 않아 보일 만큼 해쓱했다. 환한 곳으로 나가 푸른 하늘 아래에서 보면 엄청나게 창백할 것임에 틀림없었다. 그래서 말을 붙이기가 싫어졌다. 이런 놈 주제에 남을 놀리기도 하고 괴롭히기도 하고 창피를 주기도 하는 걸까 하는 생각을 하자 길을 묻는 게 더욱 싫어졌다.

죽어도 혼자 나가 보이겠다는 마음이 들었다. 네놈들에게 말을 붙이는 천박한 남자가 아니라고 마음속으로 분명히 선고하고 나서 그냥 지나쳤다. 그쪽도 아무것도 모르기 때문에 물론 입을 다물고 지나쳤다. 앞쪽이 어두워졌다. 칸델라는 하나가 되었다. 마음은 점점 더 초조해졌다. 하지만 좀처럼 나갈 수가 없었다. 길은 그저 어디까지고 이어져 있기만 했다. 오른쪽으로도 왼쪽으로도 이어져 있었다. 나는 오른쪽으로 들어갔다. 다시 왼쪽으로 들어갔다. 또 똑바로도 걸어가보았다. 그러나 나갈 수는 없었다. 결국 나갈 수 없는 건가, 하고 약간 어찌할 바를 모르고 있을 때 바로 코앞에서 깡깡 하는 소리가 울리기 시작했다.

대여섯 걸음 앞에 있는 막다른 곳에서 꺾어져 들어가니 조그만 작업장이 있었고, 한 갱부가 열심히 망치를 치켜들고 정을 내려치고 있었다. 내려칠 때마다 벽에서 광석이 떨어졌다. 그 옆에 가마니가 있었다. 그건 조금 전에 스노코에 던져 넣은 가마니와 같은 크기로, 이미 가득 차 있었다. 호리코가 와서 짊어지고 가기만 할 뿐이었다. 나는 이번에야말로 그 사람에게 물어보자고 생각했다. 하지만 정작 중요한 본인이 깡깡 하며 열심히 망치질을 하고 있었다. 게다가 얼굴도 잘 보이지 않았다. 마침 잘되었다 싶어 잠깐 쉬어 가자는 생각이 들었다. 다행히 가마니가 있었다. 그 위에 엉덩이를 내려놓으면 안성맞춤인 의자가 될 터였다. 나는 아테시코를 가마니 위에 툭 하고 떨어뜨렸다. 그러자 돌연 깡깡 하던 소리가 그쳤다. 갱부의 그림자가 갑자기 커졌다. 정을 든 채였다.

"무슨 짓을 하는 거야?"

날카로운 목소리가 갱내 가득 울려 퍼졌다. 내 귀에 때려 박히듯이 들렸다. 커다란 그림자가 성큼성큼 걸어왔다.

83

돌아보니 다리가 길고 가슴이 떡 벌어진, 듬직한 체격의 사내였다. 얼굴은 키에 비해 작았다. 어느 정도 윤곽을 알 수 있는 데까지 와서 사내는 멈췄다. 그리고 나를 내려다보았다. 그는 입을 다물고 있었다. 쌍꺼풀진 커다란 눈을 크게 뜨고 있었다. 콧날이 아주 곧았다. 검붉은 피부였다. 평범한 갱부가 아니었다. 그가 돌연 입을 열었다.

"자네, 신참이지?"

"그렇습니다."

그때 내 엉덩이는 이미 가마니에서 떨어져 있었다. 저편에서 다가오는 갱부가 어쩐지 무서웠다. 지금까지 만여 명의 갱부를 짐승처럼 경멸했는데, 맹세코 죽어버리겠다고 각오하고 있었는데, 성큼성큼 걸어온 갱부가 순식간에 무서워졌다.

"이런 데서 왜 헤매고 있는 건가?"

하지만 이 말을 들었을 때는 다소 안심했다. 내 모습을 보고 고의로 가마니 위에 앉은 게 아니라는 것을 간파한 어조였다.

"실은 어젯밤에 한바에 도착해서, 이제 막 갱 안을 둘러보러 들어온 겁니다."

"혼자 말인가?"

"아뇨, 한바 책임자가 사람을 붙여주었습니다만……"

"그렇겠지, 혼자 들어올 데가 아니니까. 그런데 그 안내자는 어떻게 된 건가?"

"먼저 나가버렸습니다."

"먼저 나갔다고? 자넬 내버려두고 말이야?"

"뭐, 그런 셈이지요."

"괘씸한 놈이로군. 좋아, 곧 내가 내보내줄 테니까 기다리고 있게."

이렇게 말하고는 다시 정과 망치로 깡깡 울리기 시작했다. 나는 명령대로 기다리고 있었다. 이 사내를 만나고 나니 이제 혼자 나갈 생각이 가시고 말았다. 죽어도 혼자 나가 보이겠다고 큰소리쳤던 결심이 갑자기 어딘가로 사라져버렸다. 나는 그 변화를 알고 있었다. 그래도 별로 창피하다고는 생각하지 않았다. 남에게 공언한 일이 아니라 상관없다고 생각했다. 그 후 남에게 공언했기 때문에, 하지 않아도 되는 일, 해서는 안 되는 일을 번번이 했다. 남에게 공언하는 것과 하지 않는 것은 엄청나게 다른 법이다. 곧 깡깡 하는 소리가 멎었다. 갱부는 다시 내 앞으로 와서 책상다리를 하고 앉으면서 이렇게 말하며 담배 쌈지를 꺼냈다.

"잠깐 기다리게. 한 대 피울 테니까."

가죽인지 종이인지 분명하지 않은 갈색 쌈지였는데, 모모히키에 찔러 넣어둔 쌈지 위를 통소매가 덮고 있었다. 갱부는 맛있다는 듯이 배 속 깊숙이 빨아들인 연기를 코로 내뿜는 동안 짧은 담뱃대의 설대 중간쯤을 담배쌈지 통에 통통 하고 떨었다. 조그만 불똥이 담뱃대 대통에서 기세 좋게 튀어나왔나 싶더니 갱부의 짚신 앞에 떨어져 꺼졌다. 갱부는 빈 담뱃대를 훅 하고 불었다. 담배설대 안에 차 있던 연기가 한꺼번에 담뱃대에서 나왔다. 갱부는 그제야 비로소 입을 열었다.

"자넨 어디서 왔나? 대체 이런 데는 뭐하러 온 거야? 몸집이 호리호리한 것 같은데, 지금까지 일해본 적 없지? 왜 온 건가?"

"실은 일해본 적이 없습니다. 하지만 사정이 좀 있어서 왔습니다……"

여기까지는 말했지만 갱부에게는 질렸기 때문에 이제 돌아갈 거라는 이야기는 하지 않았다. 죽을 거라는 이야기는 더더욱 하지 않았다. 하지만 지금까지처럼 속으로는 짐승 취급을 하면서도 입만 공손했던 것과는 분위기가 상당히 달랐다. 나는 그저 자신의 생각을 모두 말하지 않았을 뿐 이야기만은 진지하게 했다. 안과 겉이 다른 이야기는 전혀 하지 않았다. 진심으로 정중하게 대답했다. 갱부는 잠시 입을 다물고 담뱃대를 바라보고 있었다. 그러고 나서 다시 담배를 채워 넣었다. 코에서 한창 연기가 나오기 시작했을 때 입을 열었다.

84

그때 내가 그 갱부의 말을 듣고 첫째로 놀란 것은 그의 교육 수준이었다. 교육을 받은 데서 나오는 고상한 감정이었다. 식견이었다. 열성이었다. 마지막으로 그가 쓴 한자어였다. ……그는 갱부가 죽었다 깨도 알 턱이 없는 한자어를 아주 편안하게, 마치 어제까지 가정 내에서 일상적으로 써왔던 것처럼 구사했다. 나는 그때의 모습을 아직도 눈앞에 떠올리는 일이 있다. 그는 커다란 눈을 부릅뜬 채 내 얼굴을 응시했다. 고개를 앞으로 약간 내밀고, 책상다리로 앉은 무릎에 한 손을 거꾸로 짚고, 왼쪽 어깨를 살짝 올리고, 오른쪽 손가락으로 담뱃대를 쥐고, 이따금 얇은 입술 사이로 깨끗한 이를 드러내며…… 이런 말을 했다. 구절의 순서나 단어의 사용 방법은, 확실한 기억을 그대로 옮긴 것이다. 다만 목소리만은 어쩔 도리가 없다.

"솔개도 오래면 꿩을 잡는다[1]는 말이 있지? 이런 천한 일을 하고 있기는 하지만, 연장자가 하는 말이니 참고로 들어보게. 청년기는 정(情)

---

1 어떤 부문에 오랫동안 있으면 지식과 경험을 가지게 된다는 뜻.

의 시절이야. 나도 그런 때가 있었지. 정의 시절에는 실패하는 법이
네. 자네도 그럴 거야. 나도 그랬어. 누구나 그런 법이지. 그러니까 대
충 짐작은 가네. 자네의 사정하고 내 사정이 얼마나 다른지는 모르지
만, 아무튼 짐작은 하고 있지. 책망할 생각은 없어. 동정은 하지. 복잡
한 사정도 있을 거야. 들어보고 의논해줄 수 있는 처지라면 들어주기
는 하겠지만, 굿길에서 나갈 수 없는 사람이라면 들어봐야 어쩔 도리
가 없으니 자네도 얘기하지 않는 편이 낫겠지. 나도……"

이렇게 말했을 때 나는 이 사내의 눈빛이 다소 이상하게 빛나고 있
다는 것을 알았다. 어쩐지 뭔가를 크게 느끼고 있는 것 같았다. 그것
이 당사자가 말하는 것처럼 굿길을 벗어날 수 없기 때문인지, 아니면
조금 전에 말하다 만 '나도' 뒤에 나올 이야기 때문인지는 알기 어려
웠지만 아무튼 묘한 눈빛이었다. 게다가 그 눈이 날카롭게 나를 응시
하고 있었다. 그리고 그 날카로움 안에 회구(懷舊)[2]라고 해야 할지 침
음(沈吟)[3]이라고 해야 할지, 어쩐지 사람을 끌어당기는 정겨움이 있었
다. 그 시커먼 갱 안에서 사람이라고는 그 갱부뿐이었는데, 그 갱부는
아직도 눈뿐이다. 내 정신의 전부는 순식간에 그 안구에 빨려들었다.
그리고 그가 하는 말을 신중히 들었다. 그는 '나도'라는 말을 두 번 되
풀이했다.

"나도 원래는 학교에 다녔네. 중등 이상의 교육을 받았지. 그런데
스물세 살 때 어떤 여자하고 가까워져서…… 자세한 이야기는 하지
않겠네만, 그것 때문에 중대한 죄를 저질렀네. 죄를 저지르고 정신을
차리고 보니 이미 사회에 받아들여질 수 없는 몸이 되어 있었지. 원래

2 옛 자취를 돌이켜 생각한다.
3 속으로 깊이 생각한다.

별난 취향으로 한 짓이 아니고 어쩔 수 없는 사정 때문에 어쩔 수 없는 죄를 범했지만, 사회는 아주 냉혹하다네. 내부의 죄는 얼마든지 용서하지만, 표면으로 드러난 죄는 결코 놓치지 않거든. 나는 올바른 사람이고 올바르지 않은 일을 싫어해서 결국은 죄를 범하게 되었지만, 죄를 범한 이상 어쩔 도리가 없어. 학문도 버리지 않으면 안 되지. 공명(功名)도 내팽개치지 않을 수 없네. 모든 게 끝장이지. 분하지만 어쩔 수가 없네. 게다가 제재의 손에 붙들리지 않을 수 없네. (고의인지 우연인지 모르겠지만 그는 특별히 제재의 손이라는 표현을 썼다.) 하지만 내가 나쁜 짓을 했다는 기억이 없는데도 무턱대고 죄를 뒤집어쓰는 것은 내 성질상 도저히 받아들일 수 없었지. 그래서 냅다 달렸네. 도망갈 수 있을 만큼 도망가서 여기까지 오게 되었고 결국 굿길로 숨어들었지. 그러고 나서 6년간 결국 햇빛을 본 적이 없어. 매일매일 갱 안에서 깡깡 두드리고만 있었네. 만 6년을 두드렸어. 내년이 되면 나가도 상관없지. 7년째[4]니까 말이야. 하지만 나가지 않을 거네, 아니 나갈 수가 없어. 제재의 손에는 붙잡히지 않겠지만 나가지 않을 거네. 이렇게 된 이상 나가봤자 별수 없을 테니까. 세상에 돌아간다고 해도 거기서 저지른 일은 사라지지 않을 거고. 옛날은 지금도 마음속에 있네. 안 그런가, 자네? 옛날은 지금도 마음속에 있겠지. 자네는 어떤가?"

말하는 도중에 갑자기 내게 질문을 던졌다.

---

4 공소시효가 완료되는 해. 당시의 형법으로 금고나 벌금에 해당하는 형의 시효가 7년이었다.

85

나는 아닌 밤중에 홍두깨 같은 질문에 준비된 답을 갖고 있지 않았으므로 깜짝 놀랐다. 내 마음속에 있는 것은 옛날이라고 할 만한 게 아니었다. 1, 2년 전부터 그제까지 미루어온, 거의 현재와 다를 바 없는 과거였다. 나는 차라리 내 심사를 그 사내 앞에 털어놓을까도 생각했다. 그러자 상대는 마치 털어놓게 하지 않겠다며 나를 막는 것처럼 이야기를 이어가기 시작했다.

"여기서 6년을 사는 동안 인간의 더러운 면은 대충 다 봤지. 하지만 나갈 생각은 들지 않네. 아무리 화가 나도, 아무리 구역질이 나도 나갈 마음이 안 드네. 하지만 사회에는, ……햇빛이 비치는 사회에는 여기보다 더 힘든 점이 있지. 그걸 생각하면 견딜 수 있는 거네. 그저 어둡고 좁은 곳이라고 생각하기만 하면 되는 거지. 지금은 몸에도 구리 냄새가 배었고, 하루라도 칸델라 기름 냄새를 맡지 않으면 못 견디게 되었지. 하지만, ……하지만 그건 내 일이네. 자네 일이 아니야. 자네가 그렇게 되면 큰일이지. 살아 있는 인간이 구리 냄새가 배면 큰일이네. 아니, 어떤 결심으로, 어떤 목적으로 왔다고 해도 안 되는 일이지. 결심도 목적도 단 이삼일에 다 없어질 걸세. 딱한 노릇이지. 너무나 가여운 일이야. 이상이고 뭐고 아무것도 없는, 정과 망치 외에는 써먹을 기술도 없는 놈이라면 상관없겠지. 하지만 자네 같은, ……자네는 학교에 다녔겠지? ……어디 다녔나? ……뭐라고? 뭐, 어디든 무슨 상관이겠나. 게다가 젊네. 굿길에 처넣어지기에는 너무 젊어. 이곳은 인간쓰레기가 처넣어지는 곳이지. 바로 인간 무덤이야. 살아서 묻히는 곳이지. 한번 발을 들여놓으면 그걸로 끝이야. 아무리 훌륭한 인간이라도 빠져나갈 수 없는 함정이거든. 그런 줄도 모르고 대체로 알선업자 말만 듣고 끌려오는 거지. 그런 자네를 생각하면 마음이 아프네. 한 사람을 전락시키는 것은 큰 사건이지. 죽이는 것이 오히려 얕은 죄라고 할 수 있어. 전락한 놈은 그만큼 해를 끼치지. 다른 사람에게 폐를 끼치네. ……실은 나도 그중 한 사람이야. 하지만 이렇게 되면 전락하는 것 외에 길이 없지. 아무리 울어도 원망해도 전락하는 것 외에 길이 없어. 그러니 자네는 지금이라도 당장 돌아가는 게 좋아. 전락하면 자네한테만 도움이 안 되는 게 아니야. ……자네는 부모님이 계시나?"

"예."

나는 한마디로 대답했다.

"계신다면 더더욱 그렇지. 그리고 자네는 일본인이잖은가……"

나는 잠자코 있었다.

"일본인이라면 일본에 도움이 되는 직업을 구하는 게 좋을 걸세. 학문을 한 사람이 갱부가 되는 것은 일본에 손해네. 그러니 얼른 돌아가는 게 좋을 거야. 도쿄라면 도쿄로 돌아가야지. 그리고 적당한…… 자네한테 적당한 일, 일본에 손해가 되지 않는 일을 하게. 누가 뭐래도 여기는 안 되네. 여비가 없다면 내가 주겠네. 그러니 돌아가게. 알겠나? 나는 야마나카 조에 있네. 야마나카 조로 와서 야스(安)를 찾으면 금방 알 수 있을 거네. 찾아오도록 하게. 여비는 어떻게든 마련해줄 테니까."

야스 씨의 말은 그것으로 끝났다. 갱부는 만 명이라고 들었다. 그 만 명이 모두 시비와 인정을 모르는 짐승에서 발달한 괴물이라고만 생각하고 있던 그때 그 사람을 만난 것은 정말 소설 같은 일이었다. 입하(立夏)에 눈이 내리는 것보다 갱 안에서 야스 씨가 나를 타이른 일이 더 기적 같은 일로 여겨졌다. 섣달그믐이 지나면 새해가 온다는 것 정도는 알고 있었지만, 지옥에서 부처님을 만난 것 같다는 속담도 기억하고 있었지만, 궁하면 통한다는 말도 배운 적이 있지만, 어려울 때는 누군가가 나타나 도와주는 법이라 생각하고 일부러 어려운 척하고 있을 때도 종종 있었지만…… 그때는 전혀 달랐다. 만 명을 진심으로 짐승이라고 믿고 그 짐승이 또 모조리 자신의 적이라고만 생각했던 가장 강도 높은 단안(斷案)을 잊을 수 없는 통분(痛憤)의 불꽃으로 가슴에 새긴 때였으므로 더더욱 야스 씨에게 놀랐던 것이다. 동시에 야스 씨의 훈계가 나의 초지(初志)를 단번에 뒤집을 수 있을 만큼의 힘을 갖고 내 귀에 울렸다.

86

한동안 둘 다 입을 다물고 있었다. 야스 씨는 일단 해야 할 말을 다 했기 때문에 말을 하지 않고 있었을 테지만 나는 상대에게 어떻게든 대답할 의무가 있었다. 의무를 저버리면 야스 씨에게 송구한 일이다. 마음속 깊은 데서 감사의 뜻을 표한 다음 내 생각도 살짝 들려주고 싶은 마음은 굴뚝같았지만, 아무래도 콧속이 막혀 자유롭지 못했다. 게다가 억지로 말하려고 하면 입으로 나가지 않고 코로 빠져나갈 것 같았다. 그걸 참고 있자니 입술 양끝이 근질근질하고 콧방울이 실룩거렸다. 잠시 후 코와 입에 막힌 감동이 출구를 찾지 못하고 눈 안으로 모였다. 속눈썹이 무거워졌다. 눈꺼풀이 뜨거워졌다. 무척 곤란했다. 야스 씨도 묘한 표정을 짓고 있었다. 둘 다 겸연쩍은 마음에 마주 보고 책상다리를 한 채 잠자코 있었다.

그때 다음 작업장에서 광석을 캐는 소리가 깡깡 울렸다. 지금 돌아보면 나와 야스 씨가 입을 다물고 얼굴을 마주하고 있던 장소가 지면에서 몇 십, 몇 백 미터의 깊이였는지 정확히 알아두었으면 좋았을 것이다. 도회에서도 그런 기이한 만남은 흔치 않다. 구리 광산 안에서는 더더욱 있을 리가 없다. 해가 비치지 않는 갱 밑바닥에 세상으로부터, 사람으로부터, 역사로부터, 태양으로부터 잊힌 두 사람이 고마운 가르침을 주고 고귀한 눈물을 흘린 무대가 있으리라고는 책상다리를 하고 묵묵히 서로의 얼굴을 지켜본 당사자 외에는 아는 사람이 없을 것이다.

야스 씨는 다시 담배를 피우기 시작했다. 뻐끔뻐끔 연기를 뿜어댔다. 그 연기가 짙게 나왔다가 어둠 속으로 사라지고, 짙게 나왔다가 어둠 속으로 사라지는 동안 나는 간신히 목소리가 자유로워졌다.

"고맙습니다. 역시 말씀하신 대로 인간이 있을 곳이 안 되겠지요. 저도 당신을 만나기 전까지는 오늘 안으로 구리 광산을 나갈까 하는 생각을 했습니다……"

역시 산에서 나가 죽을 생각이었다고는 말하기 어려웠으므로 거기서 잠깐 말을 잘랐다.

"그렇다면 더 말할 것도 없지. 어서 돌아가도록 하게."

야스 씨가 용기를 북돋워주었다. 나는 여전히 잠자코 있었다. 그러자 야스 씨가 말했다.

"여비라면 내가 마련해주겠네."

나는 조금 전부터 여비, 여비 하는 것을 그저 선의로만 해석하고 있었는데, 그렇다고 받을 생각은 손톱만큼도 없었다. 어제 한바 책임자의 도움을 거절했을 때의 생각과 같은가 하면, 그런 것도 아니었다. 어제는 꼭 받고 싶었다. 땅바닥에 이마를 대고 빌어서라도 받고 싶었다. 하지만 몇 푼 안 되는 노자를 받는 것보다는 갱부가 되는 것이 득이라고 판단했으므로 손을 내밀어 받고 싶은 것을 억지로 거절했던

것이다. 야스 씨가 주겠다는 여비는 처음부터 받고 싶지 않았다. 호의
를 헛되이 한다는 점에서 보면 받지 않으면 안 되고 갱부를 그만둔다
고 하면 받는 것이 편하겠지만, 그럼에도 불구하고 받고 싶지 않았다.
지금 돌이켜보면 그것은 바로 상대의 인격에 대해, 받아서는 부끄러
운 일이다, 내 인격이 무너지는 일이다, 하는 생각에서 나온 것인 듯
하다. 상대가 너무나도 훌륭했으므로 나도 되도록 훌륭하게 행동하고
싶다, 훌륭하게 행동하지 않으면 내 체면을 손상할 우려가 있다, 상대
의 호의를 받아들여 그에 상응하는 만족감을 주는 것은 내게도 기쁜
일이지만 받아야 할 이유가 없는데도 자신의 이익만을 따져 함부로
받는 것은 거지나 다름없다, 나는 존경할 만한 야스 씨 앞에서 나는
거지다, 거지 이상의 인물이 아니다, 라고 사실상 증명해 보이는 것을
참을 수 없었던 것이다. 나이가 어리면 어리석은 대신 의외로 깨끗한
법이다.

"여비는 받지 않겠습니다."

나는 이렇게 거절했다.

87

그때 야스 씨는 담배를 두어 모금 빨더니 담뱃대를 통에 넣으려고 하다가 내 얼굴을 힐끗 보고 말했다.

"이거 실례[1]했군."

그래서 나는 굉장히 안됐다는 생각이 들었다. 만약 줄 테니 받아두라며 억지로 쥐여줬다면 틀림없이 받고 말았을 것이다. 그 후 사람이 돈을 주고받는 장면을 주의 깊게 살펴보니 처음에는 일단 거절하고 그다음에는 대체로 받아 넣는 것 같았는데, 그것은 바로 그런 심리 상태가 발달한 형식에 지나지 않을 것이다. 다행히 야스 씨는 훌륭한 사내로 "이거 실례했군"이라고 말해주었기에 내가 그 형식에 빠지지 않아도 된 것은 참으로 고마운 일이었다. 야스 씨는 곧장 여비 이야기를 거두고 다시 물었다.

"하지만 도쿄에는 돌아가는 거지?"

1 失敬. 이 말이 자주 쓰인 것은 중산계급의 육성을 목표로 한 중학교와 고등학교 등의 교육 환경에서다. 야스 씨의 출신이나 교양 수준을 보여주는 말이다.

나는 죽기로 한 결심이 다소 약해진 때였으므로 경우에 따라서는 여비만이라도 모아서 돌아가자는 생각도 하고 있어 이렇게 대답했다.

"잘 생각해보겠습니다. 아무튼 조만간 상의드리러 찾아가겠습니다."

"그런가? 그럼 일단 길을 알 수 있는 데까지 데려다주겠네."

야스 씨는 담배쌈지를 모모히키에 찔러 넣고 그 위로 통소매 옷을 덮었다. 나는 칸델라를 들고 자리에서 일어났다. 야스 씨가 앞장섰다. 갱은 의외로 오르기 편했다. 예의 그 계단을 네다섯 번 빠져나가 두 번쯤 기어서 지났더니 천장이 상당히 높아 똑바로 선 채 걸을 수 있는 길이 나왔다. 그 길을 길게 돌아서 오른쪽으로 다 오르자 돌연 제1경비소가 나왔다. 야스 씨는 전깃불이 보이는 데서 멈췄다.

"그럼 여기서 헤어지세. 저기가 경비소야. 저 앞에서 오른쪽으로 꺾어 올라가면 레일이 깔린 곳이 나오네. 거기서부터는 외길이야. 나는 아직 시간이 일러서 좀 더 일해야 하니까 나갈 수가 없네. 저녁에는 돌아갈 거야. 5시 지나면 있을 거니까 시간 나면 찾아오도록 하게. 조심해서 가게. 자, 그럼."

야스 씨의 그림자는 금세 어둠 속으로 들어갔다. 돌아보고 고맙다는 말을 한마디 했을 때는 이미 칸델라가 모퉁이를 돌고 있었다. 나는 혼자 굿길 입구로 나왔다. 어슬렁어슬렁 나가야까지 돌아갔다. 도중에 이런저런 생각을 했다. 야스라는 저 사내가 사회에서 제대로 생활하며 발전했다면 지금쯤 어떤 사람이 되었을지 모르지만, 아무튼 갱부보다는 출세했을 것이다. 사회가 야스 씨를 죽인 건지 야스 씨가 사회에 미안한 일을 한 건지…… 그렇게 남자답고 산뜻한 사람이 함부로 난폭한 짓을 할 리 없으므로 어쩌면 야스 씨가 나쁜 것이 아니라 사회가 나쁜 것인지도 모른다. 나는 어렸으므로 사회가 어떤 것인지 당시에는 확실히 알 수 없었지만, 어쨌든 야스 씨를 밀어낸 사회는 제대로 된 게 아닐 거라고 생각했다. 야스 씨에게 호의적인 탓인지 아무래도 그가 도망칠 수밖에 없는 죄를 범했다고는 생각되지 않았다.

사회가 야스 씨를 죽인 거라고 생각하지 않으면 마음이 개운치 않았다. 그런데도 지금 말한 대로 사회란 어떤 것인지는 요령부득이었다. 그저 인간이라고 생각하고 있었다. 그 인간이 왜 야스 씨처럼 좋은 사람을 죽였는가는 더더욱 알 수 없었다. 그러므로 사회가 나쁜 거라고 단정해봤지만, 그렇다고 결코 사회가 미워지지는 않았다. 그저 야스 씨가 딱할 뿐이었다. 가능하다면 나와 바꿔주고 싶었다. 나는 멋대로 자신을 죽이러 여기까지 온 것이다. 싫어지면 돌아가도 별 지장은 없다. 야스 씨는 인간으로부터 죽임을 당해 어쩔 수 없이 이곳에서 살고 있다. 돌아가려고 해도 돌아갈 데가 없다. 아무리 생각해도 야스 씨가 더 딱한 처지였다.

88

야스 씨는 전락했다고 말했다. 고등교육을 받은 자가 갱부가 되었으므로 과연 전락한 것임에는 틀림없다. 하지만 그 전락이 그저 신분의 전락만이 아니라 품성의 전락도 의미하는 것 같아 마음이 아팠다. 야스 씨도 달마에게 돈을 쏟아붓고 있을까, 갱내에서 주사위 도박을 하고 있을까, 잔보를 병자에게 보여주며 놀리는 걸까, 아내를 담보로…… 설마 그런 일은 없을 것이다. 어제야 도착한 나를 보고 놀리지 않는 사람이 없었지만 야스 씨만은 어두운 갱 밑바닥에서도 내 인격을 충분히 인정해주었다. 야스 씨는 갱부로 일하고 있지만 뼛속까지 갱부는 아니다. 그래도 전락했다고 말했다. 게다가 그 전락에서 평생 벗어날 수 없다고도 했다. 전락의 밑바닥에서 죽은 채 살아가고 있다고 했다. 그렇게까지 전락한 것을 자각하고 있으면서도 살아서 일하고 있다. 살아서 깡깡 두드리고 있다. 살아서…… 자신을 구원하려 하고 있다. 야스 씨가 살아가는 이상 나도 죽어서는 안 된다. 죽는 것은 나약한 짓이다.

이렇게 결심하고 뭐든 상관없으니 일단 갱부가 된 뒤에 생각하기로
하고, 되도록 서둘러 돌아갔다. 나가야 50미터 앞에서 하쓰 씨가 돌에
걸터앉아 기다리고 있었다. 비는 그쳐 있었다. 하늘은 아직 흐렸지만
젖을 염려는 없었다. 산에서 바람이 불어왔다. 춥긴 했으나 세상이 밝
아 무척 기뻤다. 내가 기쁜 나머지 지친 다리를 질질 끌면서 부랴부랴
다가가자 하쓰 씨는 의아하다는 얼굴로 말했다.

"이야, 나왔구나. 용케 길을 찾은 모양이네."

자신이 안내를 맡았으면서도 사람을 내팽개치고, 어떻게든 해서 어
떻게든…… 해서, 해서, 해서, 하는 노래를 부르며 아주 애태우게 해놓
고, 그 사람이 이리저리 헤매고 다니다 굴 모서리에 머리를 부딪쳐 깨
버릴까 하는 생각까지 한 끝에 간신히 야스 씨 덕분에 나왔더니 "용케
길을 찾은 모양이네"라고 딴청을 피우고 있었다. 그런데도 십장이 무
서워서 도중에 기다렸다가 함께 돌아갈 요량이었던 것이다. 나는 돌
에 걸터앉아 엷은 웃음을 띠고 있는 길잡이의 머리 위에 침이라도 뱉
어줄까 하는 생각을 했다. 그러나 나는 이제 막 죽기로 한 결심을 단
념했다. 당분간은 이곳에 머물러야 할 처지다. 침을 뱉으면 싸움이 벌
어질 뿐이다. 싸움을 벌이면 질 게 뻔하다. 질 뿐 아니라 스노코 안에
처넣어질 것이고, 그렇다면 애써 죽는 것을 단념한 보람이 없다. 그래
서 이렇게 대답했다.

"그럭저럭 나왔습니다."

그러자 하쓰 씨는 더더욱 이상하다는 얼굴로 물었다.

"이야, 놀라운데. 혼자 나왔단 말이지?"

그때 나는 나이에 비해 잘해냈다. 잘해냈다고 할 정도이니만큼 그
저 내게 손해가 되지 않도록 말했을 뿐으로 그것 이외에 칭찬받을 만

한 행동은 하지 않았지만, 아무튼 열아홉 살치고는 꽤 복잡하고 보통 내기가 아니었다고 생각한다. 왜냐하면 그런 질문을 받았을 때 야스 씨의 이름이 그만 목구멍 끝까지 올라왔지만, 결국 말하지 않았다는 것이 자랑스럽기 때문이다. 어지간히 하찮은 자랑거리이긴 하지만 그 이유를 말하면 이런 것이었다. 야마나카 조의 야스 씨는 세력이 있는 갱부임에 틀림없다. 그런 야스 씨가 일부러 일면식도 없는 나를 제1경 비소 옆까지 친절하게 데려다주었다는 것이 알려지면, 안내를 맡은 그 사람은 체면을 잃을 게 뻔하다. 나에 대한 책임이 있는 사람이 그 책임을 내팽개치고 먼저 갱을 나가버렸다는 것이 알려지면, ……게다 가 그것이 악의에서 나온 행동이 분명하다고 밝혀진다면 십장은 그냥 넘어가지 않을 것이다. 그렇게 되면 나중에 반드시 내게 분풀이를 할 것이다. 무책임한 행동이 들통 나는 것은 통쾌하지만, ……나는 결코 관대한 마음을 이기지 못하고, 라는 예수교적인 거짓말[1]은 하지 않는 다. ……거기까지는 통쾌하지만 분풀이는 무척 성가시다. 사실 나는 그 성가심을 이기지 못했다.

"예, 여기저기 길을 물어 나왔습니다."

그래서 이렇게 얌전하게 대답해두었다.

1 그리스도교를 믿는 자가 관대한 마음으로 남을 용서한다고 말하는 데서 주인공이 위선을 느끼고 있음을 표명한 것이다. 소세키는 1910년의 「대화」라는 글에서 다음과 같이 말한다. "나는 위선의 가면을 쓴 그리스도교 목사만큼 싫은 게 없다. 그리스도교는 겸허해야 한다고 주장하면서 정작 자신은 겸허하기는커녕 완전히 반대여서 아주 놀랍다."

89

하쓰 씨는 반쯤 실망한 듯한, 반쯤 안심한 듯한 표정을 지었지만 곧 돌에서 일어나 이렇게 말하고는 다시 걷기 시작했다.

"십장한테 가자."

나는 잠자코 뒤따라 갔다. 어제 십장을 만난 곳은 한바였지만, 십장이 사는 곳은 따로 있었다. 나가야 옆으로 50미터쯤 올라가니 돌담으로 두 방향을 막고 평평한 땅에 세워진 이층집이 있었다. 집은 그다지 꼴사납지 않았지만 집 외에는 나무도 뜰도 없었다. 여전히 이층 창문으로 악마가 머리를 내밀고 있었다. 입구까지 가서 하쓰 씨가 밖에서 소리치자 창문을 드르륵 열고 한바 책임자가 얼굴을 내밀었다. 메리야스로 만든 셔츠 위에 도테라를 입은 채였다.

"돌아왔나? 수고했네. 자, 저쪽으로 가서 쉬게."

이렇게 말하자마자 하쓰 씨는 사라지고 없었다. 그 뒤에는 둘만 남았다. 십장은 창문 안에서 나는 밖에서 선 채 이야기를 나눴다.

"어땠소?"

"대충 보고 왔습니다."

"어디까지 내려갔소?"

"8번 갱까지 내려갔습니다."

"8번 갱까지나. 그거 참 대단하군요. 굉장히 힘들었을 텐데. 그래서……"

약간 고개를 앞으로 내밀었다.

"그래서…… 역시 있을 생각입니다."

"역시 그렇군요."

이렇게 말하고 한바 책임자는 가만히 내 얼굴을 쳐다봤다. 나도 잠자코 서 있었다. 이층에서는 여전히 고개를 내밀고 있었다. 게다가 두 개쯤 늘었다. 그 얼굴을 보니 너무나 불쾌해서 견딜 수가 없었다. 한바로 돌아가고 나서 그 얼굴들에 둘러싸일 생각을 하자 오싹했다. 그래도 있을 생각이었다. 어떻게든 참고 있을 생각이었다. 하지만 "역시 있을 생각입니다"라고 단호하게 대답해두고 돌연 이층의 얼굴을 올려다봤을 때는 정말이지 비참하기 짝이 없었다. 저런 놈들과 함께 있게 해달라고 손을 모아 빌지 않으면 안 되는 처지까지 전락한 것인가 싶은 생각에 몸도 영혼도 소금을 뿌린 해삼처럼 맥이 빠지고 말았다. 그때 한바 책임자가 드디어 말문을 열었다. 그리고 시원하게 말했다.

"그럼 두기로 하지요. 하지만 규칙이니까 의사한테 진찰을 한번 받고 오시오. 건강 증명서를 가져오지 않으면 안 되거든요. ……오늘…… 오늘은 이미 늦었으니까 내일 아침에 가서 받으면 되겠지요. ……진료소 말이오? 진료소는 여기서 남쪽에 있소. 올라올 때 보지 않았소? 저기 파란 페인트칠을 한 집이오. 그럼 오늘은 피곤할 테니 한바로 돌아가서 편히 쉬시오."

이렇게 말하고 창문을 닫았다. 창문을 닫기 전에 나는 살짝 고개를 숙여 인사하고는 한바로 돌아갔다. 편히 쉬라고 말해준 한바 책임자의 친절은 고마웠지만, 편히 누울 수 있을 정도라면 그렇게 괴롭지도 않을 것이다. 깨어 있으면 거칠고 난폭한 이들에게, 잠들면 빈대에게 시달려야 한다. 이따금 밥통 뚜껑을 열면 목구멍으로 넘어가지 않는 벽토가 나온다. ……그러나 있을 것이다. 있기로 결심한 이상, 무슨 일이 있어도 있을 것이다. 적어도 야스 씨가 살아 있는 동안에는 있을 것이다. 굿길의 인간이 모두 빈대가 되어도 야스 씨만 살아서 일하고 있는 한 나도 살아서 일할 생각이다. 이런 생각을 하면서 50미터쯤 길을 내려가 한바로 들어가서는 이층으로 올라갔다.

올라가자 생각했던 대로 많은 사람들이 이로리 옆에서 기다리고 있었다. 나는 울적했지만 되도록 아무렇지 않은 얼굴로 방해가 되지 않는 자리에 앉았다. 그러자 시작되었다. 비아냥거림인지 냉소인지 욕설인지 우스갯소리인지가 시작되어 끝날 줄을 몰랐다.

하나하나 다 기억하고 있다. 평생 잊을 수 없을 정도로 내 여린 머리를 자극했으므로 또렷이 기억하고 있다. 그러나 일일이 되풀이할 필요는 없을 것이다. 뭐 어제와 대체로 같은 일이라고 생각하면 된다. 나는 불현듯 야스 씨를 만나고 싶은 생각이 들었다. 예의 그 저녁밥을 억지로 두 공기나 먹고 모두의 눈에 띄지 않게 살짝 한바를 빠져나왔다.

　야마나카 조는 잔보가 지나간 돌담 사이를 빠져나가 완만한 내리막
길 옆을 오른쪽으로 올라가면 비스듬히 머리 위를 뒤덮고 있는 커다
란 회화나무 뒤쪽에 있었다. 저물녘의 문간을 들여다보니 한 호리코
가 칸델라 불빛에 통소매 옷을 깨끗이 손질하고 있었다. 안은 의외로
조용했다.

　"야스 씨는 돌아오셨습니까?"

　공손하게 묻자 호리코는 얼굴을 들고 나를 힐끗 본 채 안쪽을 향해
소리쳤다.

　"이봐, 야스 씨, 누가 찾아왔네."

　그러자 야스 씨는 마치 기다리고 있었다는 듯이 발소리를 내며 나
왔다.

　"여어, 왔나? 자, 들어오게."

　야스 씨는 줄무늬 무명옷에 콩알 모양의 무늬가 들어간 천으로 만
든 띠를 두르고 서 있었다. 마치 도쿄의 마부 같은 차림이었다. 거기

에는 다소 놀랐다. 야스 씨도 내 모습을 바라보며 고개를 갸웃했다.

"역시 도쿄에서 달려온 차림 그대로군그래. 나도 옛날에는 그런 옷을 입은 적이 있었지. 지금은 이렇지만."

야스 씨는 이렇게 말하며 소맷자락을 당겨 보였다.

"뭐 같아 보이나? 인력거꾼?"

그래서 나는 조심스럽게 히죽히죽 웃었다.

"하하하하, 성격은 이보다 더 타락했다네. 놀라서는 안 되지."

나는 뭐라 대답해야 좋을지 몰라 조금 전처럼 히죽히죽 웃으며 서 있었다. 당시에는 어떻게 해야 좋을지 모를 때면 히죽히죽 웃어넘기곤 했다. 그런 점에서 보면 야스 씨는 나보다 훨씬 더 세상 물정에 밝았다. 그런 모습을 보더니 야스 씨가 매듭을 지어주었다.

"아까부터 올 거라고 생각하고 기다리고 있었네. 자, 들어오게."

이 사람은 세상 물정에 밝은 지식을 응용하여 세상 물정에 밝지 못한 사람을 도와주는 쪽이라고 생각하고 감탄했다. 그와는 반대로 무시를 당하고 있었기에 특별히 더 감탄했을 것이다. 그래서 야스 씨가 말한 대로 나가야로 올라가보았다. 역시 방은 넓지만 내가 묵고 있는 곳만큼은 아니었다. 전깃불은 켜져 있었다. 이로리도 있었다. 다만 사람 수가 적었는데 기껏해야 대여섯 명밖에 되지 않았다. 게다가 건너편에 한데 모여 있어서, 이쪽에는 고작 두 명뿐이었다. 다시 야스 씨가 이야기를 시작했다.

"언제 돌아가나?"

"돌아가지 않기로 했습니다."

야스 씨는 이런 빙충이를 봤나 하는 얼굴로 어처구니없어했다.

"해주신 말씀은 잘 알고 있습니다. 하지만 저도 호기심에 여기까지 온 게 아니라서 돌아가고 싶어도 돌아갈 데가 없습니다.”

“그럼 역시 세상에 얼굴을 내밀 수 없는 일이라도 한 건가?”

야스 씨가 날카로운 어조로 물었다. 어쩐지 상대가 더 놀란 것 같았다.

“그런 건 아닙니다만…… 세상에 얼굴을 내밀고 싶지 않습니다.”

이렇게 대답하자 내 태도와 표정과 어조를 주의하고 있던 야스 씨가 갑자기 웃음을 터뜨렸다.

“농담하지 말게. 그런 호기심이 어디 있다고. 세상에 얼굴을 내밀고 싶지 않다는 건 무슨 말이지? 분에 넘치는 거 아닌가? 하루라도 좋으니까 나도 그런 사람이 되어봤으면 좋겠네.”

“바꿀 수만 있다면 바꿔드리고 싶습니다.”

지극히 진지하게 말하자 야스 씨는 다시 웃음을 터뜨렸다.

“정말 어떻게 해볼 도리가 없군그래. 생각해보게. 세상에 얼굴을 내밀고 싶지 않은 사람이 말이야, 이런 굿길에 얼굴을 내밀고 싶겠나?”

“전혀 내밀고 싶지 않습니다. 어쩔 수 없으니까…… 어쩔 수가 없습니다. 어젯밤에도 오늘도 호된 구박만 당했습니다.”

야스 씨는 다시 웃기 시작했다.

91

"괘씸한 녀석들이군. 누가 구박했나? 어린 사람을 붙들고 말이야. 좋아, 내가 당장 복수를 해줄 테니까, 그 대신 돌아가는 거네."

나는 그때 마음이 아주 든든해졌다. 더더욱 남겠다는 생각이 들었다. 그렇게 거칠고 난폭한 이들도 나만 강해지면 전혀 무섭지 않다, 모두를 한데 싸잡아 욕을 퍼부어줄 정도의 용기가 점점 솟아나는 것 같았다. 그래서 야스 씨에게 복수는 해주지 않아도 좋으니 제발 돌려보내려고 하지 말고 당분간 있게 해달라고 부탁했다. 너무 어이가 없어서인지 야스 씨는 딱하다는 표정을 지으며 기가 막혀 했다.

"그렇다면 있게. ……특별히 부탁하고 말 것도 없어, 그건 자네 마음이니까. 의논할 것도 없는 일이지."

"하지만 당신이 허락해주지 않으면 있기 힘드니까요."

"그렇게까지 말한다면 당분간 있도록 하게. 하지만 오래 있지는 말게."

나는 삼가 야스 씨의 뜻을 받아들였다. 실제로 나도 그럴 생각이었으므로 그건 결코 의례적인 대답이 아니었다. 그러고 나서 이런저런 이야기를 했는데 굿길 안에서의 술회와 크게 다르지 않았다. 다만 야스 씨의 형님이 고등관[1]이 되어 나가사키에 있다는 이야기를 듣고 크게 감동했다. 야스 씨 처지가 되어도, 형님의 처지가 되어도 필시 괴로울 거라는 생각이 들었고, 나와 부모를 결부시켜 생각하자 왠지 모르게 슬퍼졌다. 돌아올 때 야스 씨가 출구까지 배웅을 나와 의논할 게 있으면 언제든지 오라고 말해주었다.

밖으로 나오자 흐렸던 하늘이 어느새 개어 가느다란 달이 나와 있었다. 길은 의외로 밝았고 그 대신 무척 추웠다. 겹옷을 뚫고 셔츠를 뚫고 반원형의 달빛이 살갗까지 파고드는 것 같았다. 양 소매를 가슴에 모으고 코 아래까지 그 안에 집어넣고 어깨를 되도록 잔뜩 웅크린 채 걷기 시작했다. 몸은 움츠러들었지만 마음속은 조금 전보다 훨씬 여유로웠다. 뭐 당분간이다. 익숙해지면 그렇게 걱정할 일은 없을 것이다. 아무튼 만 명이 넘는 사람들이 모여 매일 함께 일하고 밥을 먹고 자는 거니까 나도 일주일만 연습하면 어엿하게 전락한 사람이 될 수 있을 것이다. ……그때 내 머릿속에는 전락이라는 두 글자가 이렇게 떠올랐다. 그러나 단지 그 상황에 딱 맞는 글자로 떠올랐을 뿐 전락의 내용을 명확히 대표하지는 않았으므로 특별히 두렵지는 않았다.

그래서 비교적 힘차게 한바로 돌아왔다. 10미터쯤 앞까지 왔을 때 어쩐지 왁자지껄하게 떠들고 있었다. 밖은 쓸쓸한 달밤이었다. 나는 한바 안의 떠들썩한 소리를 들으며 쓸쓸한 달을 올려다보면서 잠시

---

1 구 관리제도에서 판임관의 상위에 해당하는 고급 관리로 그 임명에는 천황의 허가가 필요했다. 「단편 네댓」에서 소세키는 작중의 '야스 씨'에 해당하는 인물의 형이 '후쿠오카일보의 주필'을 하고 있다고 말했다.

서 있었다. 그랬더니 어쩐지 들어가기가 싫었다. 달빛을 받으며 밖에 서 있는 것도 힘들어졌다. 야스 씨에게 가서 재워달라고 하고 싶었다. 한 발짝 돌아가다가 도를 넘는 행동이라며 마음을 고쳐먹고 어슬렁어슬렁 나가야로 들어갔다. 옆쪽에 넓은 방이 있고 올라가는 입구는 장지문이 꼭 닫혀 있었다. 전깃불이 머리 위에 있어 그림자는 하나도 비치지 않았지만 떠들썩한 소리는 바로 그 안에서 나오고 있었다. 나는 게다를 벗고 발소리가 나지 않도록 하며 장지문 옆을 지나 이층으로 올라갔다. 계단을 다 올라가 커다란 방을 바라봤을 때는 휴우 하고 한숨이 나왔다. 방에는 아무도 없었다.

그저 긴 씨가 구운 납작 과자처럼 평평해진 채 자고 있었다. 그리고 돛으로 쓰는 두꺼운 무명천에 싸인 채 매달려 있는 사내도 있었다. 하지만 둘 다 무척 조용했다. 있어도 없는 것이나 마찬가지로 방 안은 휑하니 그저 넓기만 했다. 나는 방 한가운데까지 가서 선 채로 생각했다. 이부자리를 깔고 잘 것인가, 그렇지 않으면 입고 있는 옷차림 그대로 아무렇게나 드러누울 것인가, 또는 어젯밤처럼 기둥에 기대 밤을 새울 것인가. 입고 있는 옷차림 그대로 아무 데나 쓰러져 자면 춥고 기둥에 기대고 있는 것은 힘들다. 어떻게든 이불을 깔고 싶다. 오늘은 완전히 녹초가 되었으니 빈대가 있어도 어쩌면 잘 잘 수 있을지 모른다. 게다가 깨끗한 이불을 고르면 될 것이다. 특히 날에 따라 빈대의 수가 달라질지도 모르는 일이다. 이렇게 이런저런 이유를 달아 이불을 꺼내고 쑥 파고들었다.

92

그날 밤의 경험을 기억하고 있는 그대로 여기에 쓴다면, 내가 말도 안 되는 빙충이라는 사실을 떠벌리는 꼴만 될 뿐이고, 그것 외에는 아무런 이익도 흥미도 없으니 그만두기로 한다. 한마디로 말하자면 어젯밤과 같은 고통을 어젯밤 이상으로 겪어 잠들기가 무섭게 곧장 일어나고 말았다. 일어난 후 그렇게까지 빈대에 물리면서 왜 또 질리지도 않고 이불을 꺼내 잤을까 하고 후회했다. 생각해보니 완전히 자업자득이었다. 게다가 상식이 있는 사람이라면 누구나 피할 수 있고 또 피해야 하는 자업자득이므로 내가 생각해도 한심한 빙충이었다. 자신이 절실하게 싫어져 책상다리를 하고 이불 위에 앉아 생각에 잠겨 있으니 다시 맹렬하게 물어뜯었다. 엉덩이와 허벅지, 무릎이 일시에 뛰어올랐다. 나는 해오라기처럼 이불 위에 섰다. 그리고 주위를 둘러보았다. 울기 시작했다. 어쩔 수 없이 감색 허리끈을 풀어 반으로 접고 다시 반으로 접은 다음 알몸 전체를 닥치는 대로 찰싹찰싹 때리기 시작했다. 그러고 나서 옷을 입었다. 그리고 어젯밤에 기댔던 기둥이 있는 곳으로 갔다. 기둥에 기댔다.

집이 그리워졌다. 아버지보다, 어머니보다, 쓰야코 씨보다, 스미에 씨보다 다다미 여섯 장 크기의 내 방이 그리웠다. 벽장에 들어 있는 사라사 이불과 검은색 벨벳 깃 장식에 무늬가 있고 얇게 솜을 넣은 무명 잠옷이 그리웠다. 30분이라도 좋으니 그 이불을 깔고, 그 잠옷을 입고 따뜻하게 편히 자고 싶었다. 지금쯤 누가 그 방에서 자고 있을까? 아니면 내가 사라지고 난 후에는 책상이 놓인 그대로 비워두고 있을까? 그러면 그 이불도 잠옷도 개어진 채 벽장에 넣어져 있을 것이다. 참으로 아까운 일이다. 아버지도 어머니도 스미에 씨도 쓰야코 씨도 빈대에 물리지 않아 행복할 것이다. 지금쯤 숙면을 취하고 있겠지. 정말 부럽다. ……아니면 잠들지 못하고 몸을 뒤척이고 있을까?

아버지는 잠이 오지 않으면 짜증을 내며 한밤중에 담배합의 꽁초 담는 통을 톡톡 두드리는 버릇이 있다. 담배를 피운다고 하지만 담배는 구실이고 실은 홧김에 두드리는 것 같다. 지금쯤 자꾸만 두드리고 있을지도 모른다. 몹쓸 아들놈이라고 생각하며 두드릴까, 아니면 어떻게 된 건가 하고 걱정한 나머지 잠에서 깨어나 두드릴까? 어느 쪽이든 딱하다. 하지만 나도 그다지 생각하고 있지 않으니 아버지도 그다지 걱정하지 않을 것이다. 어머니는 잠이 오지 않으면 변소에 가려고 일어난다. 뜰로 난 작은 창을 열고 나가, 일을 보고는 빗장 지르는 것을 잊어먹어 이튿날 아침 아버지에게 잔소리를 듣곤 했다. 어젯밤에도 오늘 밤에도 아마 잔소리를 들었을 것이다.

스미에 씨는 쿨쿨 자고 있을 것이다…… 아무래도 자고 있을 것이다. 내 앞에서는 부드러워지기도 하고 날카로워지기도 하고 이런저런 재주를 부려 사람을 꾀지만, 내가 없어지면 금방 잊고 평소대로 밥을 먹고 잘 자는 여자라 어쩔 수 없을 것이다. 그런 여자는 지금까지 본 신문소설에는 결코 나오지 않기 때문에 처음에는 이상하게 생각했지만 분명한 증거가 있으니 확실하다. 그런 여자를 깊이 사모하지 않을 수 없는 것은 상당히 불행한 일이다. 꽤나 얄밉다고 생각하지만, 그렇게 생각하면서도 역시 반한 모양이다. 정말 괘씸한 일이다. 지금도 하얀 살결의 얼굴이 눈앞에 어른거린다. 괘씸한 얼굴이다.

쓰야코 씨는 일어나 있을 것이다. 그리고 울고 있을 것이다. 정말 가엾다. 하지만 내가 반한 기억도 없을 뿐 아니라 또 반하게 할 만한 장난을 친 적도 없기 때문에 아무리 자지 않고 있다고 해도, 울고 있다고 해도 어쩔 수 없는 일이다. 얼마든지 가여워하겠지만 어쩔 수 없다. 상관하지 않기로 한다. ……그리고 마지막으로 다른 일은 어떻게든 할 테니 그저 편안하게 잠을 자게 해주었으면 싶다. 평소의 흰밥도 신물이 날 정도로 먹고 싶지만, 그보다는 빈대가 없는 이부자리에 들어가고 싶다. 30분이라도 좋으니 푹 자보고 싶다. 그런 뒤라면 할복이라도 하겠다.

93

이런 생각을 하고 있자니 또 날이 밝았다. 생각하는 도중에 어느새 잠이 든 모양인지 눈을 떴을 때는 아무것도 생각하고 있지 않았다. 그러고 나서는 어슬렁어슬렁 아래층으로 내려가 세수를 하고 안남미를 먹었다. 모든 일이 어제와 같았으므로 생략하기로 한다. 아홉 시로 정해진 그 시간까지 기다리지 못하고 병원으로 출발했다. 병원은 그제 산으로 올라올 때 봤다. 파란 페인트칠을 한 건물이라고 했으니 길도 집도 틀림없었다. 한바를 나와 200미터쯤 가니 바로 길가에 있었다.

목조이긴 하지만 꽤 근사한 건물로 상당히 넓은 만큼 거칠고 난폭한 사람들과는 전혀 어울리지 않았다. 야만인이 병에 걸린다는 것조차 신기할 정도였는데, 병에 걸린 사람을 치료하기 위한 기계, 약품, 의사, 건물을 갖추고 있다니, 세상도 참 묘한 곳이라는 느낌이 들었다. 마치 도적이 돈을 모아 초등학교를 세우고 아이들을 학교에 다니게 하는 것이나 마찬가지였다. 문명과 몽매의 양극단이 파란 페인트칠을 한 이 건물 안에서 만나 한쪽이 다른 한쪽에 영향을 미치면 몽매가 점점 더 팔팔하게 몽매해진다. 섣불리 어긋난 결과가 일어나는구나, 하고 생각하며 걸어가는데 다시 요괴들이 창으로 머리를 내밀고 바라보고 있었다. 애써 한 생각도 그 불쾌한 얼굴들을 올려다보자 순식간에 사라지고 말았다. 그 얼굴들 중에 야스 씨 같은 사람이 단 한 사람이라도 있다면 죽다 살아난 것처럼 기쁠 텐데, 모두가 입이라도 맞춘 것처럼 사나움과 난폭함의 극치를 보여주고 있었다. 저래서는 아무래도 병원이 있을 필요도 없을 거라는 생각까지 들었다.

날씨만은 안성맞춤으로 활짝 개어 있었다. 적토를 갈라놓은 듯한, 깎아지른 듯한 산의 암벽에 해가 비쳤다. 어제, 그제 내린 비를 머금은 흙이 동쪽에서 비치는 해를 받고는 있으나 아직 마르지는 않았다. 게다가 내리쬐는 해를 맘껏 빨아들이고 있었다. 경치는 드러나게 화려한 가운데 촉촉하게 기세를 올리고 있고, 나가야와 나가야 사이로 아래쪽의 산을 보니 새파란 색이 저절로 벌어질 것처럼 짙게 겹쳐 있었다. 바람은 완전히 멎었다. 어젯밤과 오늘 아침의 기온은 거의 15도 이상이나 차이가 나는 것 같았다. 길가에 단 한 송이의 민들레가 피어 있었다. 아까울 만큼 예쁜 색이었다. 그것도 거칠고 난폭한 사람들과는 전혀 어울리지 않았다.

병원에 도착했다. 회삼물 바닥 복도가 지면에 스칠 듯이 10미터쯤 이어져 있는데, 그 끝에 진찰실이라는 팻말이 걸려 있고 그 앞 오른쪽에 대기실이라고 쓰여 있었다. 지금 말한 채 2미터가 안 되는 폭의 복도를 가로질러 대기실로 들어가자 아래는 역시 회삼물 바닥인데 벤치 두 개가 나란히 놓여 있었다. 조그만 유리창에는 해서체로 쓴 '접수'라는 글자가 붙어 있었다. 그 창구로 가서 내 이름을 쓴 종잇조각을 내밀자 창 안쪽에 앉아 있던 스물두세 살쯤 되어 보이는 젊은 남자가 종잇조각을 받아 들고, 있지도 않은 눈썹으로 여덟팔자를 만들며 곤란하다는 듯이 자세히 들여다보았다.

"이거 자넨가?"

아주 건방지게 말했다. 그리 좋은 기분이 아니었다. 무슨 필요가 있다고 나를 그렇게 경멸하는지, 불만을 참을 수가 없었다. 그래서 되도록 붙임성 없이 이렇게만 대답했다.

"예."

접수 담당자는 그것만으로는 대답이 부족하다고 말하는 듯이 잠깐 나를 노려보았지만, 나도 그렇게만 대답하고 입을 다물고 서 있었다.

"좀 기다려."

접수 담당자는 이렇게 말하며 유리창을 탁 닫고 나가버렸다. 조리[1]를 끄는 소리가 들렸다. 그렇게 쿵쾅거리는 소리를 내지 않아도 좋을 텐데 하고 생각했다.

나는 벤치에 앉았다. 접수 담당자는 좀처럼 돌아오지 않았다. 멍하니 있으니 눈앞에 잔보가 나타났다. 긴 씨가 영차, 영차 하며 젊어지고 오는 것이 보였다. 저래도 병원이 필요하나 싶었다. 뭘 위해 약을 조제하고 환자를 치료하는지 거의 의미를 찾아볼 수 없었다. 그토록 그럴듯한 위선도 없을 것이다. 병자는 괴롭힐 만큼 괴롭힌다. 잔보는 소리칠 수 있을 만큼 와 하고 소리친다. 그 대신 의사에게 진찰을 받게 해준다는 것일까? 정중함의 극치다.

---

1 짚이나 왕골, 대나무를 정교하고 촘촘하게 짜서 샌들처럼 만든 신발.

94

"이봐, 저쪽으로 들어가봐."

느닷없이 접수 담당자의 목소리가 들렸다. 유리창 안의 접수 담당자는 위압적인 태도로 서서 나를 눈 아래로 흘겨보고 있었다. 나는 대기실을 나갔다. 오른쪽으로 꺾어 복도를 따라 진찰실로 들어가자 약 냄새가 코를 찔렀다. 그 냄새를 맡자마자 나도 이제 곧 죽겠구나 하는 생각이 들었다. 죽어서 이곳 흙이 된다면 그것도 묘한 일이다. 그런 것을 운명이라고 하는 것일까? 운명이라는 두 글자는 옛날부터 알고 있었다. 하지만 그저 글자를 알고 있을 뿐 의미는 알지 못했다. 의미는 알아도 납득하기가 어려웠다. 서양인이 죽순을 상상하듯이[1] 정의(定義)만을 알고 만족하고 있었다.

하지만 인류대사인 죽음이라는 실제와 인간의 짐승 같은 부류인 갱

---

1 말의 의미만 알 뿐 그 말이 가리키는 대상을 모른다는 것의 비유. 죽순을 먹는 나라는 중국, 일본, 한국, 동남아시아, 아프리카의 일부다. 유럽에는 동남아시아의 식민지에서 대나무가 수입되어 대나무를 가리키는 'bamboo'라는 단어도 생겼으나 생육하는 식물로서 생활에 정착하는 일은 없었다.

부가 살고 있는 굿길을 연결하고, 이삼일 전까지 부족함이 없이 살아온 도련님을 돌연 공중에 매달아 그 둘 사이에 놓으면, 도련님은 비로소 아, 그렇구나, 하고 고개를 끄덕인다. 운명이 신기한 마력으로 가련한 청년을 가지고 놀았다는 것을 알게 된다. 그러면 지금까지 평범한 산이었던 것이 평범한 산이 아니게 된다. 평범한 흙이었던 것이 평범한 흙이 아니게 된다. 파랗기만 하다고 생각하던 하늘이 파랗기만 한 것으로는 끝나지 않게 된다. 이 병원, 진찰실, 약품, 냄새까지 꿈처럼 이상해진다. 원래 이 의자에 앉아 있는 본인부터가 어떤 사람인지 거의 요령부득이 된다. 본인 이외의 세계는 명료하게 보일 뿐 어떤 의미가 있는 세계인지 전혀 짐작할 수 없게 된다.

나는 진찰실과 약국을 겸한 그 방의 의자에 앉아 깔개, 테이블, 약병, 창, 창밖의 산을 둘러보았다. 하지만 명료한 시각으로 둘러보았지만 모든 것이 그저 한 폭의 그림으로 보일 뿐, 그 밖에는 아무것도 알 수 없었다.

그때 문이 열리고 의사가 나타났다. 그 얼굴을 보니 역시 갱부 타입이었다. 검은색 모닝코트에 줄무늬 바지를 입고 옷깃 밖으로 턱을 내밀며 말했다.

"너야, 건강진단을 받겠다는 사람이?"

그 말투에는 말에게도, 개에게도 마음속으로 반드시 품어야 할 정도의 경의만 담겨 있었다.

"예."

나는 이렇게 말하며 의자에서 일어섰다.

"직업은 뭐야?"

"특별히 직업이라고 할 만한 건 없습니다."

"직업이 없어? 그럼 지금까지 뭘 하고 살았어?"

"그냥 부모 신세를 지고 있었습니다."

"부모님 신세를 지고 있었다고? 부모님 신세를 지면서 빈둥거렸단 말이지?"

"예, 그렇습니다."

"그럼 파락호구먼."

나는 대답하지 않았다.

"옷을 다 벗어."

나는 옷을 다 벗었다. 의사는 청진기로 가슴과 등을 대본 후 느닷없이 내 코를 쥐었다.

"숨을 쉬어봐."

숨이 입으로 나갔다. 의사는 입 언저리에 손을 대고 싶어 했다.

"이번에는 입을 막아."

의사는 코 아래에 손을 댔다.

"어떻습니까? 갱부가 될 수 있겠습니까?"

"안 돼."

"어디가 안 좋습니까?"

"지금 써줄게."

의사는 네모난 종잇조각에 뭔가 써서 내던지듯이 내게 건넸다. 들여다보니 기관지염이라고 쓰여 있었다.

95

기관지염이라고 하면 폐병의 바탕이다. 폐병에 걸리면 살 수 없다. 역시 조금 전에 약 냄새를 맡고 이제 죽는구나 하는 예감이 든 것도 무리는 아니었다. 이번에는 드디어 죽게 되는 모양이었다. 앞으로 2, 3주만 지나면 긴 씨처럼 영차, 영차 하며 잔보를 보여줄 수 있게 되고, 그다음에는 내가 드디어 잔보가 되어 사람들이 마음껏 떠들어대고 두드려댈 것이다. ……하지만 신참이라 떠들어대줄 사람도 두드려대줄 사람도 없을지 모르지만…… 결국에는…… 어떻게 될지 나도 잘 모르겠다. 그건 몰라도 된다. 살아서 움직이고 있는 지금조차 알 수 없다. 그저 세계가 끊임없이 밋밋하게 이어지고 있는 가운데 선명한 색이 여러 개나 늘어서 있을 뿐이다.

갱부는 세상에서 가장 지저분한 사람이라고 생각하고 있었지만, 이처럼 만물을 색의 변화로 보면 지저분하고 말고 할 정도가 아니었다. 아무래도 상관없으니 뭐든 멋대로 하라며 내가 팔짱을 끼고 있으면 운명이 어떻게든 해결해줄 것이다. 죽어도 좋고 살아도 좋다. 게곤 폭포 같은 데로 가는 것도 귀찮아졌다. 도쿄로 돌아갈까? 무슨 필요가 있어서 돌아간단 말인가. 어차피 두세 번 기침을 할 동안만의 목숨이다. 운명이 여기까지 몰아와주었으니 운명에 날려갈 때까지는 여기에 있는 것이 가장 고생스럽지 않고 가장 편하고 가장 당연한 것이다. 여기에 있으면서 전략의 수련만 쌓는다면 죽을 때까지는 견딜 수 있을 것이다. 폐병 환자에게 다른 수련은 어려울지도 모르지만 전략의 수련이라면…… 문득 오는 길에 눈에 띄었던 민들레를 만났다. 조금 전에는 아까울 정도로 아름다운 색이라고 생각했는데, 지금 보니 별것 아니었다. 이것이 왜 아름다웠을까 하고 잠시 서서 보고 있었는데, 역시 아름답지 않았다.

그러고 나서 다시 걸었다. 길게 뻗은 완만한 경사의 언덕길을 오르자 자연스럽게 얼굴이 위를 향하게 되었다. 그러자 예의 그 나가야에서 갱부가 턱을 괸 채 나를 내려다보고 있었다. 조금 전까지만 해도 그토록 불쾌했던 얼굴이 마치 흙으로 빚은 인형의 머리처럼 보였다. 추하지도 무섭지도 밉지도 않았다. 그저 평범한 얼굴이었다. 일본 제일의 미인 얼굴이 그저 평범한 얼굴이듯이 갱부의 얼굴도 그저 평범한 얼굴이었다. 그런 나도 뼈와 살로 이루어져 있을 뿐인 그저 평범한 인간이었다. 의미고 뭐고 없었다.

나는 이런 상태에서 사람이 살지 않는 곳을 가는 듯한 심정으로 십장의 집까지 찾아갔다. 안내를 청하자 안에서 열대여섯 살쯤의 아가씨가 장지문을 드르륵 열고 나왔다. 이런 아가씨가 이런 곳에 있을 리가 없으므로 평소라면 깜짝 놀랐을 텐데, 그때는 아무 느낌도 들지 않았다. 그저 기계처럼 인사를 하자 아가씨는 한 손을 장지문에 대고 안쪽을 돌아보며 소리쳤다.

"아빠, 손님!"

나는 그때 이 아가씨가 한바 책임자의 딸이라고 짐작했지만, 그저 짐작했을 뿐 아가씨가 아직 거기에 서 있는데도 그 아가씨를 잊어버리고 말았다. 그때 십장이 나왔다.

"무슨 일이오?"

"갔다 왔습니다."

"건강진단을 받고 왔소? 어디?"

나는 오른손에 쥐고 있던 진단서를 그만 잊어먹고, 이런, 어디 됐더라, 하며 그제야 정신을 차렸다.

"들고 있잖소?"

십장이 말했다. 아니나 다를까 들고 있었으므로 구겨진 것을 펴서 십장에게 건넸다.

"기관지염. 병 아니오?"

"예, 틀렸습니다."

"그거 참 난처하게 됐군요. 그래, 어떻게 할 거요?"

"그래도 있게 해주십시오."

"그건 무리 아니겠소?"

"하지만 이제 돌아갈 수도 없는 노릇이니 부디 있게 해주십시오. 심부름이든 청소든 상관없습니다. 뭐든지 하겠습니다."

"뭐든지 하겠다고? 병이 있다면 어쩔 수 없는 거 아니겠소? 참 난처하군요. 하지만 이렇게 된 마당이니 생각 좀 해봅시다. 내일까지는 대충 상황을 알 수 있을 테니까 다시 한번 와보시오."

나는 돌처럼 굳은 채 한바로 돌아갔다.

96

그날 밤에는 아무렇지 않게 이로리 옆에 책상다리를 하고 앉아 있었다. 갱부들이 뭐라고 해도 상대하지 않았다. 상대할 기분도 들지 않았다. 아무리 떠들어도, 놀려도, 설령 밟거나 걷어찬다고 해도 그들은 나와 함께 한 장의 판자에 새겨진 한 무리의 상(像)처럼 생각되었다. 잘 때는 이불을 깔지 않았다. 여전히 이로리 옆에 책상다리를 하고 앉아 있었다. 다들 잠이 들고 나서 나도 그 자리에서 선잠을 잤다. 이로리에 숯을 넣는 사람이 없어 불기가 점점 약해져 추위가 점차 심해졌으므로 눈을 떴다. 목덜미가 오싹했다.

일어나 밖으로 나가서 하늘을 올려다보니 별이 총총히 떠 있었다. 저 별은 뭐하려고 저렇게 빛나고 있는 것일까 하고 생각하며 다시 안으로 들어갔다. 긴 씨는 여전히 평평해진 채 자고 있었다. 긴 씨는 잔보가 될 것이다. 나와 긴 씨 중 누가 먼저 죽을까? 야스 씨는 6년을 굿길에 들어갔다고 했는데, 앞으로 몇 년이나 광석을 두드릴 수 있을까? 역시 결국에는 긴 씨처럼 평평해진 채 한바 귀퉁이에 눕게 될 것이다. 그리고 죽을 것이다. ……나는 불기 없는 이로리 옆에 앉아 날이 밝아올 때까지 계속 생각했다. 그 생각은 꼬리에 꼬리를 물고 끊임없이 계속되었지만, 어느 것이나 바싹 말라 있었다. 눈물도 인정도 색도 향도 없었다. 무서운 것도 두려운 것도 미련도 마음에 걸리는 것도 없었다.

날이 밝고 나서 평소와 다름없이 식사를 마치고 십장의 집으로 갔다. 십장은 힘찬 목소리로 말했다.

"왔소? 마침 적당한 자리가 생겼소. 실은 그때부터 이런저런 자리를 찾아봤는데 아무래도 적당한 자리가 없어서…… 좀 난감했는데, 드디어 괜찮은 자리를 찾았소. 한바의 장부를 정리하는 일인데, 그거야 없으면 없는 대로 놔둬도 되는 자리이긴 하지요. 실제로 지금까지는 할멈이 해왔을 정도니까 말이오. 이왕 부탁받은 처지라, 어떻소? 그거라면 어떻게든 내가 주선할 수 있을 것 같은데."

"아, 예, 고맙습니다. 뭐든지 하겠습니다. 장부 정리라고 하면 어떤 일을 하는 겁니까?"

"뭐 간단한 일이오. 그냥 장부만 정리하는 되는 거요. 한바에 있는 그 많은 놈들이 짚신이네 콩이네 톳이네 하는 것을 이것저것 매일 사니까 말이오. 그걸 하나하나 장부에 적어두기만 하면 되는 일이지요. 뭐 물건은 할멈이 건네줄 테니까, 그저 누가 뭘 얼마나 가져갔는지 알 수 있게 적어놓기만 하면 되는 거요. 그러면 여기서 그 장부를 보고 월급날 그만큼 제하고 주면 되는 거니까요. ……뭐, 힘을 쓰는 일이 아니니 누구나 할 수 있는 일이지만, 알다시피 다들 까막눈들이라 말이오. 당신이 해주면 우리도 아주 편하겠는데, 어떻소, 장부 정리하는 일은?"

"좋습니다. 하겠습니다."

"월급이 적어서 정말 안됐소. 한 달에 4엔이오······ 식비는 제하고."

"그거면 충분합니다."

나는 이렇게 대답했다. 하지만 그다지 기쁘지도 않았다. 물론 드디어 안심했다는 생각도 들지 않았다. 광산에서의 내 위치는 가까스로 이렇게 정해졌다.

이튿날부터 나는 부엌 구석진 자리에 진을 치고 정해진 대로 장부 정리를 시작했다. 그러자 지금까지 그렇게 경멸하던 갱부들의 태도가 싹 변해 오히려 그쪽에서 내게 알랑거리게 되었다. 나도 즉시 전락 연습을 시작했다. 안남미도 먹었다. 빈대에게도 물렸다. 도회에서는 야바위꾼이 매일 촌놈을 끌고 왔다. 어린아이도 매일 따라왔다. 나는 4엔의 월급으로 과자를 사서 아이들에게 주었다. 하지만 그 후 도쿄로 돌아갈 생각을 하고 나서부터는 그것도 딱 그만두었다. 나는 다섯 달 동안 장부 정리하는 일을 별 탈 없이 해냈다. 그리고 도쿄로 돌아왔다. ······내가 갱부에 대해 경험한 것은 이것뿐이다. 그리고 모든 게 사실이다. 소설이 되지도 못했다는 것이 그 증거다.

갱부로 거듭나기

장정일(소설가)

열아홉 살 난 『갱부』의 주인공은 가출을 한 끝에 삶의 한복판으로 걸어 들어간다. 실제로는 도쿄 북쪽에 있는 구리 광산으로 걸어 들어간 것이지만 같은 것이다. 하지만 원래 주인공 '나'가 가출을 한 이유는 살기 위해서도 아니요, 고작 구리 광산의 갱부가 되기 위해서는 더더욱 아니다. "첫째로 나는 죽을지도 모른다는 생각으로 집을 뛰쳐나왔던 것이다."(45쪽)

스스로 상당한 지위를 가진 사람의 아들이라고 말하는 도련님은 왜 가출을 하고 자살을 결심했을까? 원인은 꽤 단순한 데다가 소세키적(!)이기까지 하다. "그 일이 일어난 배경을 살펴보면 그 중심에는 한 소녀가 있다. 그리고 그 소녀 옆에 또 한 소녀가 있다."(51쪽) 나쓰메 소세키는 때로 '삼각관계만을 썼다', '불륜만을 묘사했다'라는 평가를 받기도 하는데, 이 소설의 주인공 역시 쓰야코 씨와 스미에 씨 사이에 양다리를 걸쳤다. 아마도 그 때문에 그는 부모와 친척의 눈 밖에 났을 것이고, 그것이 가출의 동기가 됐다.

여기서 주의해야 할 것은, 가출은 가출이고 자살은 자살이라는 점이다. 즉 주인공 '나'의 가출과 자살은 연동되어야 할 아무런 필연성이 없는 별개의 사태다. 주인공이 가출을 하게 된 동기와 자살을 결심하게 된 동기는 같지 않다. 설령 두 여자 사이에서 오락가락하다가 부모와 친척을 실망시킨 나머지 가출과 자살을 동시에 떠올렸다고 가정하더라도 두 여자 문제는 가출과 자살의 표면적인 계기일 뿐, 그를 자살로 이끈 심층적인 동기는 따로 있다. 그것을 캐들어가기 위해서는 "게곤(華嚴) 폭포"에 번역자가 붙인 1번 주를 일독해야 한다.

닛코(日光)의 산속에 있는 100미터나 되는 높이의 폭포로, 웅대한 장관으로 유명하다. 1903년 5월 22일 제일고등학교 학생 후지무라 미사오(藤村操)가 바위 위의 나무에 〈암두지감(巖頭之感)〉이라는 글을 남기고 투신자살했다. 그 이후 게곤 폭포에서 자살하는 사람들이 뒤를 이었고 종종 신문에도 실려 자살의 명소가 되었다. 후지무라 미사오는 소세키의 제자였고, 소세키도 여러 차례 게곤 폭포와 젊은 자살자에 대해 언급했다. (21쪽)

마침 현암사의 나쓰메 소세키 소설 전집 ③권으로 출간된 『풀베개』에 황호덕이 붙인 해설 가운데, 두 사람에 대한 짧은 일화가 나오므로 함께 소개한다.

1903년 영국에서 귀국한 뒤 라프카디오 한의 후임으로 도쿄제국대학 강사가 되었지만, 그의 영문학 개설은 전혀 인기가 없었으며, 설상가상으로 취임 두 달이 못 되어 자신에게 힐난을 당한 제1고등학교 제자 후지무라 미사오가 게곤 폭포에서 투신자살하게 된다(이 사건은 『풀베개』에도 그 혼

적을 남기고 있다).

도쿄제국대학 강사가 제일고등학교(제1고등학교)에서 학생을 가르치기도 했던 것은 제일고등학교가 도쿄제국대학 진학을 위한 예비문(豫備門, 교양학부)이었기 때문이다. 황호덕의 말에 따르면 여기서 소세키가 어떤 이유로 후지무라 미사오를 힐난했다는 것인데, 물론 그 때문에 후지무라 미사오가 자살을 한 것은 아니다. 게곤 폭포에서 투신자살을 하기 직전에 그가 남긴 〈암두지감〉이란 제목의 '사세의 구(辭世句, 죽음 직전에 남긴 글귀나 마지막 한마디)'를 보면 사정이 명확해진다.

막막한 하늘과 땅

아스라한 과거와 현재.

보잘것없는 내가 이 신비를 풀어보고자 했지만

호레이쇼(햄릿의 친구)의 철학으로는 아무것도 풀 수가 없다.

세상의 진실은 오직 한마디,

불가해(不可解)라!

풀리지 않는 번민 끝에 죽음을 결정했으니

절벽 위에 서서도 가슴속엔 아무런 불안이 없다.

이제야 깨닫게 된 것은

커다란 비관과 커다란 낙관이 서로 같다는 것*

이것은 염세다. 일설에 따르면, 후지무라 미사오가 게곤 폭포에서

* 인터넷에는 무척 많은 판본이 나오는데, 만족할 만한 것이 없어서, 필자가 직접 윤문했다. 아무나 쓰시기 바란다.

염세자살을 한 이래로 숱한 젊은 학생들이 그 뒤를 따랐다고 한다. 이런 이유를 들어, 흐릿한 이 세계가 "고통"(21쪽)스러우며 "지겹다"(19쪽)라고 말하는 『갱부』의 주인공 역시 후지무라 미사오와 그 뒤를 따랐던 동시대 젊은이들과 같은 길을 가고자 했다고 말할 수 있다. 바로 여기에 소세키의 작품으로서는 낯설기 짝이 없는 이 작품만의 개성이 있다.

소세키 소설의 일반적인 특징 가운데 하나는 어느 작품에서나 비교문명론자의 시각이나 문제의식이 돌출한다는 것이다. 그의 대표작으로 손꼽히는 『나는 고양이로소이다』에는 그런 문제의식이 가득 차 있다. 이 소설을 즐겁게 읽은 독자라면 미학자 메이테이 선생이 도치멘보라는 존재하지도 않는 서양 요리를 지어내 후배와 레스토랑 직원은 물론이고 그의 친구인 구샤미 선생마저 놀려먹으려고 했던 장면을 반드시 기억할 것이다. 거기서 메이테이 선생은 제법 엄숙하게 자신이 살고 있는 시대를 가리켜, 러시아를 정벌한 지 2년째가 되는 매우 중요한 시기라고 말하고 있다. 그런데도 여기저기를 들쑤시고 다니면서 '도치멘보를 아십니까?'라는 실없는 만담을 하고 다니는 까닭은 무엇일까? 소세키는 저 농담을 통해 서구 근대화만이 살 길이라고 생각했던 당대인들의 '서양 따라하기'를 풍자한다.

소설에서뿐 아니라, 소세키가 문학·예술론이나 문명론을 통해 항시 의식했던 비교문명론에는 밀려오는 서양 근대에 휩쓸려가지 않으려는 일본 본위주의자*의 고뇌와 응전이 서려 있다. 하지만 『갱부』에는 소세키를 소세키답게 하는 그것이 말끔히 사라지고 없다. 이 작품으로 말하자면, 게곤 폭포에서 자살한 소세키의 제일고등학교 제자

* 소세키의 '자기본위주의'를 비튼 말이다.

후지무라 미사오의 번민에 대한 석명이기 때문이다. 그를 힐난했던 책임 때문이 아니라, '인생은 불가해!'라는 젊은 제자의 고뇌에 선생 나름의 대답(인생의 의미 찾기)이 바로 『갱부』였던 것이다. 인생의 의미 찾기 혹은 세상의 진실 찾기라는 순도 높은 구도 앞에서 소세키를 평생 따라다녔던 비교문명론은 끼어들 틈이 없었다.

이 작품은 또 하나의 비교문명론이 아닐뿐더러 소설 또한 아니다. 이 작품이 소설이 아니라 자살한 제자의 고뇌에 대한 스승의 석명이라는 것은 『갱부』 군데군데에 암시되어 있다. "이래서는 소설이 되지 않는다. (……) 소설처럼 만든 것이 아니기 때문에 소설처럼 재미있지는 않다. 그 대신 소설보다 신비하다"(146쪽)는 구절이 그중 눈에 띄지만, 무엇보다도 이 작품의 마지막 문장이 그 사실을 새삼 강조한다. "내가 갱부에 대해 경험한 것은 이것뿐이다. 그리고 모든 게 사실이다. 소설이 되지도 못했다는 것이 그 증거다."(316쪽)

무슨 심사에서인지 작가들은 자신이 쓴 소설을 소설이 아니라고 떼를 쓰기도 한다. 그럴 때마다 독자들은 마치 호랑이에게 물린 것처럼 정신을 바짝 차려야 한다. 『갱부』가 그렇다. 독자들은 이 작품이 인생의 의미를 고뇌하다가 자살했던 제자(인생 후배)에 대한 스승(인생 선배)의 석명으로 제출된 작품이라는 정도만 기억하고, '소설처럼 만들지 않았다'느니 '소설이 되지 못했다'느니 하는 작가의 허튼소리는 모두 잊어야 한다. 소세키가 뭐라고 하든 이 작품은 주인공이 여행을 하면서 자신의 문제를 해결하고 삶에 대한 깨달음을 얻는 여로(旅路)소설이자, 젊은 주인공이 세계와의 불화 끝에 자신의 자리를 찾아가는 교양소설이다. 뒤늦지만, 집을 나온 주인공의 나머지 이야기를 이어보자.

어제저녁 아홉 시에 가출을 한 '나'는 자살을 하기 위해 게곤 폭포가 있는 닛코 쪽으로 밤새도록 걸었지만, 그가 정작 자살을 할지는 매우 불확실하다. 상습적인 자살 시도자였던 그는, 그동안에 자살을 유예하기 위한 제법 정교한 논리를 만들어놓았다.(인용문 안의 숫자는 필자)

결국 자살은 아무리 연습해도 능숙해지지 않는 것이라는 사실을 깨달았다. 갑작스럽게 ①자살할 수 없다면 ②자멸하는 것이 좋을 거라고 생각했다. 그러나 나는 전에 말한 대로 상당히 신분이 높은 부모를 두었고 늘 부족함이 없는 처지라 집에 있으면 자멸할 수가 없다. 아무래도 ③달아날 필요가 있었다. (54쪽)

제일 좋기로는 ①이고, 차선으로는 ②이지만, 이것도 저것도 안 되니 ③이다. 하지만 소설을 보면 알겠지만 그것마저도 제대로 되지 않는다. 길가의 신사에서 눈을 붙여가며 "도쿄를 떠나 북쪽으로, 북쪽으로만"(80쪽) 무턱대고 걸었던 그는 이튿날 길가의 찻집에서 구리 광산에 갱부를 알선하는 조조를 만난다. 자살을 하겠다던 주인공은 "임자, 일할 생각 없나?"(25쪽)라는 갱부 알선책의 한마디 말에 맥없이 무너진다.

이 글을 탈고하기 직전까지, 후지무라 미사오가 신호탄이 된 그 시대의 염세자살 열풍의 원인을 여러모로 찾아보았지만 별 소득이 없었다. 그런데 "일할 생각 없나?"라는 일격에 자살을 포기하고 마는 주인공의 심리가 그 시대에 만연했던 염세자살의 성격을 일거에 드러내 준다. 『고민하는 힘』(사계절, 2009)과 『살아야 하는 이유』(사계절, 2012)

를 통해 소세키의 '광팬'임을 선언한 강상중은 1998년 이래로 연간 3만 명 이상의 공식적 자살자를 낳고 있는 현재의 일본(행불자를 포함하면 자살자는 두 배로 뛰어오른다)과, 소세키가 『갱부』를 썼던 시대를 동시대로 파악할 것이다. 소세키의 시대나 현재의 일본은 똑같이 더욱 정교해지고 흉포해진 자본과 세계화에 의해 기존 사회가 재편되는 아노미의 시대다.

귀한 도련님은 도쿄에서 도망쳐 갱부로 전락한다. 가족과 사회로부터 도주하고자 했던 주인공이 분열증을 완수하지 못하고 일개의 노동자로 자본에 포섭되는 과정은 주체가 휘발하는 과정이기도 하다. 집을 떠난 주인공은 이틀째에 아게만주와 고구마 몇 개를 겨우 먹었을 뿐이며, 사흘째에 이르러는 "밥을 구경한 지 이틀"이나 된 데다가 구리 광산에 도착하기까지 "아침부터 물 한 방울 입에 넣지 않았다."(179쪽) 곡기와 물을 끊는 이런 과정은 상징적으로 죽음의 세계로의 하강을 뜻한다. 이때, 갱부 알선책 조조는 영락없는 레테의 뱃사공이다. 그는 도쿄 출신의 세상 물정 모르는 도련님을 산속에 산이 있고 그 산속에 또 산이 있는 깊숙한 곳까지 데려다놓고 사라진다.

만 명의 갱부들이 득시글거리는 닛코 시 아시오 구리 광산에 닿자마자 학생 신분의 열아홉 살짜리 도련님은 이곳이 자기가 떠나온 세계와는 전혀 다른 세계라는 것을 직감하게 된다. 그가 도착했을 때 공동주택에 사는 "짐승"(173쪽) 같은 갱부들은 풋내기를 바라보며 적개심을 내뿜는다. 격렬한 노역으로 각진 뼈만 두드러져 보이는 그들의 얼굴은 해골을 연상케 했고, 그들이 쓰는 은어(隱語)는 알아들을 수도 없다. 이런 질겁할 분위기 속에서 첫날 밤을 보낼 숙소를 배정받은 주인공은 숙소 곁을 지나가는 갱부의 장례식 행렬을 보게 된다. 그는 내일 지옥의 본모습을 보게 될 것이다.

가출을 한 나흘째인 다음 날 아침. 한바의 책임자는 '나'가 갱부 일을 할 수 있는지를 시험하기 위해 고참 갱부 하쓰(初)에게 주인공을 데리고 갱내 구경을 시키게 한다. 소세키는 오리엔테이션 요원의 이름을 참으로 친절하게도 '처음'이라고 지었는데, 그 하쓰가 갱으로 들어가는 입구에서 주인공에게 "여기가 지옥의 입구야. 들어갈 수 있겠어?"(211쪽)라고 묻는다. 이 구절은 "어이, 지옥으로 가는 거야!"라는 첫 구절로 시작하는 고바야시 다키지의 『게 가공선』(창비, 2012)과 자연스럽게 공명한다.

소세키보다 한 세대 뒤에 활동했던 다키지가 일본의 대표적인 프롤레타리아 작가였던 반면, 소세키는 사회주의나 노동자 계급에 아무런 관심을 나타내지 않았다. 주로 지식인이나 당대의 고학력자를 등장인물로 삼았던 소세키의 노동자에 대한 기본적인 생각은 앞서 본 대로 갱부를 '짐승'으로 여길 만큼 고압적이다. 또 마리우스 B. 잰슨의 『현대일본을 찾아서』 2권(이산, 2006)을 보면, 소세키는 1910년에 발표한 나가쓰카 다카시의 소설 『흙』에 서문을 쓰면서 농민을 "구더기"라고 멸시하기도 했다. 다행히도 『갱부』가 끝나기 직전에, 짐승과도 같았던 "갱부의 얼굴도 그저 평범한 얼굴"(312쪽)이 된다. 이 전환은 주인공의 거듭나기(재생)와 연관되면서, 소세키가 희망했던 바람직한 일본상과 연관된다.

하쓰와 함께 내려간 갱내는 그야말로 지옥이었다. 갱내 깊숙이 내려가는 사다리는 잔교(棧橋)처럼 위태로웠고, 문자 그대로 지옥불과 같은 다이너마이트가 터졌으며, 어느 갱구에서는 허리까지 물이 찼다. 주인공은 하쓰의 변덕에 의해 반인반수의 갱부들이 사는 미노타

우로스의 미로와 같은 그곳에 홀로 버려진다. 이 얼마나 안성맞춤인가? ①을 성사시키기 가장 좋은 상황에서 주인공은 다시 한번 꾀를 낸다. 여기서 살아 나가기만 하면 곧장 공기가 맑고 태양이 비치는 "게곤 폭포까지 가서 멋지게 죽을 거"(269쪽)라고! 이것이 ③에 해당하는 수작이라는 것을 이제는 우리도 안다. 하지만 이때 그는 처음으로 "살아 있다는 것은 오르는 것이고, 오른다는 것은 살아 있다는 것"(268쪽)이라는 자각과 "죽는 것은 나약한 짓이다"(290쪽)라는 묘한 정신 작용과 심리 변화를 느끼게 된다.

주인공에게 갱 밖으로 나가는 입구를 가르쳐준 사람은 6년째 갱부 생활을 하고 있는 야스 씨다. '지옥에서 만난 부처님'이 당시로서는 희귀한 중등 이상의 교육을 받은 식자라는 사실은 다시 한번 소세키의 지식인 취향을 보여주는데, 그는 갱부가 되겠다는 후배(?)에게 이렇게 훈시를 한다.

> 일본인이라면 일본에 도움이 되는 직업을 구하는 게 좋을 걸세. 학문을 한 사람이 갱부가 되는 것은 일본에 손해네. 그러니 얼른 돌아가는 게 좋을 거야. 도쿄라면 도쿄로 돌아가야지. 그리고 적당한…… 자네한테 적당한 일, 일본에 손해가 되지 않는 일을 하게. (282쪽)

소세키 소설의 또 다른 특징 가운데 하나는 주인공의 거듭나기(재생)다. '나'는 죽음의 세계로의 하강과 지옥 체험을 거친 끝에 갱부로 다시 태어난다(정확히는 한바의 장부 정리원). 이런 거듭나기를 통해 소세키는 어떤 석명을 하고 싶었다. 우선 그는 모든 "병에 잠복기가 있는 것처럼 우리의 사상이나 감정에도 잠복기"가 있다면서 "정체를 알 수 없는 그것이 조금이라도 자신의 마음을 침범하기 전에 극약이라도 주사하여 모조리 죽일 수 있다"(이상 62쪽)고 생각하는 것을 경계했다. 만약 그럴 수 있다면 인간의 수많은 모순이나 세상의 수많은 불행도 일어나지 않을 것이라고 믿을 사람도 있을 테지만, 염세를 비롯한 젊은이들의 한때에 잠복해 있는 여타의 사상과 감정은 결코 고정불변의 실체가 아니다. 마음이란 "끊임없이 움직"(113쪽)이는 것이며, 계속해서 바뀌지 않으면 "아무리 유순하고 착하다고 해도, 아무리 부지런히 노력했다고 해도 틀림없이 바보"(122쪽)가 된다. 자의식 강박에서 벗어나기! 이런 태도야말로 '인생은 불가해!'라며 스스로에게 극약 처방을 내렸던 젊은 인생 후배의 번민에 대한 소세키의 석명이자, 바로 이런 태도가 오랫동안 자기본위주의를 천착했던 그를 만년의 사상인 측천거사(則天去私, 하늘을 헤아려 나를 버린다)로 옮겨가게 만든 동력이다.

도쿄를 떠나 북쪽으로, 북쪽으로만 무작정 걸어간 끝에 주인공이 차지하게 된 자리는 '짐승'이 '평범한 사람'으로 보이는(되는) 자리다. 자기 자리에서 자기 일을 하며 힘써 사는 것은 소세키가 만년에 표방한 측천거사 이전의 자기본위주의 시대나 그 이후에나, 그가 그렸던 바람직한 일본상이기도 했다. 그러나 그 북쪽이 홋카이도가 아니라 조선이나 중국이 되고 남양군도가 될 때, 소세키의 자기본위주의적 일본상은 제국주의로 일그러졌다.

나쓰메 소세키 연보

1867년 0세

2월 9일(음력 1월 5일) 현재의 도쿄 신주쿠(구 에도(江戶) 우시고메바바시
타(牛込馬場下))에서 출생. 나쓰메 나오카쓰(夏目直克)와 후처 나쓰
메 지에(夏目千枝) 사이에서 5남 3녀 중 막내로 태어남. 본명은 나
쓰메 긴노스케(夏目金之助). 태어나자마자 요쓰야(四谷)의 만물상에
양자로 보내졌다가 곧 돌아옴.

1868년 1세

11월, 요쓰야의 시오바라 쇼노스케(鹽原昌之助)와 시오바라 야스(鹽原
やす) 부부에게 다시 입양됨.

1870년 3세

천연두에 걸려 얼굴에 흉터가 약간 생김. 흉터는 평생 고민거리가 됨.

1872년 5세

시오바라가의 장남으로 호적에 오름.

1874년 7세

4월, 양부모의 불화로 양모와 함께 잠시 친가로 감.

11월, 아사쿠사(淺草)의 도다 소학교에 입학.

1876년 9세

양아버지가 아사쿠사의 동장에서 면직되어, 소세키는 시오바라가에

적을 둔 채 생가로 돌아옴.

5월, 이치가야(市ヶ谷) 소학교로 전학.

1878년 11세

2월, 친구들과 만든 잡지에 「마사시게론(正成論)」을 발표.

4월, 이치가야 소학교 졸업. 긴카(錦華) 학교 소학심상과(小學尋常科)

　　로 전학하고 11월에 졸업.

1879년 12세

3월, 간다(神田)의 도쿄 부립 제1중학교에 입학.

1881년 14세

1월 21일, 생모 나쓰메 지에 사망.

봄에 도쿄 부립 제1중학교 중퇴.

4월경, 한학을 전문으로 가르치는 니쇼(二松) 학사로 전학.

1882년 15세

봄에 니쇼 학사 중퇴.

1883년 16세

봄에 도쿄 대학 예비문(현재의 도쿄 대학 전신 중 하나) 시험 준비를 위해
세이리쓰(成立) 학사에 입학.

1884년 17세

9월, 도쿄 대학 예비문 예과에 입학. 입학 직후 맹장염을 앓음.

1885년 18세

9월, 도쿄 대학 예비문 예과 3급으로 진급.

1886년 19세

7월, 복막염 때문에 학년 말 시험을 치르지 못하고 낙제.
9월, 에토(江東) 의숙 교사가 되어 의숙 기숙사에서 제1고등중학교(도
    쿄 대학 예비문의 후신)에 다님.

1887년 20세

3월에 맏형이, 6월에 둘째 형이 폐결핵으로 사망.
9월, 제1고등중학교 예과에 진급. 이 시기에 과민성 결막염을 앓음.

1888년 21세

1월, 성을 시오바라에서 나쓰메로 복적.

9월, 제1고등중학교 본과에 진학해서 영문학을 전공.

1889년 22세

1월부터 마사오카 시키(正岡子規)와 친해짐.

5월, 시키의 한시 문집인『나나쿠사슈(七草集)』에 대해 한문으로 평을 씀. 9편의 칠언절구를 덧붙이면서 처음으로 '소세키'라는 호를 사용.

9월, 한문체의 기행문집『보쿠세쓰로쿠(木屑錄)』탈고.

1890년 23세

7월, 제1고등중학교 본과 졸업.

9월, 도쿄제국대학 영문학과 입학. 문부성 대비생(貸費生)이 됨.

1891년 24세

7월, 문부성 특대생이 됨. 셋째 형의 부인 도세(登世)가 입덧 때문에 죽자 큰 충격을 받음. 딕슨 교수의 부탁으로『호조키(方丈記)』를 영역.

1892년 25세

4월 5일, 병역을 피할 목적으로 친가로부터 분가하여 본적을 홋카이도(北海道)로 옮김.

5월, 도쿄 전문학교(현재의 와세다 대학)의 강사가 됨.

8월, 마사오카 시키가 그의 고향인 시코쿠(四國) 마쓰야마(松山)에서 요양 중일 때 방문하여 다카하마 교시(高浜虛子)를 처음 만남.

1893년 26세

7월, 도쿄제국대학을 졸업하고 대학원에 진학.

10월, 도쿄 고등사범학교의 영어 촉탁 교사가 됨.

1894년 27세

12월 말~1895년 1월, 폐결핵에 걸려 가마쿠라(鎌倉)의 엔카쿠지(園覺
寺)에서 참선을 하며 치료에 임함. 일본인이 영문학을 한다는 것에
위화감을 느끼며 이즈음 신경쇠약 증세가 심해짐.

1895년 28세

4월, 시코쿠 에히메(愛媛) 현에 있는 보통중학교에 부임(월급 80엔).

8월~10월, 시키가 마쓰야마로 돌아와 소세키의 하숙집에서 함께 생
활. 하이쿠에 열중하며 많은 가작(佳作)을 남김. 이곳에서의 경험은
『도련님(坊っちゃん)』의 소재가 됨.

12월, 귀족원 서기관장(현재의 참의원 사무총장) 나카네 시게카즈(中根
重一)의 장녀 나카네 교코(中根鏡子)와 맞선을 보고 약혼.

1896년 29세

4월, 구마모토(熊本)의 제5고등학교 강사로 부임(월급 100엔).

6월 9일, 나카네 교코와 결혼. 구마모토에서 신혼 생활을 시작.

7월, 제5고등학교의 교수가 됨.

1897년 30세

4월, 교사를 그만두고 문학에 전념하고 싶다는 뜻을 시키에게 편지로
알림.

6월 29일, 아버지 나쓰메 나오카쓰 사망.

7월, 교코와 함께 도쿄로 감. 구마모토에서 도쿄까지의 장거리 여행이 원인이 되어 교코가 유산.

12월, 오아마(小天) 온천을 여행하며 『풀베개(草枕)』의 소재를 얻음.

1898년 31세

6월, 제5고등학교 학생으로 문하생이 된 데라다 도라히코(寺田寅彦) 등에게 하이쿠를 지도. 도라히코는 『나는 고양이로소이다(吾輩は猫である)』에 나오는 이학사 간게쓰의 모델로 알려짐.

7월, 교코가 히스테리 증세를 보이며 구마모토 현의 자택 가까이에 흐르는 시라카와(白川)의 이가와부치(井川淵) 하천에 뛰어들어 자살을 기도했지만 근처에 있던 어부가 구함.

1899년 32세

5월, 맏딸 후데코(筆子)가 태어남.

6월, 영어과 주임이 됨.

9월, 구마모토 주위에 있는 아소(阿蘇) 산을 여행하며 『이백십일(二百十日)』의 소재를 얻음.

1900년 33세

6월, 문부성으로부터 영문학 연구를 위해 2년 동안 영국 유학을 다녀오라는 명을 받음(유학비 연 1,800엔).

9월 8일, 요코하마에서 출항.

10월 28일, 런던 도착.

1901년 34세

1월 26일, 둘째 딸 쓰네코(恒子)가 태어남.

5~6월 화학자 이케다 기쿠나에(池田菊苗)가 런던을 방문해서 함께 하숙. 이케다의 영향으로 『문학론』 구상을 결심하고 귀국할 때까지 저술에 몰두.

7월, 신경쇠약 재발.

1902년 35세

3월, 장인 나카네 시게카즈에게 편지를 보내 영일동맹 체결에 들뜬 일본인들을 비판하고 대규모 저술 구상을 언급.

9월, 신경쇠약이 극도로 악화되고, 일본에도 나쓰메 소세키의 증세가 전해짐. 문부성은 독일 유학생 후지시로 데이스케(藤代禎輔)에게 소세키를 데리고 귀국하도록 지시.

11월, 마사오카 시키가 7년 동안 앓던 결핵으로 사망했다는 소식을 다카하마 교시의 편지를 받고 알게 됨.

12월 5일, 일본 우편선에 승선해서 귀국길에 오름.

1903년 36세

1월 24일, 도쿄 도착.

3월, 도쿄 혼고(本郷) 구(현재의 분쿄 구) 센다기(千駄木)로 이사.

4월, 제1고등학교 강사가 됨(연봉 700엔). 또한 도쿄제국대학 영문과 교수를 겸함(연봉 800엔).

9월, 제1고등학교의 제자인 후지무라 미사오(藤村操)가 게곤(華嚴) 폭포에 몸을 던져 자살하는 사건이 발생. 다시 신경쇠약이 악화됨. 교코와 불화가 심해져 임신 중인 부인을 친정으로 보내고 별거.

10월, 셋째 딸 에이코(榮子)가 태어남.

1904년 37세

2월, 러일전쟁 발발.

7월, 어린 고양이 한 마리가 집에 들어오고, 교코가 귀여워함.

9월, 메이지(明治) 대학 고등예과 강사를 겸함(월급 30엔).

12월, 당시《호토토기스(ホトトギス)》를 주재하고 있던 다카하마 교시
　　로부터 작품 집필을 권유받고, 『나는 고양이로소이다』 1장을 문학
　　모임에서 낭독.

1905년 38세

1월~1906년 8월, 『나는 고양이로소이다』를《호토토기스》에 발표.
　　1회분으로 끝날 예정이었지만 호평을 받아 11회에 걸쳐 장편으로
　　연재. 이때부터 작가로 살아갈 뜻을 굳힘.

1월, 「런던탑(倫敦塔)」을《데이코쿠분가쿠(帝國文學)》에, 「칼라일 박
　　물관(カーライル博物館)」을《가쿠토(學燈)》에 발표.

4월, 「환영의 방패(幻影の盾)」를《호토토기스》에 발표.

5월, 「고토노소라네(琴のそら音)」를《시치닌(七人)》에 발표.

9월, 「하룻밤(一夜)」을《주오코론(中央公論)》에 발표.

11월, 「해로행(薤露行)」을《주오코론》에 발표.

12월 14일, 넷째 딸 아이코(愛子)가 태어남.

1906년 39세

1월, 「취미의 유전(趣味の遺伝)」을 《데이코쿠분가쿠》에 발표.

4월, 『도련님』을 《호토토기스》에 발표.

9월, 『풀베개』를 《신쇼세쓰(新小説)》에 발표.

10월, 『이백십일』을 《주오코론》에 발표. 평소에 그의 자택에 출입이
    잦은 문하생들의 방문을 매주 목요일 오후 3시 이후로 정해서 '목
    요회'라고 불리게 됨.

11월, 요미우리(讀賣) 신문사에서 입사 의뢰가 왔으나 거절.

1907년 40세

1월, 『태풍(野分)』을 《호토토기스》에 발표.

4월, 제1고등학교와 도쿄제국대학 강사를 사직. 아사히(朝日) 신문사
    에 소설을 쓰는 전속작가로 입사.

5월, 『문학론』(大倉書店) 출간.

6월 5일, 장남 준이치(純一)가 태어남.

9월, 도쿄 우시고메 구 와세다미나미초(早稲田南町)로 이사. 이후 죽
    을 때까지 소세키 산방(漱石山房)이라고 불린 이 집에서 거주.

6~10월, 『우미인초(虞美人草)』를 《아사히 신문》에 연재.

1908년 41세

1~4월, 『갱부(坑夫)』 연재.

6월, 「문조(文鳥)」 연재(오사카 《아사히 신문》).

7~8월, 「열흘 밤의 꿈(夢十夜)」 발표.

9~12월, 『산시로(三四郎)』 연재.

12월 16일, 차남 신로쿠(伸六)가 태어남.

1909년 42세

1~3월, 「긴 봄날의 소품(永日小品)」 연재.

3월, 『문학평론』(春陽堂) 출간.

6~10월, 『그 후(それから)』 연재.

9월, 남만주철도주식회사 총재인 친구 나카무라 제코의 초대로 만주
　　와 한국을 여행. 이때 신의주, 평양, 서울, 인천, 부산을 방문함.

10~12월, 기행문 『만한 이곳저곳(滿韓ところどころ)』 연재.

11월, '아사히 문예란'을 새로 만들고 주재함. 위경련으로 고통받음.

1910년 43세

3월 2일, 다섯째 딸 히나코(ひな子)가 태어남.

3~6월, 『문(門)』 연재.

6~7월, 위궤양 때문에 나가요(長与) 위장병원에 입원.

8월, 슈젠지(修善寺) 온천에서 다량의 피를 토하고 위독한 상태에 빠
　　짐. 이를 '슈젠지의 대환'이라 부름.

10월~1911년 3월, 슈젠지의 체험을 바탕으로 『생각나는 일들(思い出
　　す事など)』을 32회에 걸쳐 연재.

1911년 44세

2월, 위궤양으로 입원 중에 문부성으로부터 문학박사 학위 수여를 통
　　지받지만 거절함.

8월, 오사카 《아사히 신문》의 의뢰로 간사이(關西) 지방에서 순회 강
　　연을 함.

10월, '아사히 문예란'이 폐지됨. 아사히 신문사에 사표를 내지만 반

려됨. 다섯째 딸 히나코가 급사함.

1912년 45세

1~4월, 『춘분 지나고까지(彼岸過迄)』 연재. 신경쇠약과 위궤양이 재발하여 고통받음.

7월, 메이지 천황 사망. 연호가 다이쇼(大正)로 바뀜.

10월경, 남화풍의 그림을 그림.

12월, 자택에 전화가 들어옴.

12월~1913년 11월, 『행인(行人)』 연재.

1913년 46세

4월, 위궤양이 재발하고 신경쇠약이 심해져 『행인』 연재 중단(9월부터 재개).

1914년 47세

4~8월, 『마음(こころ)』 연재.

11월, '나의 개인주의'라는 주제로 가쿠슈인(學習院)에서 강연함.

1915년 48세

1월, 제자 데라다 도라히코에게 보낸 연하장에 금년에 죽을지도 모른다고 씀.

1~2월, 『유리문 안에서(硝子戶の中)』 연재.

3~4월, 교토(京都) 여행. 위통으로 쓰러짐.

6~9월, 『한눈팔기(道草)』 연재.

12월, 아쿠타가와 류노스케(芥川龍之介), 구메 마사오(久米正雄)가 처음으로 목요회에 참가. 이들은 마지막 문하생이 됨.

1916년 49세

1월, 「점두록(點頭錄)」연재.

2월, 아쿠타가와 류노스케에게 보낸 편지에서 그의 작품 『코(鼻)』를 격찬함.

4월, 당뇨병 진단을 받고 치료에 들어감.

5~12월, 『명암(明暗)』연재.

8월, 오전에는 소설을 쓰고 오후에는 한시를 쓰고 그림을 그림.

11월 초, 목요회에서 만년의 사상으로 알려진 칙천거사(則天去私)에 대해 처음 언급함.

11월 16일, 마지막 목요회가 열리고 모리타 소헤이, 아베 요시시게, 아쿠타가와 류노스케, 구메 마사오 등이 출석함.

11월 21일, 위궤양 악화로 쓰러짐.

12월 2일, 내출혈로 다시 위독한 상태에 빠짐.

12월 9일 오후 6시 45분 사망.

12월 14일, 도쿄《아사히 신문》에 연재되던 『명암』이 제188회를 마지막으로 연재 중단됨.

장례식 접수는 아쿠타가와 류노스케가 담당했으며 모리 오가이를 비롯한 많은 명사들이 조문함.

12월 28일, 도쿄 도시마(豊島) 구에 있는 조시가야(雜司ヶ谷) 묘원에 안장됨. 조시가야 묘원은 『마음』의 주인공 K가 자살 후 묻힌 장소임.

■ 『갱부』 번역을 마치고

무라카미 하루키의 『해변의 카프카』에서 가출한 카프카 소년은 도서
관에서 사서와 나쓰메 소세키의 『갱부』에 대한 이야기를 나누면서 이
소설에는 "뭔가 교훈을 얻었다느니, 그래서 삶의 방식이 바뀌었다느
니, 인생에 대해 깊이 생각했다느니, 사회에 대해 의문을 가졌다느니
하는 것은 별로 쓰여 있지 않다", 그래도 신기하게 "뭘 말하려는지 알
수 없는" 것에 끌린다고 말한다.

사랑은 대체 불가능한 존재를 추구하지만 실은 두 여자(남자)를 저울
위에 올리는 일이다. 그리고 어른이 된다는 것은 나를 버리고 전락의
몸으로 떠나는 일을 꿈만 꾸고 끝내는 것. 여행은 단 하루라도 갱부가
되어보지 못한 자신에게 주는 위안의 선물일지도.

옮긴이 **송태욱**

연세대학교 국문과를 졸업하고 같은 대학 대학원에서 문학박사 학위를 받았
다. 도쿄외국어대학원 연구원을 지냈으며, 현재 대학에서 강의하며 전문번역
가로 활동하고 있다.

지은 책으로 『르네상스인 김승옥』(공저)이 있고, 옮긴 책으로 『사랑의 갈증』,
『세설』, 『만년』, 『환상의 빛』, 『형태의 탄생』, 『책으로 찾아가는 유토피아』, 『일
본 정신의 기원』, 『트랜스크리틱』, 『소리의 자본주의』, 『포스트콜로니얼』, 『천천
히 읽기를 권함』, 『번역과 번역가들』, 『연애의 불가능성에 대하여』, 『매혹의 인
문학 사전』, 『안도 다다오』, 『빈곤론』, 『해적판 스캔들』, 『오늘의 일본 문학』, 『문
명개화와 일본 근대 문학』, 『유럽 근대 문학의 태동』, 『현대 일본 사상』, 『십자
군 이야기』(전3권), 『잘라라, 기도하는 그 손을』 등 다수가 있다. 현암사에서 기
획한 나쓰메 소세키 소설 전집 번역으로 한국출판문화상 번역상을 수상했다.